민낯의 삶

LA VIE SANS FARDS
by Maryse Condé

민낯의 삶

LA VIE SANS FARDS

Maryse Condé

마리즈 콩데 지음

정혜용 옮김

문학동네

일러두기

1. 주석은 모두 옮긴이주다.
2. 고딕체는 원서에 이탤릭체나 대문자로 표기된 부분이다.
3. 장편소설과 희곡, 기타 단행본은『 』, 시와 단편 등은「 」, 영화와 잡지, 곡 등은 〈 〉로 구분했다.
4. 외래어 표기는 국립국어원 외래어표기법에 준했으나, 일부는 현지 발음이나 관용에 따랐다.

너무나 급작스럽게 삶의 문을 닫는 바람에 뒤에 남은 우리를 망연하게 했던 헤이즐 조앤 롤리*에게.

* Hazel Joan Rowley(1951~2011). 오스트레일리아 전기작가로, 리처드 라이트, 장폴 사르트르와 시몬 드 보부아르 등에 대해 썼다.

차례

삶을 살든가 글을 쓰든가, 선택해야 한다.

장폴 사르트르

왜 자신의 이야기를 하려는 시도는 모두 반쪽짜리 진실들의 잡동사니로 귀결되고 마는가? 왜 자서전이나 회고록은 너무나도 빈번하게 상상의 구조물이 되어버려서, 단순한 진실의 표현은 희미해지다가 사라지고야 마는가? 왜 사람은 그토록 자신의 실제 삶과는 다른 삶을 산 것처럼 그리기를 갈망할까? 예를 들면, 내 책의 홍보 담당자들이 내가 제공한 정보를 바탕으로, 기자와 서점 주인에게 배포하려고 제작한 홍보용 소책자에는 이렇게 나와 있다. "로제 블랭이 연출한 장 주네의 〈검둥이들〉을 보러 오데옹 극장에 갔던 작가는 기니 출신 출연 배우 마마두 콩데를 만나 1958년 결혼한 뒤, 국민투표 결과 아프리카에서 유일하게 프랑스공동체에 남기를 거부하고 독립을 택했던 기니로 떠난다."

이런 식의 글은 매혹적인 이미지를 만들어낸다. 정치투쟁의 빛으로 밝힌 사랑의 이미지. 그런데 위의 문장들만 해도 수많은 왜곡된 정보가 담겨 있다. 나는 콩데가 연극 〈검둥이들〉에 출연해 연기하는 모습을 본 적이 한 번도 없다. 파리에서 함께 지낼 당시 그가 연기했던 장소는, 그 스스로 조롱조로 말했듯이, 으레 "검둥이" 역이나 떠맡던 시시한 연극무대들뿐이었다. 그는 1959년에야 오데옹극장에서 아르시발* 역할을 맡았는데, 당시 우리의 결혼생활은 성공과는 거리가 멀어서 첫번째 별거에 들어간 상태였다. 그때 나는 코트디부아르의 뱅제르빌에서 교사로 재직중이었고, 그곳에서 우리의 첫째 딸 실비안이 태어났다.

따라서 오늘 나는, 장자크 루소가 『고백록』에 적었던 문장을 빌려와서, 나와 같은 인간들에게 한 여자의 완전한 자연 그대로의 모습을 보여주려고 하는데, 그 여자는 바로 내가 될 것이다라고 선언한다.

어떤 면에서 나는 늘 진실에 대한 강렬한 열정을 느껴왔고, 그로 인해 공적인 면에서든 사적인 면에서든 종종 손해를 봤다. 어린 시절의 추억을 담아낸 『울고 웃는 마음—내 어린 시절의 진

---

* 장 주네의 희곡 「검둥이들」의 등장 인물.

짜 이야기들』에서, 이런 표현을 써도 되는지 모르겠지만, 내게서 '작가의 소명'이 어떻게 태어났을지 짐작해봤다. 어머니는 나의 우상이었지만 그 독특하고 복잡하며 변덕스러운 성격 때문에 당황스러웠던 적이 한두 번이 아니었는데, 그날은 아마도 어머니의 생일인 4월 28일이었을 거다. 그래서 나는 반은 시이고 반은 촌극인 작품을 공들여 만들어서, 때로는 바다에서 불어오는 미풍처럼 다정하고 차분하다가 때로는 빈정대며 신경을 곤두서게 하는 등, 변화무쌍하기 그지없는 어머니의 인격을 묘사하려 애를 썼다. 어머니는 아무 말 없이 듣고 있었고, 그 앞에서 나는 푸른색 원피스를 입고 으스대며 나의 작품을 낭독했다. 그러다가 어머니가 나를 향해 눈길을 들었는데, 놀랍게도 그 눈에 눈물이 글썽거렸고, 내놓은 말은 이랬다.

"네 눈엔 내가 그렇게 보이니?"

그 순간, 나는 권력을 쥔 느낌이 들었던 듯하고, 그뒤로 작품을 한 권 한 권 출간할 때마다 그 느낌을 다시 맛보려고 애를 쓰지 않았나 싶다.

이 경험담은 내가 지금 고발하고 있는, 그러한 비고의적(?) 윤색 시도들에 대한 완벽한 예시가 될 것이다. 분명 나는 종종 과장기를 뺀 글로 독자들에게 충격을 주기를 꿈꿨다. 내가 텍스트에 심어놓은 뾰족한 독설이 묻혀버려서 유감스러웠던 적이 한두

번이 아니다. 그래서 나는 최근작인 『물이 차오르기를 기다리며』(J.-C. 라테스, 2010)에 이렇게 썼다. "테러리스트는 아주 단순하게 말하자면 소외된 자, 자신의 영토에서 소외되고 부富에서 소외되고 행복에서 소외되어 절망적으로, 그리고 어쩌면 야만스러운 방식으로 자신의 목소리가 들리도록 애쓰는 자가 아닐까?"

이다지도 움츠리고 살아가는 이 시대에, 그러한 정의가 다양한 반응을 불러일으킬 수 있기를 바랐다. 그런데 오로지 〈누벨 옵세르바퇴르〉의 디디에 자코브만이 인터뷰에서 그 주제에 관한 질문을 던졌다.

하지만 충격을 주고 싶다는 갈망 하나만으로 작가의 소명을 집약해낼 수는 없으리라. 글쓰기에 대한 열정은 나도 거의 모르는 새 나를 덮쳤다. 그 열정이란 것을 원인 모를 병에 비교하지는 않겠다. 그것이 내게 지고의 기쁨을 안겨줬으니까. 차라리 원인을 결코 밝혀내지 못한 약간 무시무시한 응급 상태에 비교하겠다. 내가 태어났을 당시, 내 나라에는 박물관도 제대로 된 극장도 없었고, 그곳에서 우리가 유일하게 접했던 작가들은 교과서에 실린 다른 세계 출신이었다는 사실을 잊지 말자.

나는 열여섯 살에 천재적인 텍스트를 끄적거리는 조숙한 작가가 아니었다. 내 첫 소설은 다른 작가들이라면 종이와 지우개를 슬슬 처분하기 시작할 나이인 마흔두 살에 출간되었으며, 반응도 상당히 시큰둥하여서, 이를 내가 작가로서 갖게 될 미래의 경력을 미리 보여주는 것이라고 초연하게 받아들였다. 내가 글쓰기를 그렇게나 늦게 시작하게 된 주요 이유는, 힘들게 사느라 너무 바빠 무엇이 됐든 다른 일은 할 여유가 없어서였다. 실제로, 실생활의 골칫거리들이 줄어들어서 진짜 비극을 종이 위의 비극으로 바꿀 수 있게 되었을 때에야, 글을 쓰기 시작했다.

나는 『울고 웃는 마음』에서, 그리고 특히 『빅투아르, 맛과 말』에서 내가 어떤 환경에서 성장했는지 길게 이야기했다. 대성공을 거둔 외장 팔시의 영화 〈검둥이 판자촌 거리〉로 인해 앤틸리스제도 사람들에 대한 일정한 이미지가 대중 사이에 자리잡게 되었다. 하지만, 천만에! 우리 모두가 사탕수수밭에서 가려움증에 시달리며 죽도록 노동하는, 대지의 저주받은 사람들*인 것은 아니다. 나의 부모는 프티부르주아계급의 맹아에 속했고 스스로를 오만하게 "위대한 검둥이"라고 명명했다. 그들을 위해 변론하자면, 그들은 유년기가 끔찍했으며 어떤 희생을 치르더라도 자녀들은 보호하기를 원했다는 점을 들 수 있으리라. 나의 어머니 잔 키달은 평생 프랑스어를 말할 줄 몰랐고 문맹이었던 흑백

* 1961년 발표된 프란츠 파농의 동명의 저서에서 따온 표현.

혼혈 여성의 사생아였다. 그녀의 어머니는 토착 백인들에게, 그들의 실명을 대자면 와처가家에 고용되어 품을 팔았고 너무나도 이른 나이에 수치와 수모를 톡톡히 겪어야 했다. 나의 아버지 오귀스트 부콜롱 역시 사생아로, 집에 불이 나는 바람에 그의 가여운 어머니가 타 죽자 고아가 되고 말았다. 그 모든 일에도 불구하고 그처럼 고통스러운 상황이 비교적 긍정적인 결과를 낳았다고 말할 수 있다. 와처 가문 사람들은 그들의 아들을 위해 고용한 가정교사의 가르침을 나의 어머니에게도 누릴 수 있게 해줬고, 덕분에 어머니는 피부색에 비해 '비정상적으로' 유식해져서, 그 세대에서 최초로 교사가 된 흑인 여성 축에 끼게 되었다. 국가유공자 자녀였던 나의 아버지는 장학금 덕분에, 당시로서는 드물게 학업을 이어갔고 마침내…… 설립 목적이 공무원 원조인 소규모 지역 은행 '신용협동조합'을 만들었다.

잔과 오귀스트는 일단 결혼을 하자 자동차, 그러니까 사기통 시트로앵 한 대를 소유하고 라푸앵트에 3층짜리 단독주택을 짓고 고야브의 사르셀강가 '별장'에서 휴가를 보내는 최초의 흑인 부부가 되었다. 성공에 취한 두 사람은 아무리 좋은 것도 자신들에게는 충분하지 않다고 여겼고, 우리, 그러니까 나와 일곱 명의 형제자매를 우리의 사회적 환경에 대한 경멸과 무지 속에서 양육했다.

이렇게 형제자매가 많은 집안의 막내였던 나는 특별히 귀여움을 받았다. 모두가 나의 장래는 특출하리라고 입을 모았고, 나도 기꺼이 그런 말을 믿었다. 열여섯 살에 파리로 고등교육을 받기 위해 떠날 당시, 나는 크레올어를 알지 못했다. 전통 축제인 '레우오즈'*에 참가해본 적이 없어서 민속춤의 리듬을, 그오카를 알지 못했다. 심지어 앤틸리스제도의 음식은 거칠고 너무 단순하다고 여겼다.

보나마나 누구의 흥미도 끌지 못할 평범하기 짝이 없는 사건들, 그러니까 노화와 질병이 슬그머니 다가오고 있다는 점 말고는 그 어떤 대단한 드라마도 없는 현재 나의 삶에 대해 말하려는 건 아니다. 차라리 내가 시도해보려는 건, 나의 존재와 상상계에서 아프리카가 차지하고 있는 중차대한 자리를 가늠해보는 일이다. 나는 그곳에서 무엇을 찾았던가? 여전히 정확히는 알지 못한다. 결국, 『스완의 사랑』에서 마르셀 프루스트의 주인공이 했던 말을 거의 바꾸지 않고 가져와서 아프리카에 대한 나의 말을 대신할 수 있지 않을까 스스로에게 묻는다.

---

* 음악과 춤과 노래가 어우러지는 과들루프의 전통 축제로, 노예무역이 행해지던 시절 노예들이 주도했던 축제에서 유래한다.

"내 마음에 들지 않으며 내 취향이 아닌 여자에게 나는 최고의 사랑을 품었고, 그 여자 때문에 내 삶의 여러 해를 망쳤고, 죽으려 들었다고 말하련다."

1부

"처녀로 남느니 엉터리 결혼이라도 하는 게 낫다"
과들루프 격언

나는 1958년, 파리의 포니아토프스키대로大路의 크고 노후한 건물을 사용하는 서아프리카 대학생의 집에서 마마두 콩데를 알게 되었다. 아프리카와 아프리카의 과거 및 현재가 유일하게 중요한 나의 관심사였기에, 기니의 페울족 출신 두 자매 라마툴레와 빈투를 친구로 사귄 지 얼마 안 된 무렵이었다. 나는 지금은 사라지고 없는 당통가街의 소시에테 사방트 회관에서 열린 정치 회합에서 두 사람을 만났다. 자매는 기니의 라베 지역에서 왔고, 그들이 보여준 누렇게 바랜 사진 한 장이 나를 꿈꾸게 했는데, 사진 속 연로한 부모는 바쟁*으로 만든 부부**를 걸치고 원통 형

* 수작업으로 염색한 빳빳하고 윤기 흐르는 아프리카산 면직물.

태의 초가집 앞에 앉아 있었다.

대학생의 집은 웃풍이 심했다. 라마툴레와 빈투와 나는 추위를 이겨보려고 뜨겁게 달아오른 쪼그만 석탄 난로 주변에 자리 잡고서 박하차를 거푸 마셔대곤 했다. 어느 오후, 한 무리의 기니 사람들이 오더니 우리와 합석했다.

모두가 마마두 콩데를 "노인"이라고 불렀는데, 나중에 알고 보니 존중의 표시이기도 했고, 이미 머리가 희끗희끗해 다른 학생들보다 나이가 많아 보이기도 해서였다. 게다가 그는 심오한 진리를 설파하는 현자라도 되는 듯이 거드름 피우는 어조로 말했다. 하지만 호적등본상 1930년생이었으니, 외모와 행동이 나이와 어울리지 않는 셈이었다. 엄청나게 추위를 타는 그는 두꺼운 손뜨개 목도리를 하고 황토색 두툼한 외투 속에 스웨터를 두세 개 겹쳐 입고 있었다. 사람들의 소개를 들으면서 나는 깜짝 놀랐다. 블랑슈가의 국립고등연극학교에서 수업을 듣고 있는 배우라고? 그의 발성법은 영 시원찮았다. 그의 새청맞은 목소리로 말하자면, 정말이지 바리톤 목소리와는 비슷한 구석조차 없었다. 솔직해지자! 다른 때였더라면, 그런 사람에게는 말을 거는 둥 마는 둥 했을 터였다. 하지만 나는 삶이 송두리째 무너진 상

** 품이 넉넉한 원피스 형태의 아프리카 전통 의상.

태였다. 예전의 나의 삶은 더이상 존재하지 않았다.

'위대한 검둥이들'의 후예이자 지체 낮은 사람들에 대한 도도한 경멸 속에서 양육되었던 오만한 마리즈 부콜롱은 치명적인 상처를 입은 뒤였다. 옛친구들을 피해 다니던 내게는 단 한 가지 갈망, 잊히고 싶다는 갈망뿐이었다. 당시 페늘롱고등학교를 이미 떠난 뒤라서 나는 그랑제콜 입시를 준비하고 있으며 합격 가능성도 상당히 높은 몇 안 되는 과들루프 여학생 중 한 명이라고 더는 으스댈 수도 없었다. 물론 그것이 내가 지녔던 유일한 영광의 타이틀은 아니었다! 잡지 〈에스프리〉에 실린 '검은 피부, 하얀 가면'의 원고를 읽고서, 작가가 그려놓은 앤틸리스제도 사회의 모습이 무척 모욕적이라고 판단하여 격분한 나는, 잡지사로 공개 항의서를 보내 프란츠 파농은 우리 사회에 대해 제대로 이해한 것이 하나도 없다고 주장했다. 이게 웬일인가. 격한 어조의 내 서한을 읽은 장마리 도메나크*가 당시 새파랗게 젊은 나를 자코브가에 자리한 잡지사로 초대해 비평적 견해를 들려달라고 몸소 청한 것이었다.

하지만 그와 같은 화려한 나날 이래로, 아이티 출신 장 도미

* Jean-Marie Domenach(1922~1997). 1957년부터 1976년까지 〈에스프리〉의 발행인.

니크, 훗날 미국의 조너선 데미가 감독한 성인전聖人傳 느낌의 다큐멘터리영화 〈농학자〉*의 주인공이 될 그 인물이 내 삶 깊숙이 들어왔다. 어떤 상황에서 그 남자를 만났는지 이제는 기억 못하지만, 그 남자의 행동은 내 인생에 분명 엄청난 영향을 미쳤다. 우리는 지적이고 대단한 사랑을 나누었다. 나는 기가 막힐 정도로 외부와 완벽히 차단된 환경에서 자랐기 때문에 아이티에 대해서 전혀 알지 못했다. 장 도미니크는 나를 단순히 육체적 무지에서만 벗어나게 해준 게 아니었다. 나폴레옹 보나파르트의 경멸어린 표현을 빌리자면 "요란스레 치장한 아프리카인들"의 공적에 대해 알려주어 나를 눈뜨게 했다. 그 사람 덕분에 투생 루베르튀르**의 희생을, 장자크 데살린***의 승리를, 신생 흑인 공화국의 초기 어려움을 새로이 알게 되었다. 그는 또한 내게 자크 루맹의 『이슬을 다스리는 자들』과 에드리스 생타망의 『선한 신이 웃는다』와 자크 스테판 알렉시의 『태양 장군』을 읽게 해줬다. 한마디로, 내가 모르고 있던 대지의 놀라운 풍요로움에 눈뜰 수 있게 이끌어줬다. 내 마음에 아이티에 대한 결코

* 2003년 발표되었으며, 국내에는 '어그라너미스트'라는 제목으로 알려져 있다.

** Toussaint Louverture(1743~1803). 아이티 혁명을 이끈 독립투사.

*** Jean-Jacques Dessalines(1758~1806). 투생 루베르튀르의 부관 출신으로, 1804년 아이티의 독립을 선언하고 황제 자리에 올라 자크 1세가 된 인물.

꺾인 적이 없는 애정을 심어준 이는 의심의 여지 없이 바로 그였다.

내가 한껏 용기를 내어 임신 사실을 알렸던 그날, 그는 행복해 보였고, 심지어 아주 행복해 보였고 흥분해서 외쳤다.

"이번에는 흑백 혼혈 사내애가 태어나기를 기대해도 되겠지!"

이전의 혼인에서 그는 딸 둘을 얻었기 때문인데, 딸들 중 한 명인 J. J. 도미니크는 작가가 되었다.

그러나 다음날 그의 집에 가보았더니, 한창 짐가방을 싸며 아파트를 비우는 중이었다. 그가 결연한 표정으로 아이티에 이례적으로 심각한 위협이 드리워졌다고 말했다. 그의 설명은 이랬다. 프랑수아 뒤발리에*라는 의사가 대통령 선거에 출마한다. 그가 흑인이라서, 흑백 혼혈 대통령들에게 신물이 나고 '흑인주의'라는 이데올로기에 위태롭게 휘둘리는 대중의 열광을 불러일으키고 있다. 그런데 그는 최고위직을 수행하는 데 필요한 자질들을 전혀 갖추지 못했다. 따라서 그 가증스러운 기획에 반대하는 모든 세력은 고국으로 집결하여 공동전선을 형성해야 한다.

장 도미니크는 아이티로 날아갔고, 내게 우편엽서 한 장 부치

* François Duvalier(1907~1971). 1957년 아이티공화국 대통령으로 취임한 후 1971년 사망할 때까지 수만 명을 학살하며 독재를 이어갔다.

지 않았다. 홀로 파리에 남은 나는 임신한 채 이렇게 남자에게 버림받을 수 있다는 사실이 믿기지 않았다. 그것은 생각할 수 없는 일이었다. 나는 유일하게 가능한 설명을 받아들이려 하지 않았다. 즉, 완전한 흑인인 나의 피부색. 흑백 혼혈인 장 도미니크는 당시 어리석게도 특권계급을 자처했던 사람들의 경멸과 비양심으로 나를 대했던 것이었다. 뒤발리에에게 반대하는 그의 언설을 어떻게 해석해야 하나? 민중에 대한 그의 믿음을 어디까지 신뢰해야 하나? 말할 것도 없이 내 입장에서는 그 모든 것이 위선일 뿐이었다.

나 홀로 긴 임신 기간을 가까스로 견뎌냈다. 학생건강보험공단의 어느 의사가 내가 우울증과 영양실조에 시달리는 것을 알고 우아즈에 있는 요양소로 보냈고, 그곳 사람들이 모두 관심으로 감싸주었으니, 나로서는 잊을 수 없는 일이었다. 낯선 이들이 베푸는 동정을 처음으로 깨달았다. 마침내, 1956년 3월 13일, 전력을 다해 파리 고등사범학교* 입시를 준비했어야 할 시기에 15구의 작은 병원에서 아들을 낳았고, 어쩌다가 아이에게 드니라는 이

* 프랑스 엘리트 교육기관인 그랑제콜 중 하나로, 유수한 철학자와 저술가, 고위공직자 등을 배출했다.

름을 지어주게 되었다. 그러는 사이에 사랑하는 어머니가 과들루프에서 갑자기 세상을 떴다. 그러한 온갖 시련에 강타당한 나는 소설 속 마르그리트 고티에*가 되었다. 오른쪽 폐에 결핵이 생겼고, 학생건강보험공단의 그 의사가 나를 알프마리팀주의 방스에 위치한 결핵 요양소로 인계했다. 나는 그곳에서 일 년 넘게 머물러야 했다.

"대체 운명은 왜 이다지도 너를 못살게 군다니?" 당시 몇 안 되는 친구 중 한 명이고 지금도 여전히 연락하며 지내는 이반 랑달이 역까지 나를 데려다주면서 속이 상해 되뇌었다.

나 자신의 슬픔에 온통 정신을 빼앗겨 친구의 말은 귀에 들어오지도 않았다. 능력이 없으니 당페르로슈로대로의 간소한 건물에 자리한 빈민 구호소에 소중한 젖먹이를 맡길 수밖에 없었다. 사실 내게는 파리에 사는 언니가 둘이나 있었다. 나의 대모이기도 한 첫째 언니 에나는 놀라울 만큼 아름다웠고, 우울과 몽상이 뒤섞인 분위기를 지녔으며, 신비의 아우라로 둘러싸여 있었다. 음악 공부를 하러 파리로 왔다가, 제2차세계대전이 일어나기 직전에 과들루프 출신 국립행정학교 학생이었고 훗날 시집 『황금

* 알렉상드르 뒤마 2세(1824~1895)의 소설 『동백 아가씨』의 주인공으로, 화류계 여성에 대한 사회적 편견에 부딪혀 애인 아르망과 헤어진 뒤, 지병인 폐결핵으로 사망한다.

공』으로 국민 시인이 될 기 티롤리앵*과 혼인했다. 에나는 남편이 독일의 사병 포로수용소에 갇혀 레오폴 세다르 생고르 옆에서 쇠약해져가는 동안, 그녀에게 '보석'이라는 별명을 붙여준 쌩쌩한 독일군 장교들과 어울리며 부정을 저질렀다. 당시 에나는 극도로 부유한 실업가의 부양을 받았다. 에나는 빈둥거리는 삶의 공허를 메워보려고, 쇼팽의 곡을 피아노로 연주하고 독주를 마셔댔다. 또다른 언니인 질레트는 보다 현실적이었다. 당시 인구가 많고 가난한 지역이었던 생드니에서 사회복지사로 일하면서, 기니 출신 의대생 장 딘과 결혼했다.

"네가 이런 일을 겪다니, 부당해!" 격분한 이반이 덧붙였다.

정작 나는 어떻게 생각해야 할지 알지 못했다. 어떤 순간에는 내가 거대한 부당함의 희생자였다는 확신이 들었다. 또 어떤 순간에는, 우월한 부류의 일원으로 키워졌고 그런 부류에 속한다는 자기확신이 운명의 비위를 건드렸으니 내게 닥친 일을 겪어 마땅하다고 속삭이는 목소리가 들렸다. 그러한 시련을 겪은 나는 돌이킬 수 없이 속살이 벌겋게 드러난 상태여서, 운명에 대한 신뢰도 없었고 음험한 운명이 언제라도 나를 내려칠까봐 전전긍

* Guy Tirolien(1917~1988). 과들루프 시인이자 정치가, 행정가. 생고르, 세제르 등과 함께 네그리튀드운동을 이끌었다.

궁하게 되었다.

방스에 머물며 보낸 나날은 을씨년스러웠다. 소설 『데지라다』의 마리노엘처럼 침대에 누워서 보낸 지겨운 시간, 매일 맞아야 하는 파스* 링거주사, 피로, 구토, 열, 식은땀과 불면증 등에 대한 서글픈 추억이 남아 있다. 그런데 마리노엘과는 다르게, 사랑을 만나지는 못했다. 그런 일은 일어나기 어려웠으리라. 우리 상태가 좀 좋아지자 흰 가운을 입은 간호사의 통솔하에 한 달에 한 번 니스로 가도 된다는 외출 허가가 나왔다. 우리가 다가가면 행인들은 비켜섰는데, 우리가 곤궁과 질병의 상징이기 때문이었고, 질병의 전염성은 익히 알려져 있었다. 우리는 해변까지 나아갔고, 구릿빛으로 그을린 몸을 반쯤 드러낸 건강한 사람들이 평영으로 서로를 쫓는 모습을 부러워하며 바라봤다. 나는 사랑스러운 아기와 이제 더는 볼 수 없을 어머니를 고통스럽게 떠올렸고, 증오어린 마음으로 장 도미니크를 생각했다. 하지만 그런 일이 인생에서 종종 벌어지듯이, 여러 달에 걸친 그 긴 시간은 행복한 보상을 가져다줬다. 내 건강 상태를 참작한 몇 가지 특별 허가 덕분에 엑상프로방스대학교에서 현대문학 학사과정을 마칠 수 있

* 결핵 치료제의 일종.

었다. 나는 입시준비반에서 꿈꾸던 대로, 프랑스어, 라틴어, 그리스어가 아니라 프랑스어, 영어, 이탈리아어를 선택했다.

파리로 돌아온 나는 조그맣게 난 구인 공고를 보고 지원했고, 부아시 당글라 가에 위치한 문화부의 한 분과에 일자리를 구했다. 그 일자리에 기운이 난 나는 드니를 다시 데려와, 드니 생각을 할 때마다 느꼈던 죄책감에 종지부를 찍을 수 있을 거라고 믿었다. 하지만 내 삶은 지옥임이 이내 드러났다. 나를 몹시 예뻐해준 적이 한 번도 없었던 아버지는 어머니가 돌아가신 후로 나에 대한 관심을 완전히 끊고 더이상 돈을 보내주지 않았다. 나를 대하는 에나와 질레트의 태도가 왜 그렇게 바뀌었는지 역시 전혀 이해가 되지 않았다. 두 언니는 나보다 훨씬 더 나이가 많아 우리 사이에 대단한 친밀감이 존재했던 적은 없었다. 그래도 전에는 친절한 편이어서, 언니들은 나를 꼬박꼬박 집으로 불러서 점심이나 저녁 한 끼를 대접하곤 했다. 그러다 내가 임신하고 장 도미니크가 도주한 뒤로, 그러니까 주위의 관심이 절실한 그때 모습을 감췄다. 어쩌다가 전화라도 걸면, 내 목소리를 듣고서 겨우 전화를 끊지 않는 정도였다. 내가 프티부르주아로서의 그들의 감정에 충격을 줬던 걸까? 빛나는 장래가 약속되어 있던 내가 배가 부른 채 하녀처럼 버림받은 모습을 보고 실망했던 걸까? 결국, 당시 그들의 모습대로 프티부르주아로서 반응했던 걸까?

따라서 문화부의 보잘것없는 급여만으로 아이와 먹고살아야 했다. 얄궂은 우연으로, 나는 17구의 아이티 대사관 맞은편에 위치한 부르주아의 저택에서 살았다. 하지만 내가 차지한 방은, 수도시설과 화장실이 층계참에 있는 지붕 밑 하녀방이었다. 매일 아침 파리를 가로질러 5구 포세생자크가에 있는 대학생을 위한 탁아소에 드니를 맡기고, 급하게 콩코르드가의 문화부로 갔다. 하루가 저물 무렵이면 이번에는 아침에 갔던 길을 반대로 달렸다. 저녁 외출을 전혀 못했다는 말은 할 필요도 없으리라. 예전에는 영화와 연극과 음악회와 레스토랑에서의 식사를 그렇게나 좋아했지만, 이제는 어디도 가지 않았다. 아들을 목욕시키고 먹이고 나면, 자장가를 불러주면서 아이를 재우려고 애를 썼다. '독신모'를 가리키던 당시의 멸칭을 그대로 사용하자면, 내가 '처녀 엄마'가 되는 바람에 갑자기 사라졌다는 소문이 이미 한바탕 돌고 난 뒤라, 이반 랑달과 에디 에댕발처럼 충실한 친구들을 제외하면 앤틸리스제도 출신 대학생들은 나를 피했다. 나는 이제 나에 대해 아무것도 알지 못하며 아직은 내게 남아 있는 상류층의 태도와 화려한 언변에 휘둘리는 아프리카인들과만 교유하며 지냈다.

집세를 내기가 무척 어려웠다. 집세가 여러 번 밀리면, 백발에 얼굴 윤곽이 귀족적이고 우편엽서에서 튀어나온 듯한 부르주아의 전형인 집주인이 여섯 층을 걸어올라와 자신이 세놓은 누추한 다락방까지 찾아왔고, 고함을 질러댔다.

"내가 당신 아버지 노릇을 하려고 여기 있는 건 아니잖소!"

문화부에서는 정반대로, 우아즈의 요양원에 머무를 때 나를 무척이나 놀라게 했던 친절과 동정의 징표들을 다시 만났다. 테네시 윌리엄스처럼 말을 해보자면, 낯선 이들의 친절the kindness of strangers이 끊임없이 나를 감쌌다. 내가 근무하는 부서 사람들 모두가 나의 젊음과 궁핍을 가여워했고, 나의 자존심과 용기에 감탄했다. 주말이면 직장 동료들의 집에 꼬박꼬박 초대를 받아 갔다. 식사 자리에 모인 사람들은 드니에게 뽀뽀를 퍼붓고 어린 왕자 대우를 하며 아기가 잘생겼다고 감탄했다. 떠날 때면, 나를 초대했던 사람들은 헌옷가지들, 꼭 어린아이의 옷만은 아닌 헌 옷들과 향신료 빵과, 우리 둘 다 병약했기에 우리 모자의 기력을 보충해줄 오보말틴 비스킷과 반 후텐 카카오 분말을 상자째로 내 가방에 밀어넣었다. 길거리로 나와 서면 나는 모욕감에 눈물을 쏟았다.

부아시 당글라 가에서는 정확하게 무슨 일을 했는가? 내가 속한 부서에서는 문화부 장관을 위해 문화 기획에 수반되는 서한들을 작성했던 걸로 기억한다.

몇 달 뒤, 나는 이런 식으로 계속할 수 없음을 깨달았다. 다시 드니와 헤어지는 일을 감수하기로 했다. 드니를 보모 자격증이 있는 보낭팡 씨에게 맡겼는데, 그녀는 샤르트르* 근교에 살았다. 다달이 구舊프랑으로 1만 8000프랑을 지불해야 했는데, 곧 그럴 수 없게 되었고, 그래서 달아나버린 뒤로 샤르트르에 다시 발을 들이지 않았다. 보낭팡 씨는 나를 상대로 소송을 벌이지 않았다. 그저 철자가 수없이 틀린 편지를 내게 보내 "우리의" 아기에 관한 소식을 간간이 전하는 걸로 그쳤다.

"엄마를 몹시 보고 싶어해요!" 단호한 어조였다. "계속 엄마를 찾아요."

나는 그런 편지를 읽으며 가책으로 괴로워서 눈물을 쏟았다. 고통과 자책이 뒤엉킨 나날이 흘러갔다. 나는 밤에 두세 시간밖에 자지 못했다. 몇 주 만에 8킬로그램이 빠졌다. 독자들은 왜 내 소설이 아이를 너무 무거운 짐으로 여기는 어머니들과, 사랑받지 못해서 괴로워하며 자기 안으로만 파고드는 아이들로 가득한지 종종 묻는다. 그건 내가 경험을 이야기하기 때문이다. 나는 아들을 몹시 사랑했다. 하지만 아이가 내게 오면서 내가 받은 교육의 토대였던 포부들은 전부 파괴되었을 뿐만 아니라, 나는 아이를 제대로 먹여 살리지도 못했다. 결국 아들을 대하는 나의 행

* 파리에서 약 90킬로미터 떨어진 도시.

동은 나쁜 어머니의 행동으로 비칠 법했다.

콩데의 구애는 무척 조급했는데, 그에 대한 기억은 아무것도 남아 있지 않다. 첫 키스, 첫 포옹, 처음으로 함께 나눴던 쾌락, 그 어떤 것도. 어떤 주제로든 진지하게 이야기를 주고받았거나 대화를 나누었던 기억 역시 없다. 우리는 둘 다, 서로 다른 이유로 시청에서 결혼식을 올리려고 서둘렀다. 나는 그 결혼으로 사회 안에서의 지위를 되찾기를 바랐다. 콩데는, 좋은 가문 출신임이 역력하고 진짜 파리 사람처럼 프랑스어를 하는, 대학 나온 신부를 사람들에게 내보이려고 서둘렀다. 콩데는 꽤 복잡한 인물이었고 농지거리를 잘했는데, 내 귀에는 종종 진부하고 거의 상스럽게 들리던 그러한 농지거리는 효과가 좋기는 했다. 그를 내 취향에 맞게 다듬어보려 했지만 헛일이었다. 그는 나의 다양한 시도들을 단호하게 밀어냈는데, 이는 그의 정신의 자유로움을 보여주는 증거였다. 한번은 당시 유행하던 파카를 입히려고 해봤다.

"너무 젊어 보여! 내가 입기엔 심하게 젊은데!" 그가 코맹맹이 소리로 단호히 말했다.

나는 누벨바그 계열의 영화인들, 그러니까 이탈리아 감독들인 안토니오니, 펠리니, 비스콘티나 카를 드라이어와 잉마르 베리만을 향한 나의 열렬한 사랑에 그도 동참시키려고 해봤다. 그는 프랑수아 트뤼포의 〈400번의 구타〉(1958)가 상영되는 동안 어찌나 깊이 잠들었는지, 영화가 끝나고 다른 관객들에게 조롱의 눈길을 받으며 그를 깨우느라 애를 먹었다. 또한 그에게 네그리튀드 계열의 시인들에 대해 알려주려고 시도했다가, 가장 뼈아픈 실패를 맛봤다. 내가 네그리튀드 계열의 시인들을 알게 된 건 몇 년 전 입시준비반 학생이던 때였다. 어느 날, 정치투쟁에 대한 자부심이 대단했던 같은 반 친구 프랑수아즈가 『식민주의에 대한 담론』이라는 얄팍한 소책자를 내게 가져왔다. 나는 저자에 대해 아는 것이 하나도 없었다. 하지만 그 책을 읽고서 어찌나 충격을 받았던지, 당장 그다음날 프레장스 아프리켄 서점으로 달려갔다. 에메 세제르의 작품을 전부 사들였다. 아낌없이 돈을 써가며, 레오폴 세다르 생고르와 레옹공트랑 다마스의 시집 또한 구매했다.

콩데는 내가 가장 좋아하게 된 작가의 작품, 그러니까 에메 세제르의 『귀향수첩』을 우연히 뒤적거리다가 조롱하듯 내뱉었다.

“2 더하기 2는 5

숲은 야옹거린다

나무는 불에서 밤을 꺼낸다

눈썹은 자신의 수염을 윤낸다

기타 등등 기타 등등……"

"이게 다 뭔 소리야?" 그가 외쳤다. "이런 걸 누구 읽으라고 쓴대? 어쨌든 나를 위한 건 아니겠지. 전혀 이해가 안 가니." 그는 기껏해야 문체가 훨씬 더 단순하고 직접적인 레옹공트랑 다마스의 시 정도나 참아냈다.

그런데 내가 보기에 기가 막힌 건, 내가 그에게 드니의 존재를 전혀 알리지 않았다는 거다. 심지어 고백해야겠다는 생각조차 아예 안 했는데, 그런 사실을 밝히면 결혼 계획 전체가 불가능해지리라는 것을 알았기 때문이었다. 그 시대는 지금 우리가 살아가고 있는 시대와 완전히 달랐다. 여성에게 처녀성이 더이상 필수적이지는 않았지만, 성 해방이 시작되려면 아직 먼 때였다. 시몬 베유 법*은 약 십오 년의 세월이 더 흐른 뒤에야 통과되었다. '사생아'가 있다는 사실은 쉽게 털어놓을 수 있는 이야기가 아니었다.

내게서 콩데를 소개받은 몇 안 되는 사람들마저 콩데를 놓고 평가가 제각각이었다.

---

* 프랑스 보건부 장관이었던 시몬 베유가 입안해 1975년 공포된 임신중지 처벌 금지법.

"학력이 어떻게 돼?" 질레트의 남편 장은 내가 콩데를 데리고 생드니의 집으로 점심식사를 하러 갔을 때 오만하게 물었다.

부랴부랴 우리를 아베스광장의 술집으로 초대했던 에나는 질레트에게 전화를 걸어, 콩데가 삼십 분 정도 이야기를 나누는 동안 무려 맥주 여섯 잔과 적포도주 두 잔을 목구멍으로 쏟아부었다는 사실을 알렸다. 틀림없어, 술꾼이야. 이반과 에디는 한탄을 해댔다.

"그 사람이 하는 말은 무슨 말인지 못 알아듣겠어."

그가 내가 꿈꾸던 남자가 아니란 건 나 역시 잘 알고 있었다. 하지만 내가 꿈꾸던 남자는 너절하게도 나를 배신했다. 우리는 1958년 8월, 태양이 눈부신 어느 아침 파리 18구 시청에서 결혼식을 올렸다. 플라타너스가 푸르렀다. 에나는 결혼식에 참석하는 수고를 하지 않았지만, 질레트는 딸 도미니크를 데리고 왔는데, 도미니크는 계속 토라진 채로 불평을 해댔는데, 그건 "진짜 결혼식" 같지 않아서였다. 우리는 모퉁이 카페에서 친자노*를 한 잔씩 마시고는, 콩데가 빌려 살던 두 칸짜리 스튜디오 근처의 가구 딸린 아파트로 이사해 들어갔다.

우리는 석 달도 채 되기 전에 헤어졌다. 싸우지는 않았다. 그

---

* 이탈리아 베르무트주 상표명.

저, 오래 같이 있는 것을 참지 못했다. 서로의 말이나 행동이 하나같이 상대방의 기분을 상하게 했다. 우리는 손님 몇 명을 가끔 불러서 중재자로 삼았지만, 그가 이반과 에디를 싫어하는 만큼 나도 그의 친구들이 싫었다. 그다음해, 임신 사실을 알았을 때 우리는 다시 함께 살아보려고 수차례 시도했다. 그러고 나서는 순순히 이별을 받아들여야 했다. 다시 한번 사랑의 실패로 보일 수도 있는 그 일이 나는 괴롭지 않았다. 어떤 면에서는, 내가 원하던 것을 얻어낸 셈이었다. 부인이라는 호칭을 얻었고 왼손 약지에 결혼반지를 끼었다. 이 결혼은 "나의 수치를 거두어"갔다. 장 도미니크는 내게 앤틸리스제도 출신 남자들에 대한 두려움과 불신을 불어넣었다. 콩데는 내게 '기니 남자'라기보다 '아프리카 남자'였다. 세쿠 투레*와 1958년 기니의 독립이 마치 이 결혼에 뭔가 역할을 했다는 듯, 훗날 콩데가 '기니 남자'임을 내세우긴 했지만. 내가 그럴 정도로 아직 충분히 '정치화되지' 않았음을 한번 더 상기하자. 내가 제일 좋아하는 시인이 노래한 그 대륙에 가닿는다면, 나는 다시 태어날 수 있으리라고 믿었다. 다시 무구해지리라고. 그곳에서는 내게 다시금 온갖 희망이 허용되리라

---

* Sékou Touré(1922~1984). 기니가 프랑스로부터 독립한 1958년부터 1984년까지 재임한 기니공화국 초대 대통령. 범아프리카주의를 표방했다.

고. 그곳에는 내게 그토록 고통을 주었던 남자에 대한 해로운 기억이 떠돌지 않으리라고. 나의 결혼생활이 지속되지 못했다는 사실은 놀랍지 않았다. 나는 콩데의 어깨에 나의 환멸에서 태어난 기대와 상상의 무게를 얹어놓았으니까. 이러한 짐이 그에게는 너무나 무거웠다.

오늘날 나는 잔혹하리만치 명철하게 그 결합이 서로에게 얼마나 기만적이었는지 인지한다. 사랑, 욕망은 거기에서 거의 자리를 차지하지 못했다. 그는 나를 통해 자신의 결핍을 채우려 했다. 학력과 탄탄한 집안 배경. 질레트의 남편이 그의 학력 수준에 대해 물어볼 만했다. 콩데에게는 초등학교 졸업장이 고작이었다. 아버지는 그가 어렸을 때 사망했기에, 가난한 어머니가 시장에서 싸구려 물건들을 떼다 팔며 시기리*에서 그를 키웠다. 그는 기니를 떠나 '대학생'이라는 근사한 이름으로 치장하려고 적성에도 맞지 않는 배우라는 직업을 선택했지만, 그 직업이 자신을 영예로 감싸주지 못함을 깨닫게 되었다. 사회적으로 어떠한 후원도 누리지 못했기 때문에, 〈워터 프론트〉의 말런 브랜도처럼 말해보자면, "대단한 인물이 되어보겠다"는 그의 야심은 실

* 기니 북동부의 도시.

현될 가능성이 전혀 없었다.

1959년 대외협력부가 첫걸음을 내딛기 시작했다. 곧 협력부 건물 중 한 동에, 아프리카에서 자신의 운을 시험해보고자 하는 프랑스인들을 위한 고용사무소가 들어섰다. 그러한 고용 제안은 나를 위한 것처럼 보였다. 사실 입시준비반에서 아프리카에 처음 눈뜨게 되었을 당시, 아프리카는 문학의 대상에 불과했다. 그곳은 한결같이 프랑스 시를 대표하는 랭보, 베를렌, 말라르메, 발레리의 목소리를 대체하며 나를 사로잡았던 시인들이 영감을 긷던 원천이었다. 하지만 차츰차츰 아프리카의 복합적 현실이 나의 삶에서 점점 더 중요한 위치를 차지했다. 고통스러운 기억을 불러일으키는 앤틸리스제도에 대해 더이상 생각하고 싶지 않았다. 그래서 서둘러 고용사무소로 갔다. 장밋빛 뺨에 금발인 남자가 나의 지원서를 검토했는데, 그가 깜짝 놀라던 모습이 아직도 기억난다. 그는 내게 질문을 퍼부었다.

"아이를 데리고 혼자서 아프리카로 가겠다고요? 남편분은요? 최근에 결혼하지 않으셨나요?"

“뻐꾸기 둥지 위로 날아간 사나이”
밀로스 포먼

몇 달 뒤, 등기우편물을 받았다. 교육부에서 나를 코트디부아르의 뱅제르빌중학교에 배정했음을 알리는 내용이었다. 당시 내 학위—현대문학 학사—가 보잘것없었기 때문에, 4호봉을 받는 프랑스어 보조교사로 채용되었고, 급여는 적었다. 무슨 상관이랴! 나는 아주 오랜만에, 기뻐서 덩실덩실 춤을 췄다!

1959년 9월 말경, 드니와 나는 기차를 타고 마르세유 항구까지 가서, 그곳에서 아비장 항구로 태워다줄 장 메르모즈 여객선을 기다렸다. 콩데는 내 상태를 염려해 떠나지 말라고 무진 애를 쓰며 설득했다. 하지만 낯선 곳에서 분만을 하고 아버지 없이 애를 낳는 일이 더이상 두렵지 않았다. 언니들은 한시름 덜었다는 듯 나의 결정을 받아들였다. 언니들은 이제 내가 다른 곳에서, 자신들과 멀리 떨어진 곳에서 바보짓을 하게 되리라는 사실에 기뻐하는 기색이 역력했다. 질레트는 급하게 나를 저녁식사에 초대했고, 장이 의학 공부를 마쳐서 기니로 출발할 준비를 하고 있다고 털어놓았다.

우리는 마르세유에서 아프리카행 여객선에 올랐는데, 내게 마르세유는 강력한 문학적 이미지 그 자체였으니, 세간의 열렬한 반응과 특히 에메 세제르의 열광을 불러일으켰던 자메이카 출신 작가 클로드 멕케이의 『밴조』는 그 항구도시를 배경으로 쓰인 소설이다. 나는 칸비에르가를 누비고 복잡한 골목들을 돌아다니고 카페에 들어가보면서, 네그리튀드 작가들에게 가닿는 느낌이 들었다. 더욱 중요한 것은 혈관을 흘러다니는 나의 피가 이전의 희열을 되찾았다는 것이다. 샛길로 빠져들면서 고통스러웠던 시기의 문이 닫혔고, 이제 나의 과거로부터 남은 것은 사랑하는 유모의 품에서 왜 그렇게 급작스럽게 떨어져나와야 했는지 영문을 모르고 울음을 터뜨릴 듯한 이 어린 사내아이뿐이었다. 보낭팡 씨와의 이별은 쉽지 않았다. 그 인심 좋은 여성은 나를 상대로 누구도 하지 않았던 역할, 그러니까 어머니의 역할을 하려 들었다. 그녀가 더듬거리면서 말한 내용은 이랬다. 그녀 생각에 남편의 팔짱을 끼고서 아프리카로 떠나는 경우라면 상황이 완전히 다를 거다! 그런데 남자도 없이 혼자 그곳에 가서 무엇을 하려는 건가! 그곳에 도사리고 있는 끔찍스러운 위험에 대해서 생각은 해봤는가? 그녀는 강간, 미지의 질병 등등을 구체적으로 입에 올리는 실수를 저질렀고, 나는 그녀의 발언을 서슴없이 인종차별주의 탓으로 돌려버렸다.

아비장까지의 여정은, 우습게도 처음 성 밖으로 나간 붓다가 가난과 질병과 늙음과 죽음을 한꺼번에 맞닥뜨린 사건에 비견할 만했다. 나는 특권층 세계밖에 몰랐다. 경험의 폭이 몹시 좁았다. 이탈리아, 스페인, 네덜란드에 수도 없이 갔었지만, 박물관 견학이 목적이었다. 런던에도 갔었지만, 역시 박물관 견학과 영어 학습이 목적이었다. 장 도미니크와 함께 했던 바르샤바 여행만 예외였다. 그는 나를 세계민주청년연맹의 세계청년학생축전에 데리고 가서 마르크스주의의 실현과 동유럽의 찬탄할 만한 국가인 폴란드에 대해 알려주었다. 이 사실을 고백하지 않을 수 없는데, 그 경험은 특별했다. 나는 그때 난생처음 인도인, 중국인, 일본인, 몽골인과 어울려봤다. 베이징 오페라 공연을 보고는 완전히 매료되었다.

프랑스 행정 부처의 인심이 그다지 후하지는 않아서, 나는 아주 협소하고 통풍도 되지 않는 삼등칸 B의 선실에 들었다. 하지만 나보다 더 불평할 만한 사람이 많았다. 우리 쪽 유보갑판에서는 입석 승객들이 보였다. 백인 약간과 '토착민'이 대다수인 군인 무리로, 그들은 굵은 철책 뒤에 죄수처럼 서로 다붙어 있었다. 추위에 꽁꽁 언 그들은 하루에 두 번 수프를 배급하는 선원들이 피워놓은 화로 주위로 몰려들었다.

우리는 새벽에 첫번째 기항지인 다카르에 도착했다. 도시 위로 희뿌연 하늘이 드리워졌다. 프랑스령 서아프리카의 중심지 다카르는 당시 평화롭고 꽃이 흐드러진 작은 마을에 불과했다. 그곳의 예쁜 목조가옥들은 2층 이상인 경우가 드물었다. 부두에서부터 톡 쏘는 퀴퀴한 냄새가 목구멍을 가득 메웠다. 한 번도 맡아본 적이 없는 낙화생 냄새였다. 냄새는 소용돌이치는 붉은 먼지로 탁해진 대기 속을 떠돌았다. 먼지가 사막에서 불어오는 뜨거운 바람에 실려온다고 승무원 한 명이 뭍에 내리는 사람들에게 설명했다.

아프리카에 처음 발을 디디자마자 한눈에 반한 것은 아니었다. 황홀해하는 서구 여행객들과는 반대로, 내게는 그곳의 향기도 색채도 전혀 놀랍지 않았다. 나는 사람들의 가난한 행색에 깜짝 놀랐다. 인도에 철퍼덕 앉은 퀭한 얼굴의 여자들은 쌍둥이, 세쌍둥이, 네쌍둥이를 사람들 앞에 그냥 내놓았다. 앉은뱅이들이 땅에 엉덩이를 끌며 돌아다녔다. 손이 잘려나간 사람들이 뭉툭한 손목을 내둘렀다. 동냥 그릇을 흔드는 온갖 유형의 불구자와 걸인을 보고 있자니, '기적의 궁전'*이 따로 없었다. 그와는 완벽한 대조를 이루며 활기차고 잘 차려입은 백인들이 자동차를 몰면서 돌아다녔다. 골목을 따라 걷다 우연히 시장에 이르렀는데, 역겨울 정도로 더러웠다. 악취가 물씬 풍겼다. 구름처럼 모여든 파리떼가 흐리멍덩한 색깔의 생선들과 핏기가 도는 자주색 고깃조각 주위를 붕붕 날아다녔다. 나는 걸음아 날 살려라 하고 달아나 주택가로 들어섰다. 열린 창문으로 어린아이들이 떠드는 소리가 흘러나왔다. 학교로구나! 발돋움을 하여 들여다보니, 줄줄이 앉아 있는 금발의 머리들과 칠판 근처에 서 있는 역시 금발이고 푸른색 원피스 차림인 교사가 보였다. 아프리카 어린이들은 어디 있을까?

이반이 자기 삼촌뻘인 장 쉴피스 씨의 주소를 줬는데, 군의관인 '장 아저씨'는 플라토의 주택가에 살았다. 과들루프인을 볼 일이 드물었던 그의 가족들은 친척을 맞듯이 두 팔 벌려 우리를 열렬히 환영해주었다. 그후에 이어진 식사는 놀라울 정도로 전통적이었다. 순대, 아보카도 페로스**, 적색 통돔 수프, 밥과 붉은 강낭콩.

---

* 프랑스혁명 이전, 파리의 걸인들이 모여 동냥하던 구역을 이르는 말. 부랑인 일부가 동냥을 위해 불구자 행세를 하다 밤이 되면 기적처럼 멀쩡해진다고 해서 붙은 명칭이다.

** 으깬 대구 살과 아보카도에 잘게 다진 채소를 섞어 만드는 앤틸리스제도 요리.

"고향에 온 것 같지." 쉴피스 부인이 자랑스럽게 한마디했다.

하지만 분위기는 상당히 비감했다. 온 식구가 중증장애를 가진 열두어 살 난 딸 베아트리스를 중심으로 움직였다. 베아트리스를 몹시 아끼는 듯한 언니 클레르가 숟가락으로 음식을 떠먹이면, 베아트리스는 입에 넣어준 것을 거의 다 게워냈다. 나는 무의식적 반감을 억누르며 베아트리스에게 다가가서 그녀의 손을 쓰다듬어줬는데, 무릎 위에 손바닥이 위로 가게 놓여 있는 그녀의 두 손은 아주 아름답고 부드러웠다.

'장 아저씨'는 까무잡잡하고 상냥한 흑백 혼혈인이었고, 디저트가 나올 때쯤 도착했다. 덕분에 아프리카에 사는 앤틸리스제도 출신의 의견을 들을 수 있었는데, 내가 기대했던 것과는 전혀 달랐다.

"아프리카인들은 우리를 증오하고 경멸한단다." 그가 단호히 주장했다. "우리 가운데 어떤 이들은 식민지의 공무원으로 근무하는데, 그 때문에 아프리카인들은 우리를 주인의 더러운 일들을 대신 처리해주는 하인처럼 취급하지."

"그러면, 르네 마랑은요!" 기분이 상한 내가 항의했다.

"르네 마랑이 누군데?" 그가 당황스러워하며 물었다.

처음에는 잘못 들은 줄 알았다. 문학의 한계를 발견하게 된 나는 당혹스러웠다. 나는 장황한 설명을 시작했고, 그는 끈기 있게 귀를 기울였다. 르네 마랑은 소설 『바투알라』로 1921년 흑인 최초로 공쿠르상을 받았고, 그로 인한 유명세와 식민지 체제를 비판한 대가를 호되게 치렀다. 그후 그는 식민지 행정직을 사퇴했다. '장 아저씨'는 겸연쩍어하며 『바투알라』를 읽어보겠노라고 약속했다.

커피를 마신 뒤 다 같이 카드 게임 등 다양한 오락거리를 즐기고 있을 때, 쉴피스 부인이 나를 거실 구석으로 불러냈다. 얼굴 표정도 목소리도 심각했다. 조언을 해줄 만한 어머니나 이모나 언니가 없는가? 아직 그렇게 젊은데, 홀로 아이 하나를 달고 그런 여행을 감행하며 아프리카라는 가공할 미지의 세계로 들어가는 모습을 보니 마음이 에인다. 어떻게든 도울 방도가 없을까? 혹시 돈이 필요한가? 한번 더 나는 낯선 이의 친절을 경험했다! 그런 까닭에 누군가가 세상에는 이기주의자들과 무관심한 자들만 있다고 주장한다면 그게 누구든 절대 용납하지 않으련다! 나는 최선을 다해 쉴피스 부인을 안심시켰다.

날이 저물 무렵, 베아트리스의 휠체어를 미는 클레르와 쉴피스 집안사람들 전부의 배웅을 받으며, 나와 내 아들 드니는 부듯가 길로 접어들었다. 근교의 어느 마을을 가로지르다가 산울타리로 둘러싸인 어느 영지 앞을 지나가게 됐는데, 너무나 낯설고도 조화로운 음악소리가 흘러나오고 있어서 대담하게 안으로 들어가보았다. 소수의 음악가가 여자들과 아이들 앞에서 연주하고 있었고, 그들은 기꺼이 우리에게 자리를 내주었다. 나는 그리오* 를 본 적이 없었다. 코라**나 발라퐁*** 소리를 들어본 적도 없었다. 그런 악기들 연주용으로 생고르가 지은 시들만 알고 있었다. 완전히 홀린 나는 그곳 마당에서 너무 오래 뭉그적거리다가 그만 배를 놓칠 뻔했다. 저멀리 서서히 흐려져가던 그 도시의 불빛이 근사했다는 기억이 여전히 남아 있다.

우리는 다시 바닷길에 올랐는데, 그사이 바다에는 거센 풍랑이 일기 시작했다. 실제로 다음날 새벽부터 우리는 무시무시한 폭풍우와 맞서야만 했다. 하늘 여기저기에서 번개가 번쩍였다. 파고 7미터에 달하는 파도가 장 메르모즈호를 좌로 우로 패대기치는가 하면, 갑판의 승객들은 방수포를 뒤집어쓰고 억수로 쏟아붓는 빗줄기를 맞으며 오들오들 떨었다. 나는 굳건히 버텼다. 드니의 관자놀이에 장뇌가 함유된 알코올을 발라주면서, 어떤 일에도 나는 파괴되지 않을 거라는 느낌이 들었다. 고약한 날씨는 이틀 동안 지속되었고, 그러더니 다시 해가 났다. 우리는 어느 화창한 아침 아비장에 도착했다. 뱅제르빌중학교의 소형트럭

* 아프리카 전통음악가이자 구술 역사가.

** 하프처럼 줄을 튕겨 연주하는 서아프리카 전통 악기.

*** 실로폰과 유사한 서아프리카 전통 타악기.

이 나를 기다리고 있었다. 몹시 유감스럽게도 운전사가 맹렬한 속도로 트럭을 몰아 도시를 가로지르는 바람에 도시 구경을 전혀 하지 못했다. 당시 뱅제르빌은 아직은 아비장 근교 도시가 아니었다. 몸통이 거대한 나무들로 빽빽한 숲이 두 지역을 가르고 있었다. 숲은 어둠에 잠겨 있었고, 나무우듬지를 뚫고 햇살이 여기저기 비쳐 들었다. 곤충과 새 수천 마리가 소란을 피워댔다. 내 소설 중 『셀라니르, 잘린 목』은 코트디부아르의 첫인상에서 폭넓게 영감을 받은 작품이다. 여주인공 셀라니르처럼 나 역시 설명할 길 없는 불안감에 전율을 느꼈고, 동시에 그 불안감에는 나름의 흥취가 있었다. 뱅제르빌에 도착하니 놀랄 일이 나를 기다리고 있었는데, 기분좋은 쪽은 아니었다. 당시에는 아프리카 교원 중에 앤틸리스제도 출신, 특히 마르티니크 출신은 거의 없었다. 뱅제르빌중학교 교장인 블레랄 씨는 마르티니크의 주도 포르드프랑스 출신 흑백 혼혈인이었는데, 그의 아내는 결혼 전 제르베즈 씨라고 불리던 시절 과들루프에서 대체 교원으로 일했었다. 그러니까, 그녀는 미슐레고등학교의 우등생이던 나의 프랑스어 선생님이었다. 그녀는 그렇게나 볼품없는 학교에서 나를 다시 만나자 자기 눈을 믿지 못했다. 그녀는 내가 고등사범학교에 들어간 뒤, 이제는 프랑스의 몇몇 유수의 고등학교로 구성된 상위권 학교들을 돌고 있을 거라고 확신하고 있었다. 경악과 실망감이 그녀의 얼굴에 뚜렷이 나타났다.

"같은 사람일 거라고는 생각도 못했네." 그녀가 놀라며 말했다. "교육부 공문에서 마리즈 부콜롱이라는 이름을 봤는데도 말예요. 대체 무슨 일이 있었죠?"

나를 가여워하는 그 어조가 마음에 들지 않았다. 나는 너무 규칙에 얽매인 내 삶에 변화를 주고 싶은 격렬한 욕망에 사로잡혔었노라고 거침없이 설명했다. 그래서 학업을 내팽개치고 아프리카로 떠나온 거라고. 그녀는 자신만만한 내 말에 완전히 속아넘어가지는 않았다. 그후로 우리 관계는 늘 불편했다. 그녀는 나를 나이 어린 친척 취급을 했고, 내가 그녀에게 나의 문제를 털어놓았더라면 좋아했을 터였다. 난, 그녀의 관심을 병적인 호기심 탓으로 돌렸고 그녀에게 속마음을 털어놓기를 꺼렸다. 그녀는 나의 임신 사실을 알게 되자 나무라는 어조로 중얼거렸다.

"왜 내게 아무 말도 하지 않았어요?"

그러한 동정심은 내 마음에 깊은 상처를 남겼다.

뱅제르빌중학교는 과들루프 출신 음악 교사가 있다는 사실을 자랑스러워했다. 그녀는 당시 유명 정치인이었던 가브리엘 리제트의 여자 형제였다. 식민지의 전 행정관료 출신인 가브리엘 리제트도 '장 아저씨'의 의견이 사실이 아님을 입증하는 인물이었다. 가브리엘 리제트는 코트디부아르의 펠릭스 우푸에부아니*가 창설한 아프리카 민주연합의 지부인 차드진보당을 1947년에 창당했다. 드골 장군의 충직한 행정관료인 그는 드골 장군의 프랑스공동체 계획을 지지했고, 아프리카 대륙의 점진적이며 평화적인 탈식민화를 위해 투쟁했다.

리제트 선생님은 우리 부모와 면식이 있었고 교유도 있었다. 그녀 역시 나를 친척처럼 대했지만 집요한 질문 공세로 내게 상처를 주지는 않았다. 우리는 나이 차에도 불구하고 세상에서 둘도 없는 친구가 되었다. 정확한 병명은 몰랐지만, 그녀는 심각한 신경질환 혹은 뇌혈관 장애의 후유증을 앓고 있었고, 그 때문에 걷고 말하는 기능이 떨어졌다. 그런 이유로 학생들의 놀림감이 되었고, 아이들이 오후마다 그녀의 집 정원 울타리까지 뒤따라오면서 조롱과 모욕을 퍼부었다. 나로서는 그녀가 하는 음악 수업의 질을 판단할 수 없으리라. 나는 그저 그녀의 지성, 감성, 다정함에 대해 증언할 수 있을 뿐이다. 그녀는 주변 숲 걷기에 용감하게 부딪쳐보는 중이었는데, 그곳으로 긴 산책을 할 때면 나를 데려가, 더듬거리고 툭툭 끊어지는 말로 아프리카에 대한 이야기를

---

* Félix Houphouët-Boigny(1905~1993). 프랑스 정치가이자 코트디부아르 초대 대통령. 1960년 대통령에 선출된 뒤, 삼십 년 넘게 통치했다.

해줬다. 그녀는 자신의 형제인 가브리엘 리제트와 달리 '장 아저씨'처럼 부정적이었다. 그녀 역시 씁쓸한 한숨을 내쉬었다.

"아프리카인들은 우리 앤틸리스제도 사람들을 싫어해."

하지만 그뒤에 이어지는 설명은 달랐다.

"그 사람들은 우리를 질투해. 우리가 프랑스인들과 너무 가깝다고 여기는 거지. 프랑스인들은 우리가 아프리카인들보다 더 우월하다고 여겨서 우리를 신뢰하잖아."

나는 그 점에 대해서 당시만 해도 아무런 의견이 없었다. 그래서 침묵을 지키고 있으면 그녀가 말을 이어나갔다.

"내가 줄곧 경고하는데도 가브리엘은 내 말을 안 듣고 차드 사람들을 위해 그토록 헌신하지. 언젠가 그들이 그의 면전에 대고 너는 우리 편이 아니라고 말할걸."

안타깝게도, 그녀가 제대로 본 거였다. 가브리엘 리제트는 차드 남북 대립의 주모자로 여겨지고, 그 때문에 추방까지 당하고 말았다. 모든 것을 포기하고 파리로 돌아가야만 했던 그에게 미셸 드브레*가 참사관직을 주었다.

뱅제르빌이라는 작은 도시는 매력이 없지 않았다. 한때 이 지

* Michel Debré(1912~1996). 프랑스 제5공화국 초대 총리.

역은 코트디부아르의 수도 지위를 누렸다. 이 지역엔 흑백 혼혈 고아원이 중심에 우뚝 솟아 있었다. 식민 시대까지 거슬러올라가는 그 거대한 석조 건물은 『셀라니르, 잘린 목』에 상세하게 나온다. 프랑스 남자들이 코트디부아르 여자들 뱃속에 만들어놓은 아이들을 그곳에서 거두었다. 대부분의 경우, 아이 어머니와 그녀의 가족은 종종 프랑스로 돌아가버리는 아이 아버지들만큼이나 아이를 원치 않았다. 내가 뱅제르빌에 살 때 고아원에 수용되었던 아이들은 그 마지막 세대였다. 양쪽에서 버림받은 고아들이 파리한 모습으로 도형장의 간수처럼 보이는 지도사들과 함께 맥없이 걷는 모습이 눈에 띄곤 했다. 또한 한센병 전문 병원이 하나 있었는데, 그곳의 입원환자들이 무시무시하게 변형된 얼굴과 팔다리를 내놓은 채 자유롭게 오갔고, 그 때문에 행정직의 요소요소에 대거 진출한 앤틸리스제도와 프랑스 출신 거주자들이 격분했다. 공공장소에 포스터를 무수히 붙여 한센병이 보기에는 끔찍해도 전염성은 전혀 없다고 사람들을 안심시키려 해봤자 아무도 그런 말을 들으려고 하지 않았다. 끝으로, 그 소도시에서 1, 2킬로미터 떨어진 곳에 근사한 시험 재배 식물원이 있었는데, 세계 곳곳에서 들여온 진귀한 식물들이 자라는 진정한 천국이었다. 뱅제르빌이라는 고치 안에 들어앉아서 소박한 삶을 흘려보낼 수도 있었으리라. 주중에는, 학생들 수준을 보건대 아주 수월하게 할 수 있는 수업 준비, 그리고 주말에는 동향인들 중 한번은 이 사람, 또 한번은 저 사람의 집에 가서 점심과 저녁을 함께하고 끝도 없이 이어지는 블로트 게임 하기. 휴가철이 되면, 부아케*나 만** 혹은 다른 지역에 부임한 과들루프와 마르티니크 출신들을 만나러 가기.

내가 곧 깨달았듯이, 앤틸리스제도 출신들은 자기들끼리만 오가며 살았으니까. 아프리카 대륙 전체에 걸쳐, 그들과 아프리카인들 사이에 깊은 구렁이 가르고 있었다. 그들은 서로 왕래가 없었고, 그런 상황이 생겨난 원인에 대해 나름대로 생각을 해보고 싶어졌다. 나는 흔히들 생각하는 대로 아프리카인들이 앤틸리스제도 출신을 증오한다고 믿지 않았다. 아프리카인들은 그들이 보기에 결코 정당화될 수 없는 우월감을 앤틸리스제도 출신들이 품고 있다고 여긴다는 말도 믿지 않았다. 아프리카인들이 아프리카의 전통적 노예제도와 노예무역에 기반한 노예제도를 뒤섞어 경멸하며 말하듯, 앤틸리스제도 사람들도 거슬러올라가면 노예 출신이 아닌가? 그런 식의 확고한 생각은 너무 단순해 보였기에, 나는 아프리카인들이 앤틸리스제도가 비자발적으로 서구화

---

* 아비장에서 359킬로미터 떨어진, 코트디부아르 중부의 도시.

** 코트디부아르 서부의 대도시.

된 것이 모욕적이라고 여겨 상대방을 이해하지 못한다고 생각하기로 했다. 앤틸리스제도 사람들 입장에서 보면, 아프리카는 그들에게 두려움을 불러일으키며 해독해볼 엄두조차 나지 않는 신비로운 백그라운드였다. 난 오히려 나를 둘러싼 그 미지의 대륙에 끌렸고 호기심이 생겼다. 나는 우선 내가 고용한 보이, 지만을 연구 대상으로 삼았다. 허옇게 센 머리가 말해주듯이 지만은 내 아버지 연배였다. 어느 날, 내가 그럭저럭 다듬어 관리하던 산울타리 앞에 그가 멈춰 서더니, 보잘것없는 액수만 받고서 그 일을 대신 해줬다. 니제르의 사막 지역 출신인 그는 가난과 고통스럽지만 어쩔 수 없이 택한 망명과 생존의 추구 등 자신의 이야기를 들려주어 나를 새로이 눈뜨게 해줬다. 일 년 전인 1958년 10월에 다호메이 출신자들을 박해한 사건이 발생했음을 알려주고, 부족 간 분쟁의 폭력성을 일깨워준 사람도 바로 그다. 학력 수준이 높아 아프리카의 라탱 지구*로도 불리던 다호메이였지만, 먹고살 수가 없었던 주민들은 코트디부아르의 확연한 번영에 이끌려서 이곳으로 들어왔다. 그후로도 외국인 혐오의 물결이 휩쓸기 전 수년 동안 온갖 이민자가 아비장으로 몰려들게 된다. 지만은 드니를 살뜰히 챙겼고, 그 모습에 나는 살짝 부끄러웠는데,

* 프랑스의 주요 고등교육기관이 자리한 파리 센강 좌안 지역.

내가 나 자신의 골칫거리에 온통 정신이 팔려 자식에게 데면데면한 어머니임을 알고 있어서였다.

"지만이 내 할아버지야?" 어느 날 드니가 심각하게 내게 물었다.

곧, 시험 재배 식물원 원장인 코피 은게상의 구애를 받게 되면서 나의 연구 영역은 더 넓어졌다. 우리 둘 사이에서는 아무 일도 없었다. 그가 소같이 흐리멍덩한 눈으로 바라보면서 내 손을 쥐어도 가만 내버려뒀던 기억은 난다. 땅딸막하고 배가 나온 그는 일부다처제 아래 이미 아내를 서넛 두었고 자식도 열두엇 둔 유부남이었다. 당시 왜 그의 관심에 반응했는지 이제는 나도 모르겠다. 그는 식사시간에 맞춰서 맛있는 코트디부아르 전통 음식들을 쟁반 가득 보내왔고, 내가 음식에 쓰는 예산이 빈약해서 바나나 푸투*, 얌 푸투, 대추야자 열매 소스, 잎채소 소스, 케제누**, 아티에케*** 같은 음식들에 대적할 수가 없었던 지만은 몹시 분개했다. 가장 흥미로운 점은 코피가 우푸에부아니의 열렬한 찬미자이고 아프리카 민주연합의 코트디부아르 지부에서

* 삶은 바나나나 얌 등을 절구에 찧어 다양한 소스를 곁들여 먹는 요리.

** 서아프리카 지역에서 먹는 고기 스튜.

*** 카사바를 갈아 물기를 짜내고 찐 음식으로, 케제누 등과 함께 먹는다.

고위직을 맡고 있다는 사실이었다. 그리하여 그는 나를 자신의 지프에 태워서 정치 회합에 데리고 갔다. 우리는 절대로 해안 지역을 벗어나지 않았다. 정지된 듯 보이는 회색빛 바다가 방파제 부근에서는 갑작스럽게 부글거리는 포말이 되어 부서졌다. 어린아이들 한 무리가 물속에서 서로 떠밀고 소리를 지르면서 위험한 짓도 서슴지 않았다. 한번은, 그랑바삼*까지 가보았다. 분위기는 울적했고, 묘석 표면처럼 매끄러운 바다가 늘 그렇듯 둔중하게 가라앉아 있었다. 코피가 당사 당직실에 있는 동안 나는 포석이 깔린 거리를 정처 없이 거닐면서, 보르도나 낭트의 부유한 무역회사 소속 선박들이 화물 선적을 위해 방파제 너머에 대기하던 시절을 상상했다. 그 선박들을 향해 편대를 지은 통목선들이 팜유가 담긴 나무통을 실어가던 시절을. 나는 폐허가 되어가는 옛 창고에도 들어가봤다. 당시 그랑바삼은 빈사 상태였다. 아직은 관광 산업으로 되살아나기 전이었다. 그렇게 되살아난 도시는 로랑 그바그보**와 알라산 와타라***의 충돌이 빚

---

* 코트디부아르 최초의 수도. 그랑바삼 내 프랑스 지구는 2012년 유네스코 세계문화유산으로 등재되었다.

** Laurent Gbagbo(1945~). 코트디부아르 역사학자이자 작가, 우푸에부아니의 정적. 2000년부터 2011년까지 코트디부아르 대통령.

*** Alassane Wattara(1942~). 코트디부아르 경제학자이자 정치인, 로랑 그바그보의 정적. 2011년부터 현재까지 코트디부아르 대통령.

은 내전으로 다시 파괴되겠지만.

정치 회합에 참석할 때면, 사람들이 지역어로 연설했기 때문에 나는 제대로 이해하지 못했다. 내게는 연극, 난해한 바로크 오페라인 셈이었는데, 그 대본이 내게는 없었다. "우푸에부아니 만세" "필리프 야세* 만세" "아프리카 민주연합 만세"라는 의미심장한 글귀가 들어간 파뉴**를 두른 여성들의 대거 참여, 연설의 격렬함, 당가黨歌, 그리고 그리오들의 열광적인 낭송이 내 관심을 끌었다. 첫 소설 『에레마코농』(1976)에서, 대혁명의 이상이 배반당했다고 확신한 젊은 주인공 비람 3세가 정치권력에 굴복하기를 거부하는데, 그러한 전개는 기니에서 발생한 사건들에서 영감을 받은 것이지만, 그 정치 회합들이 일깨워준 감정들은 비람 3세를 가르친 앤틸리스제도 출신 교사 베로니카에게 투영했다. 코트디부아르에서 나는 새로운 아프리카가 태어나려고 애를 쓰고 있다는 느낌을 받았다. 이제는 오롯이 자신의 힘에만 의지하려는 아프리카. 식민지 개척자들의 오만 혹은 보호를 가장한 통제를 떨쳐버리려는 아프리카. 나만 거기에서 배제된 듯한

---

* Philippe Yacé(1920~1998). 코트디부아르 지식인이자 정치인.

** 식물성 섬유로 짠 직사각형 천, 또는 이 천으로 만든 서아프리카 전통 의상.

고통스러운 감정이 들었다.

얼마 후, 프랑스에서 임무를 마치고 다시 자신의 자리로 복귀한 기 티롤리앵에게 인사를 하러 아비장 항구로 갔다. 이미 이야기한 적이 있는데, 기 티롤리앵이 나의 언니 에나와 이혼하면서 예전에는 그 혼인을 그토록 자랑스러워하던 두 가문 사이에 끈질긴 불화가 생겨났다. '위대한 검둥이'의 자식들끼리 혼인하여 왕조를 세워온 터였으니 그럴 만했다. 내가 기와 좋은 사이를 유지했다면, 그건 그가 푸앵트아피트르*에서 나와 학창시절을 내내 함께 보냈던 테레즈와 재혼을 해서였다. 하지만 그것이 유일한 이유는 아니었다. 기와 나는 희한하게도 서로 친밀감을 느꼈다. 나는 그의 지성, 겸손, 결단력에 감탄했고, 그를 거의 모범으로 여길 정도였다. 그는 '장 아저씨'의 주장이 맞지 않음을 보여주는 식민지 행정관료에 속했다. 그 역시 아프리카 민주연합의 열렬한 신봉자였고, 흑인 해방이라는 전망 속에서 1944년 이래 무슨 직책을 맡든 한결같이 애를 써왔다. 파리에서는 알리운 디오프**와 함께 〈프레장스 아프리켄〉***을 창간한 사람 중 한 명이

* 과들루프 그랑드테르섬에 위치한 큰 항구도시.

** Alioune Diop(1910~1980). 세네갈의 지식인, 정치인.

*** 알리운 디오프의 주도로 1947년 창간되어 1949년까지 일곱 차례 발간된 잡지. 생고르, 리처드 라이트 등 아프리카 출신 지식인과 작가뿐만 아니라 지드,

었다. 우리는 서로 얼싸안았다.

"아프리카를 사랑하나?" 그가 타오르는 듯한 뜨거운 눈빛으로 나를 응시하며 박력 있게 물었다.

나는 더듬거리며 그렇다고 답했다. 하지만 사실 코트디부아르에 도착한 지 얼마 되지 않아 아직 아프리카를 잘 모를 때였다.

"사랑해야 한다!" 그가 단언했다. "아프리카는 모진 고통을 겪었던 우리 모두의 어머니니까."

그러더니 그는 우푸에부아니에 대한 찬가를 늘어놓기 시작했는데, 그로부터 얼마 지나지 않아 우푸에부아니는 대통령에 선출되었다. 아프리카 민주연합의 창설자인 우푸에부아니는 강제노역과 등짐 노역을 철폐했다. 또한 흑인 해방을 위해 일했다. 나는 그의 말에 귀를 기울이면서도, 손주 셋을 돌보려고 그들을 따라온 테레즈의 어머니를 집어삼킬 듯이 바라보지 않을 수 없었다. 나의 어머니도 나와 함께 있다면 얼마나 좋을까. 그 오만한 잔 키달이 아프리카의 이런 벽지로 나를 따라올 리는 절대 없었겠지만! 테레즈는 나의 슬픔을 알아차렸다. "몸은 좀 어때?" 그녀가 어조를 완전히 달리하여 슬며시 물었다. "너무 피곤하지

사르트르, 카뮈 등 프랑스 작가 역시 참여했으며, 프랑스와 아프리카 문화교류의 구심점 역할을 했다.

는 않아?"

아니라고 장담했다. 점심식사를 함께 하고 나서 나는 터미널에서 택시를 잡아탔다. 그곳에 다녀온 뒤 상당히 고통스러운 감정에 사로잡혔다. 나는 도움이 절실해 보이는 아프리카를 도울 준비가 제대로 되어 있지 않으며, 뱅제르빌에서 외톨이 신세라고 느꼈다.

그후로 코피 은게상과 함께 외출해 아비장을 방문하는 횟수를 더욱 늘렸다. 수업이 없을 때면 곧장 승합 택시에 올랐다. 진정한 카메라인 내 눈으로 모든 것을 기록했다. 아이를 등에 업고 작은 발판에 앉아서 온갖 종류의 음식을 권하는 중년 부인들, 노점상들, 둘씩 짝을 지어서 순찰하는 경찰들. 아비장은 서아프리카의 경제 수도로서의 지위(최근의 역경을 겪으면서 상실하게 되었지만)에 아직 도달하지 않았으나 생기 넘치고 풍요롭다고 할 만했다. 당시 에브리에 석호를 가로지르는 다리는 1954년과 1957년 사이 세워진 우푸에부아니교 하나뿐이었다. 자동차들이 그곳으로 몰려들었다. 그 차들 중 상당수가 토착민들이 모는 거여서, 부르주아계급의 탄생을 짐작할 수 있었다. 아비장의 르 플라토를 둘러싼 트레슈빌, 아자메, 마르코리 등의 여러 근교 지역은 살기 좋고 번영한 곳으로, 상업 활동이 활발했다. 내가 다카르에 대해 갖게 되었던 이미지들과는 얼마나 거리가 멀던지!

하지만 도시로 이렇게 자주 나들이를 나갔음에도, 그동안 누구와도 말을 나누지 않았기 때문에 아프리카에 대한 나의 지식 수준이 크게 나아진 느낌은 없었다. 나는 늘 어디에서고 구경꾼에 지나지 않았다. 예상하지 못했던 건 나의 과거가 발목을 잡으리라는 거였다. 파리 로몽가의 피에르 드 쿠베르탱 기숙사에서 함께 생활했던 과들루프 출신 조슬린 에티엔이 문화부의 고위직에 있었다. 내가 파리에서 알고 지내던 또다른 과들루프 출신 니콜 살라도 아비장에 거주했다. 니콜은 아프리카인과 결혼했는데, 우리의 그 좁은 사회에서는 전혀 충격적인 일이 아니었다. 니콜이 결혼한 세니 룸은 아무나가 아니었기 때문이다. 재능 있는 변호사인 그는 독립국이 된 세네갈이 초기에 임명한 대사들 중 한 명이 되리라. 조슬린과 니콜은 앤틸리스제도 출신이든 아프리카인이든 가리지 않고 유명 인사와 정치인을 식사 자리에 초대하면서 나도 자주 불렀다. 두 사람은 나를 성심성의껏 대해주었지만, 동향인 사이의 연대 의무와 우리의 옛 친분관계 때문이라는 인상이었다. 두 친구에게서 일종의 불편함이 언뜻 보인 듯도 했다. 나는 거기 모인 엄선된 사람들 사이에서 우울한 얼굴로 앉아 있었다. '오지'의 중학교에서 근무하는 별 볼 일 없는 교사이자 이제 곧 아버지가 누구인지도 모를 둘째 아이를 낳을 여자인 나는 자가용도 없어서 아프리카 하층민들이 꽉 들어찬 '승합 택시'를 타고 돌아다녔다. 초대를 거절할 수도 있었을 것이다. 하지만 나는 그러지 못했다. 그리하여, 의지와 현실 사이의 괴리가 고통스러운 자아성찰의 계기가 되었다. 내가 내보이기 시작한 부르주아를 향한 증오는 어디에 기반하고 있는가? '상류사회'에서 스스로 떨어져나왔다는 후회가 동기가 되어 그렇게 처신하는 건 아닐까? 가족과 내가 속한 사회를 상대로 암묵적으로 했던 약속들을 하나도 지키지 못했다. 『빅투아르, 맛과 말』에서 이야기했듯이, 아버지와 어머니는 '위대한 검둥이'임을 무척이나 자랑스러워했다. 그 말인즉슨, 당신들에게는 당신들이 속한 인종 전체에 본보기가 되어야 할 임무가 있음을 의미했다. ('인종'이라는 단어가 그때까지만 해도 지금처럼 문제적이지 않았음을 짚어둔다.) 나의 부모는 그토록 기대를 걸었던 이 막내딸에 대해 어떠한 평가를 내릴까? 명철하고 냉혹한 자아 성찰 끝에, 나는 내가 위선자라는 결론에 도달했다.

바로 그즈음, 가끔씩 편지를 보내던 질레트 언니가 아버지의 사망 소식을 전해왔다. 이미 말했다시피, 아버지는 나를 몹시 사랑한 적이 결코 없었다. 그는 두 번의 결혼을 통해 자녀 열을 얻었는데, 나는 그중 막둥이였고 딸일 뿐이었다. 게다가 아버지는 내가 돋보이는 겉모습 아래에 나약함을, 아버지의 마음에 들지 않는 연약함을 갖고 있음을 간파했다. 하지만 아버지의 죽음은 내게 무시무시한 충격이었다. 내가 태어난 그 섬에 이제는 무덤뿐이었다. 그 섬은 이제 내게 영원히 금지되었다. 그 두번째 죽음이 나를 과들루프에 묶어두고 있던 마지막 끈을 풀어버렸다. 나는 그저 고아가 아니었다. 나는 무국적자, 태어난 곳도 소속된 곳도 없는 주거부정자였다. 그럼에도 불구하고 동시에 나는 완전히 기분 나쁘지만은 않은 일종의 해방감을 느꼈다. 이제부터는 온갖 평가에서부터 놓여났다는 해방감을.

그렇게 일종의 심리적 불편감 속에서 나 자신과 사이가 좋은 때가 드물고 종종 매우 불행하다고 느끼며 살아가다가, 엄청난 행복감에 온 존재가 휩쓸리게 된다. 1960년 4월 3일, 첫딸 실비안이 태어났다. 나의 임신 기간은 아주 순조로웠다. 입덧도 없었고 쥐가 나지도 않았다. 출산일 전전날에 드니, 리제트 선생님과 함께 산책을 나가서 수 킬로미터를 걷기도 했다. 그러다 마르티니크 출신 동료 교사 카리스탕의 차에 급하게 올라탔고, 그가 출산이 임박한 나를 아비장의 중앙 병원으로 싣고 갔다. 산파가 내 품에 실비안을 안겨주자마자 나는 모성애에 흠뻑 젖어들었다. 하느님이 지켜보셨겠지만, 드니의 탄생 경위야 어쨌든 간에, 나는 한 번도 드니를 화풀이 대상이나 희생양으로 다룬 적이 없었다. 하지만 아이가 성장할수록 아이의 모든 것이 내가 이제 증오하게 된 아이 아버지를 떠오르게 했다. 아이의 연한 피부색, 미소, 갈색 눈, 웃음, 목소리의 음색. 내가 아이에게 쏟는 사랑에는 늘 고통스러운 추억이 섞여들었다. 최근에도 〈농학자〉 시사회에 참석했다가 눈물을 쏟았는데, 누구 때문인지는 모르겠다. 아들 때문에? 아니면 개처럼 살해당한 장 도미니크 때문에? 그런데 실비안하고는 모든 것이 달랐다. 모든 것이 단순했다. 그처럼 콸콸 흘러나오는 애정에 마음을 적신 적이 없었다. 밤이면 가쁜 숨을 내쉬며 잠에서 깨어 급하게 요람으로 달려가, 내 소중한 아기가 여전히 살아 있는지 확인했다. 경탄에 사로잡혀 몇 시간이고 아이를 지켜봤다. 그렇게 강렬한 사랑을 느낀 바람에 그때까지 전혀 소식을 전하지 않았던 콩데에게 편지를 쓰게 되었다. 나는 그에게 딸을 만나보라고 제안했다. 아버지에게서 아이를 빼앗을 권리가 내게 없다는 생각이 들었다. 콩데는 그럴 수 있다면 무척 기쁠 거라고 즉각 답을 보내왔고, 다음 방학을 이용해서 자신을 만나러 기니로 오라고 초대했다.

1960년 8월 7일, 나는 아비장에서 열린 독립기념일 축제에 가기 위해 코피 은게상의 지프에 끼여 앉았는데, 그의 아내 넷 중 위의 둘은 각자 차를 몰고 이미 떠났고, 밑의 둘만 타고 있었다. 지프에 탄 두 여자는 수가 놓인 화려한 파뉴를 두르고 묵직한 보석을 주렁주렁 달고 머리엔 머릿수건을 풍성하게 휘감은 차림새였다. 두 사람은 내가 마치 그들의 예상 범위를 벗어날지도 모를 이상한 동물인 양 불안과 호기심이 어린 눈으로 나를 응시했다. 나는 여자였다. 두 사람도 여자였지만, 그렇다고 우리 사이에 어떠한 연결고리가 생기지는 않았다.

"둘 다 프랑스어를 못해요!" 코피가 소개 대신 던진 말이었다.

시내 외곽에 경찰이 굵은 저지선을 쳐놓아서 우리는 주차장에 지프를 놔두고 걸어서 가야만 했다. 길마다 엄청난 군중으로 북적거렸다. 우리는 탐탐을 치는 소리와 그리오들의 외침 소리에 귀가 멍멍한 채로 광대들과 곡예사들과 춤꾼들을 아슬아슬하게 피해 힘겹게 나아갔는데, 그들 중 몇몇은 죽마 위에 올라가 익살스럽게 허공에서 두 발을 서로 부딪는 동작을 선보였다. 코피의 두 아내가 아프리카 민주연합 건물로 들어갔고, 코피와 나는 뜨거운 태양을 받으며 바깥에 서 있었다. 우리는 그 야단법석 속에서 한 시간을 기다렸다. 마침내 우푸에부아니가 천천히 나아가는 무개차를 타고 모습을 드러냈다. 텔레비전이 사치품이었던 그 시기에 신문에 실린 사진으로만 그를 본 터라, 나는 두 눈으로 그를 삼킬 듯이 바라봤다. 그는 키가 작고 상당히 호리호리했는데, 낡은 가죽에 새겨놓은 듯한 얼굴은 불안감을 자아내는 동시에 속을 알 수 없는 표정이었다. 그는 어색하게 두 팔을 흔들며 반복해서 말했다.

"백인과 흑인, 모두 다 함께! 길가로 나오시오."

환희에 찬 군중이 함성을 지르는 동안, 나는 내가 역사적 순간의 증인이라고 되뇌었다.

취임식을 보려고 일부러 멀리서(과들루프?) 왔다고 코피가 설명하면서 간청해봐도 경호원들은 본격적인 즉위식이 열리는 국회로 나를 들어가지 못하게 가로막았다. 실제로 내게는, 내 이름이 적힌 초대장도 아프리카 민주연합 당원증도 법적으로 유효한 투표 통지서도 없었다. 나는 배제되었다는 고통스러운 감정에 사로잡혀 왔던 길을 되돌아가야 했다. 아프리카에서 그런 감정을 느껴야 했던 게 그때가 처음이었지만, 당연히 마지막도 아니었다. 터미널에서 텅 빈 '승합 택시'에 올라탔다. 어린아이 형상물신처럼 머리숱이 풍성한 운전사가 "부족사회"라고 불리는 것에 대해 내게 처음 가르쳐주었다. 운전사는 침울한 기색이었고, 내 두 눈으로 직접 보았던 환희를 나누는 것과는 거리가 멀어 보였다.

"왜죠?" 내가 그에게 물었다. 위대한 날이 아닌가?

"우푸에부아니, 그는 바울레족이니까요." 그가 대답했다. "난 베테족이고!"

"무슨 말이죠?" 내가 끈질기게 물었다.

그가 어깨를 으쓱했다.

"무슨 말인고 하니, 이제 바울레족 사람들이 다 갖게 될 테고, 베테 사람인 난 계속해서 아무것도 갖지 못할 거라는 소리죠."

뱅제르빌에 돌아온 나는 카리스탕네에 맡겼던 드니와 실비*를 데리러 갔다. 정치와 관련한 일에 관심이 없는 그들은 블로트 게임을 하던 중이었다.

"잘 끝났어요?" 카리스탕 씨가 물었다.

그는 내 답을 기다리지도 않고 말을 이어갔다.

"그래봤자 절대 아무것도 변하지 않을걸, 두고 봐요! 백인들이 계속 제멋대로 하겠지. 생고르처럼 그 우푸에부아니라는 자도 백인들이 만들어낸 인물 아닌가. 그 사람 프랑스 정부에서 수도 없이 장관을 했었으니까요. 그냥 체스판 위 졸에 불과해."

그 문제에 관해서도 나는 아무런 의견이 없었다. 카리스탕 씨의 의견은 기 티롤리앵의 생각과, 그리고 특히 우푸에부아니가 아프리카 민주연합의 상징인 코끼리처럼 강력한 지도자이며 오로지 민족의 해방에만 신경을 쓴다고 보는 코피 은게상의 의견과도 정반대였다. 나는 침묵을 지켰고 카리스탕 부인이 건네는 커피 한 잔을 받아들었다.

---

* 딸의 이름 '실비안'을 줄여 부른 것.

며칠 뒤, 코피가 대담성을 발휘하여 내게 열렬한 사랑을 털어놓았다. 그는 자기가 힘을 써서 아비장고등학교에 취직시켜주겠노라며 교사 자리로 나를 꾀었고, 새 학기에 내가 묵게 될 거라며 아파트를 구경시켜주었다. 석호가 내다보이는 초현대식 아파트는 근사했다. 나는 코피가 나에게 품은 감정에 관심이 없었다. 하지만 내가 뱅제르빌에서 두번째 해를 보내는 모습은 거의 그려지지가 않았다. 그래서 그가 키스하게 내버려두고 그의 제안을 받아들였다. 그래놓고는! 그다음주, 사랑하는 나의 보이 지만에게 두 달 치 봉급을 미리 지불하고서, 콩데와 합의했던 대로 아이 둘을 데리고 기니행 비행기에 올랐다.

아프리카에서의 그 첫번째 체류로부터 내가 무엇을 얻어냈는지 결산을 해본다면, 최종 집계된 견문의 총합은 여전히 얄팍하는 것을 인정하지 않을 수 없다. 부아케를 방문했을 때 바울레족이 제작한 다산성을 상징하는 공예품을 구입했었다. 이상하게 생긴 둥근 머리통과 양옆으로 쭉 뻗은 뻣뻣한 팔이 달린 목각인형이었다. 그 인형들이 텅 빈 눈길로 오늘날에도 여전히 나를 응시하고 있는데, 내게는 하나의 상징 같다. 나는 아무것도 보지 못했다. 나는 아무것도 듣지 못했다.

하지만 내가 처음 발을 들였던 그 아프리카 국가 코트디부아르는 내게 지워지지 않는 이미지들을 남겼다. 뱅제르빌로 가는 길에 바로크양식의 대성당을 연상시키는 숲 한가운데를 통과하면서 느꼈던 경탄을 결코 잊지 못하리라. 그랑바삼에서 식민지였던 과거의 잔해가 내 마음에 주었던 충격도. 여성들의 아름다움과 그들의 머리모양과 그들이 옷을 차려입고 보석으로 치장하는 방식을 보며 느꼈던 찬탄도. 아주 최근까지도, 내 최근작인 『물이 차오르기를 기다리며』를 쓰던 2010년만 해도, 주인공 중 한 명인 바바카르를 아비장에 사는 인물로 그리지 않을 수 없었다. 그 도시는 몇 년에 걸친 내전으로 황폐해져버렸다. 그렇게 변해버린 도시에 대한 나의 슬픔과 아쉬움을 표현하는 나만의 방식이었다.

그후로야 수도 없이 비행기를 타고 여행을 하게 되었지만, 내가 비행기를 타본 건 그때가 처음이었다. 드니와 마찬가지로 나 역시 불안했다. 둥근 창문에 코를 박고서 전율을 느끼며 비행기 아래에 펼쳐진 숲의 진초록 카펫을, 대지의 핏빛을, 그다음에는 끝없이 펼쳐진 눈부신 바다를 지켜보았다.

두번째 뻐꾸기 둥지 위로 두번째 비상

1960년 코나크리는 아비장과는 비교도 안 되었고, 심지어 뱅제르빌에 견주어도 그랬다. 정말로 별 볼 일 없는 도시였다. 삐죽삐죽 솟아난 작은 산호섬들을 후려치는 바다만이 자줏빛으로 화려하게 도시를 장식했다. 간혹 근사한 외관의 건물들이 보였다. 관공서, 은행, 국영상점들이었다. 나머지는 볼품없는 벽돌 건물들뿐이었다. 물이 귀해서 여자들은 물이 똑똑 떨어지는 샘 주위에 몰려 있었다. 여자들이 등에 업고 있거나 뒤에 달고 온 아이들은 모두 콰시오르코르* 징후를 보였다. 남자들과 마찬가지

* 단백질이 부족한 영양불량 상태. 가나 등지에서 사용하는 아샨티어로 '붉은 아이'라는 뜻이며, 붉은 피부 반점, 간비대, 부종 등의 증상이 나타난다.

로 여자들은 낡은 옷을, 거의 누더기에 가까운 옷을 걸치고 있었다. 나는 이슬람교가 지배적인 나라에서는 살아본 적이 없었다. 이슬람에 대해서는 하나도 몰랐다. 그래서 새벽의 차가운 대기 속에서 덜덜 떨면서 신의 전능하심을 읊조리는 탈리베*들, 모스크 근처로 몰려드는 걸인과 불구자를 보고 충격을 받았다. 명상에 잠긴 채 초점 없는 눈을 한 현자들은 먼지 구덩이 속에 당당히 자리잡고 묵주 알을 굴렸는데, 나는 그들의 모습을 바라보며 감탄으로 어쩔 줄을 몰랐다. 옆구리에 서판을 끼고서 종교학교로 날듯이 달려가는 어린 사내아이들의 모습에 경탄했다. 한마디로, 그토록 불우해 보이는 고장과 사랑에 빠졌다. 내가 살아본 도시들을 통틀어 코나크리가 내 마음속에 가장 소중하게 남아 있다. 그 도시를 통해 나는 진정 아프리카 안으로 들어가게 되었다. 그곳에서 '저개발 상태'라는 말의 의미를 깨쳤다. 부자들의 오만과 약자들의 궁핍을 목도했다.

내가 도착하던 날, 콩데는 공항에서 처음 만나는 자신의 딸 실비와 드니를 똑같이 열렬하게 껴안았다.

"아버지라고 불러도 돼요?" 드니가 정중하게 그에게 물었다.

"이런, 내가 네 아버지인걸!" 콩데가 크게 웃어대며 대답했다.

---

* 전통 이슬람 종교학교의 학생.

사실 같지 않아 보이겠지만, 우리가 드니의 상황에 대해 넌지시 언급한 건 그때가 처음이었다. 우리는 장 도미니크에 대해서 이야기를 나눈 적이 없었다. 콩데는 드니의 아버지가 누구인지 그애가 어떤 정황에서 태어났는지 결코 알려고 들지 않았다. 아마 말은 안 했어도 콩데는 명확하게 간파했을 거다. 그는 아프리카가 내게는 무엇보다도 피난처임을 알았다. 힘들었던 과거가 없었더라면 내가 자신과 결혼하지 않았으리라는 것도 알았다. 그것이 우리 사이에서 드러내놓고 말한 적이 없는 가장 끔찍한 생각이었다. 그가 감정을 거의 드러내지 않는 그만의 방식으로 드니를 자기 아이로 받아들였음을 인정해야겠다. 그는 그후로도 절대 드니를 우리가 함께 만든 다른 아이들과 다르게 대하지 않았다.

그날 콩데는 공항에 세쿠 카바와 함께 왔는데, 콩데의 동창인 그는 행정부에서 비서실장직을 맡고 있었다. 그 우아하고 과묵한 남자는 나를 한결같이 지지해주게 된다. 우리 집안사람들이 하나씩 하나씩 걸렸던 "부콜롱 집안의 병"—균형장애, 발성장애, 운동실조—으로 인해 스무 살에 세상을 뜬 오빠 기, 기토를 그리워하던 나는 그에게서 큰오빠와 멘토의 모습을 보았다. 우리 둘 사이에 애정이나 성적인 건 전혀 없었다. 노동조합 지상주의자였던 그는 다카르에서 수학할 당시 세쿠 투레와 한방을 썼다. 세쿠 투레가 고위직에 오른 뒤로 더이상 그와 교류는 없었지만 그를 신처럼 숭배했다. 세쿠 카바는 내게 '아프리카식 사회주의'를 가르쳐줬고, 현지에서 발간된 기니 민주당의 역할과 역사에 대한 소화하기 어려운 책자 여러 권과 대통령과 몇몇 장관의 성인전에 버금가는 전기를 읽어보라고 주었다.

콩데와 나 둘 다 가진 돈이 거의 없었기 때문에 그의 집에 묵었다. 그는 포르의 인구 밀집 지역에 있는 소박한 개인주택에 살았는데, 그의 아내와 두 딸 말고도 수많은 형제, 자매, 사촌, 처가 식구들이 기거했다. 그 집은 모스크에서 두 걸음 떨어진 곳에 있어 아침마다 우리는 무에진*의 첫번째 고함에 깨어났고, 그 소리에 익숙해지지 않던 나는 매번 침대 밖으로 급하게 뛰쳐나가 무릎을 꿇었다. 그 재촉하는 목소리를 들으면서 나는 어떤 위대한 행위를 완수하는 꿈을 꿨다. 하지만 어떤 행위를? 콩데는 놀리는 표정으로 침대에서 나를 바라봤다.

"정말 열렬한 신자네! 아주 열렬해!" 그가 짓궂게 한마디했다.

노력을 해봤지만 세쿠의 아내인 그날랑베와 가까워지지 못했는데, 그녀가 나를 언니처럼 대해줬더라면 굉장히 좋았을 것이

* 이슬람권에서 하루에 다섯 차례 기도 시간에 맞추어 큰 소리로 시간을 알리는 사람.

다. 그녀가 부엌에서 웃어대면서 대화를 나누는 소리가 들리곤 했다. 하지만 내가 나타나기만 하면 그녀는 입을 다물고 굳어버렸다. 결국 나는 세쿠에게 불평을 하고 말았다.

"내가 겁을 주는 걸까요?" 내가 속이 상해서 물었다.

"주눅이 들게 하죠!" 그가 잠시 머뭇거리다가 답했다. "아내는 프랑스어를 잘 못해요. 학교는 거의 다니지 않았죠. 그리고 파뉴를 입고…… 이해하겠어요? 당신한테 살짝 열등의식을 갖는 거죠. 당신이 말랭케어를 배운다면 진즉 가까워졌을 텐데."

그런 권고를 줄곧 들어온 터라 나는 곧 짜증이 났다. 아프리카 사회를 해독하고 싶다면 그 사회와 이야기를 나눌 수 있어야 한다는 사실을 금방 깨달았으니까. 하지만 존재하는 무수히 많은 언어 중에서 어떤 언어를 선택해야 하나?

말랭케어를 배워라! 말랭케족은 권하리라.

페울어를 배워라! 페울족은 말하리라.

수수어를 배워라! 수수족은 그렇게 발언하리라.

세쿠는 콩데와 나의 결혼생활이 어떤 상황에 처했는지 알면서도 체념하지 않고, 이혼에 대한 말을 듣고 싶어하지 않았다. 그는 내게 코트디부아르를 포기하고 기니로 오라고 간청했고, 자신의 직위로 보건대 내게 교사 자리를 찾아줄 수 있다고 장담했다. 어느 아침 나는 그의 다정한 압력에 굴복하여 이민국에 갔다. 갓 발급된 빳빳한 가족수첩을 여봐란듯 들이밀며 기니 여권을 신청했다. 그것이 정치적 결정이, 투사의 신념에 찬 행위가 아니라는 데에는 일말의 모호함도 없었다. 내가 진정한 기쁨을 느끼며 프랑스 국적을 포기했다는 건 확실하다. 하지만 나에겐 무엇보다도 나의 자유를 표출하는 일이었다. 그렇게 이루어진 아프리카에 대한 실질적 재전유를 통해 네그리튀드운동의 수장, 나의 정신적 스승보다 더 멀리 나아감으로써, 나 자신을 책임지기 시작했음을 스스로에게 보여주었다.

"이걸 작성하세요!" 권태로운 표정의 직원이 카운터 위에 서류 더미를 내려놓으면서 지시했다.

"그럴 필요 없어요!" 그 직원의 등뒤에서 나타난 또다른 직원이 단호한 어투로 말했다.

그가 서류 뭉치를 쓸어가면서 거만한 어투로 설명했다.

"저분이 기니인과 혼인을 했으니, 저분이 지닌 원래 국적에 기니 국적이 더해지는 거야. 하나 더, 추가되는 거지."

그들이 주고받는 말을 하나도 이해하지 못했음을 고백한다. 무슨 상관이랴! 나는 그 근사한 녹색 여권 때문에 훗날 혼쭐이 나게 되리라는 건 짐작조차 못하고 발급받은 여권을 즐거운 마음으로 챙겨넣었다. 훗날 다시 프랑스 국적으로 돌아가게 되며,

옳건 그르건 그날 어떤 서류도 작성하지 않았던 것에 대해 하늘에 감사하게 되리라는 건 상상조차 할 수 없었다.

콩데, 그는 나의 결심에 개입하지 않는 척했고 함께 살자는 제안도 절대로 하지 않았다. 그는 조만간 우리가 헤어지게 되리라는 것을 알았던 게 아닐까 싶다. 그는 아버지답게 아이들을 정성껏 돌봤다. 실비안을 목욕시켰고, 그 지역에서 생산된 마른풀 다발로 아이의 몸을 문질러줬다. 매일 오후, 반바지와 티셔츠를 입고 드니를 불러댔다.

"어서 와!" 그가 아이에게 명령했다. "공놀이하자."

그 가여운 어린 것은 하던 일을 중단하고 행복감에 취해서 그를 따라갔다. 아이는 그런 즐거움을 누려본 적이 없었다.

역사는 반복되나…… 반복되지 않는다

나는 기니에 몇 주간만 머물렀고, 그후 드니와 실비를 데리고 프랑스행 비행기에 올랐다. 기니 항공사의 항공기는 아주 안락한 러시아산 최신 기종인 일류신 Il-18이었다. 오늘날에도 여전히, 나는 무엇을 찾아서 파리로 갔는지, 왜 코나크리에서 휴가를 마치지 않았는지 자문해본다. 프랑스의 수도는 내게 여전히 고통스러운 기억으로 가득했다. 에나는 줄곧 나를 모른 척했고, 질레트는 나를 자주 보기에는 너무 바쁘다고 했다. 몇 안 되는 내 친구들 중, 에디는 랭스에서 학업을 마쳤고 이반은 그보다도 더 멀리에 있었다. 이반은 프랑스인 농업 기사와 얼마 전 결혼해 카메룬 창에 거주하고 있었다. 어쩌면 나는 프랑스에서 보내는 휴가를 신성불가침처럼 여기는 식민지 공무원들 행동에 나의 행동을 맞추고 싶었던 모양이다. 그 어디에도, 그 어느 하늘 아래에도, 누구 하나 나를 기다리는 이 없으니, 스스로 나의 고독을 최선을 다해 채웠다는 생각도 든다.

게다가 왜 세쿠 카바의 집에 늘어지게 붙어 있겠는가? 그곳에서의 생활은 별로 매력이 없었다. 빈둥거리는 재주를 극도로 타고난 콩데는 아침 내내 잠을 잤지만, 나는 기니 민주당의 역사에 관한 소화하기 어려운 책을 여러 권 읽으면서 지겨워했다. 세쿠가 사무실에서 돌아오면 우리는 아이들 울음소리, 형제들, 처남들, 사촌들이 그들 각각의 처첩들과 다투는 소리, 라디오에서 흘러나오는 그리오들의 외침, 바로 근처 경기장에서 들려오는 환호성이 어우러진 야단법석 속에서 저녁식사를 했다. 그러고 나면 선택을 해야 했다. 그날랑베와 그녀의 손님들이 부엌에서 즐겁게 웃음을 터뜨리는 동안 이해도 못하면서 자국어로 내보내는 라디오 방송을 들으며 집에 남아 있든가, 아니면 밖에서 저녁나절을 보내는 콩데와 세쿠를 따라서 외출을 하든가. 나는 두 남자를 따라서 외출하는 선택이 그다지 좋지 않음을 곧 깨닫게 되었다. 두 남자가 찾아간 친구들은 내 앞에 타마린드 주스 한 잔을 놓아주고서는 내 존재를 완전히 잊어버렸다. 그 사람들은 말랭케어로 활기 넘치며 시끌벅적한 대화를 끝도 없이 주고받았다. 누구도 나를 신경쓰지 않았다. 결국 나는 체념하고 집에 남기로 했고, 그날랑베와 그녀의 친구들이 거실에서 호사를 누리는 동안, 기니 민주당 역사에 관한 책을 들고 침대에 누웠다. 차츰차츰, 말랭케어를 배우는 것만으로 충분하지 않으며, 무엇보다도 세상을 분명히 구별되는 두 개의 영역, 그러니까 남자의 영역과 여자의 영역으로 이루어진 곳으로 바라보는 법을 배워야 함을 깨달았다.

나는 심드렁한 마음으로 다시 파리에 돌아왔다. 수중에 돈이 얼마 없었기 때문에 실비와 드니를 보낭팡 씨에게 맡겼고, 그녀는 행복해서 어쩔 줄을 몰랐다. 이번에는 그녀에게 미리 돈을 지불했다. 그러고 나서 주르당대로의 시테 위니베르시테르*에 방을 하나 구했다. 나는 최선을 다해 시간을 보냈다. 아침에는 거리를 거닐다가 서점에도 들어가보고 박물관과 갤러리에 가기도 했다. 오후에는 영화를 향한 열정을 충족시켰다. 뤽상부르 영화관에서 루이 말의 회고전을 보았다. 그렇게 〈사형대의 엘리베이터〉 〈연인들〉 〈지하철의 소녀〉를 감상할 수 있었다. 나는 나에게 추근대는, 이국취미를 가진 사내들을 매몰차게 쫓아내는 기술의 대가가 되었다.

---

* 대학생 공공 기숙사 단지.

바로 그 시기에 내가 아이티 남자와 나눈 두번째 사랑이라고 지칭한 경험을 하게 되었다. 그 사랑은 첫번째 사랑과는 너무나 달라서, 별별 생각이 다 들 지경이었다. 운명이 앙갚음하라고 그 남자를 보내준 걸까, 혹은 대놓고 놀려먹으려고 그런 걸까, 아니면 운명은 누구도 흉내낼 수 없는 자기만의 방식으로 나를 골탕 먹이는 걸까. 나를 망쳐놓았던 아이티가 내게 되돌아왔다.

어느 저녁 학생식당에서 돌아오는 길에 한 무리의 젊은이가 다가왔다.

"아이티 사람이세요?"

그들은 대여섯 명쯤 되었다. 하지만 그들 중 딱 한 명에게만 관심이 갔다. 그의 이름은 자크 V…… 라고 했다. 키가 그리 크지 않았고—내가 키가 컸기 때문에 나는 늘 키가 작은 남자들에게 약했다—반짝거리는 검은 피부에, 입술은 두툼하고 육감적이었으며, 넓은 이마는 풍성한 곱슬머리로 덮였고, 눈빛은 우수에 젖어 있었다. 곧 나는 그의 친구들이 그를 깍듯이 대하는 태도에 놀라고 말았는데, 알고 보니 장 도미니크의 노력에도 불구하고 아이티공화국의 대통령이 된 프랑수아 뒤발리에의 사생아였다. 프랑수아 뒤발리에는 가혹한 독재자, 영화감독 라울 펙의 표현에 따르면 "열대의 몰록"임이 곧 드러났다. 그의 명령에 따라 통통 마쿠트*들이 주도하여 여러 가문을 남김없이 몰살하였고, 능력이 되는 사람들은 망명을 떠났다. 하지만 그러한 끔찍한 정치 현실은 그와 나 사이에 끼어들 자리가 없었다. 문화도, 문학도, 우리 주변의 세상은 소멸되었다. 세상의 외침은 우리가 파묻힌 비현실적 무無의 세계로 뚫고 들어오지 못했다. 1960년 6월에, 벨기에령 콩고가 독립했다. 7월에는 카탕가**가 분리 독립했다. 루뭄바, 카사부부, 촘베, 모부투, "적도의 숲에서 솟아난" 그런 이름들이 신문의 1면에 나열되었지만 우리는 읽지 않았다. 우리가 서로에 대해 느끼는 꺼지지 않는 욕망만이 중요했다.

이번에는 지적이고 고상한 사랑이 아니었다. 육체가 주고받는 걸신들린 대화였다. 몇 주 동안이나 우리는 서로 말도 하지 않고, 어쩌다가 맘바***를 바른 빵 조각을 먹은 것 말고는 거의 먹지도 않고서, 말 그대로 그의 방에 처박혀 지냈다. 사랑을 나누면서, 우리는 밤에 '렐리제 마티뇽' 혹은 '라 카반 큐벤'****에 갈 때만 바깥바람을 쐬었다. 그저 자크가 춤추기를 좋아했다고 말한다면, 진실과는 아주 거리가 먼 것이다. 그는 사랑을 할 때처

* 아이티 대통령 프랑수아 뒤발리에가 창설한 친위대이자 비밀경찰 조직.

** 콩고를 이루는 네 개의 주(州) 가운데 하나.

*** 아이티에서 '땅콩버터'를 이르는 말.

**** 파리의 나이트클럽.

럼 춤을 추면서 불길, 열정, 분노를 쏟아부었다. 맘보, 차차차 등 아프로큐반*의 위대한 시절이었다. 가수 셀리아 크루스와 라 소노라 마탄세라 밴드, 오르케스타 아라곤은 왕으로 군림했다. 난 춤을 출 줄 몰랐다. 나는 리듬감, 극도의 관능성 등 서구가 흑인에게 부여하는 그런 특성들을 조롱하고 경멸하는 부모 밑에서 자랐다. 육체에 대한 자유로움을 잔인하게 빼앗겼던 나와는 다르게 자크는 그러한 자유로움을 맘껏 드러낸다는 생각이 문득 들었다. 그가 다른 춤꾼들의 박수갈채를 받으며 플로어를 누빌 때 나는 그를 흉내내려 들지 않았는데, 조롱이 쏟아지리라는 걸 알고 있어서였다. 시새움과 질투로 굳어버린 나는 좋은 낯을 내보이려고 애쓰면서 플랑퇴르 칵테일 한 잔을 앞에 놓고 앉아 있었다. 우리는 동이 터올 때까지 한참을 클럽에서 보냈다. 다시 바깥으로 나올 무렵이면, 도시는 희끄무레하게 밝아 있었고 형광 작업복 차림의 소닌케 부족 출신 청소부들이 거리 여기저기를 분주히 뛰어다녔다. 우리는 밤새 놀다가 잠이 든 파티광들로 가득한 지하철 첫차를 타고 시테 위니베르시테르로 돌아와 방에 처박혔다. 이전의 어느 독재자보다 피비린내 물씬 풍기는 독재자의 아들과 사랑을 나눴다고 나를 꾸짖는 일은 없기를. 자크는

* 라틴아메리카 리듬을 더한 재즈 리듬.

내게 그런 의미가 아니었다. 나는 정열적 사랑을 겪었다. 정열은 분석을 거부하며 도덕을 가르치지 않는다. 정열은 불타오르고, 활활 태우고, 소진한다.

하지만 10월 중순에 드디어, 녹초가 되어 코를 골며 자는 자크를 깨우지 않고 내 방으로 돌아갈 용기를 냈다. 나는 자랑스럽게 가방을 꾸린 뒤 안개 속으로 나갔고, 샤르트르행 첫 기차에 올랐다. 그곳에서 실비와 드니를 되찾은 다음, 오를리공항으로 가 기니행 비행기에 올랐다. 나는 늘 왜 내가 스스로에게 그런 상처를 줬는지 명료하게 이해하지 못했다. 지금은 그것이 내 모성애가 비뚤어지게 발현한 결과였으리라고 생각한다. 아이들의 행복을 위한 행동이라고 굳게 믿었다. 무분별의 중단! 이기심의 중단! 드니와 실비안이 한부모가정의 비정상성 속에서 커나가게 둬서는 안 되었다. 아이들에게는 나라와 지붕과 아버지가 있어야 했다. 그 나라가 기니였고, 그 지붕이 코나크리에 있었으며, 그 아버지가 콩데였다. 나는 지금도 내가 코나크리까지 어떻게 여행을 마칠 수 있었는지 궁금하다. 목적지에 도착하자마자 세쿠 카바의 차 안에서 기절하는 바람에 세쿠가 기겁을 했다. 곧 나는 너무나 몸이 허약해져서 침대 신세를 져야 했다. 현기증과 실신이 계속 반복되었다. 먹고, 마시고, 씻고, 옷을 입는 가장 단순한 행위를 할 수 없었다. 대부분의 시간을 침대에 축 늘어진 채 보냈다.

"엄마, 죽는 거 아니지?" 드니가 속삭였다.

대답할 기력도 없어서 나는 아이를 껴안았다. 그날랑베와 콩데는 둘 다 내 상태가 그렇게 된 건 그 지역에서 맹위를 떨치는 말라리아 때문이라고 여겼다. 그건 심각한 전염병이었다. 그날랑베는 내게 퀴닌 알약과 만병통치약으로 알려진 쓰디쓴 캥켈리바 달인 물을 여러 잔 마시게 했다. 콩데는 파리에 머무르는 동안 무슨 일이 있었는지 물으려 하지 않았는데, 내가 크게 충격을 받은 기색이 역력해서였다.

나는 누가 말만 걸어도 소스라치면서 좀비처럼 움직였다. 콩데는 불평 않고 거실로 나가서 어린 친척들 사이에 짚자리를 펴고 잤는데, 내가 어린 친척들에게 그와 몸이 닿는 걸 견딜 수 없음을 이해시키려 해보았더니 그애들은 깜짝 놀랐다. 세쿠 카바는 우리 부부의 와해를 당혹스러운 심정으로 지켜본 증인이었다. 에디에게서 편지 한 통이 왔는데, 자크가 랭스까지 찾아와서 코나크리의 내 주소를 묻더라는 내용이었다. 그의 언행은 미친 사람의 언행이었다. 그는 통통 마쿠트 일개 중대를 이끌고 나를 찾으러 기니로 갈 테고, 통통 마쿠트는 툭하면 살인을 저질러 버릇했으니까 콩데를 깨끗하게 처리할 거라고 했다. 그러고는 나를 데리고 아이티로 갈 거라고도.

건강 상태가 자꾸 나빠졌기 때문에 결국 근처 보건소에 근무하는 폴란드인 의사에게 진찰을 받으러 갔다. 그가 내가 다시 임신했다고 알렸다.

임신이라니!

나는 눈물을 펑펑 흘렸는데, 당시 정말로 아이를 원하지 않았기 때문이었다. 코피 은게상에게 아비장에 정착하겠노라고 건성으로 했던 약속은 분명 내게 전혀 중요하지 않았다. 어쨌든, 한 번 더, 운명의 제물이 된 느낌이었다. 이 새로운 임신으로 나는 가차없이 콩데와, 기니에 묶이게 되었다.

내게는 더이상 출구가 없었다.

"우리는 예속 상태에서의 풍요보다는 자유 안에서의 가난이 더 낫다"

세쿠 투레

모든 일이 아주 빠르게 일어났다. 내 상태와 그로 인한 내 삶의 방향 변화에 몹시 만족한 세쿠 카바 덕분에 나는 벨뷔여자중학교의 프랑스어 교사로 임명되었다. 학교는 코나크리 외곽의 녹지에 들어앉은 식민지 시대의 아름다운 건물에 자리잡고 있었다. 교장은 매력적인 마르티니크 여성 바칠리 씨였다. 코트디부아르와 마찬가지로 기니에서도 앤틸리스제도 출신들이 초등교육부터 고등교육까지 교육 전 과정에 있었다. 하지만 기니로 몰려드는 사람들은 코트디부아르에서 일하는 사람들과 공통점이 전혀 없었다. 이들은 순대나 아크라* 등 고향 음식이나 만들며 친

* 다진 생선살과 채소, 밀가루 반죽을 한입 크기로 튀긴 요리.

목을 도모하는 단순한 공동체가 아니었다. 고도로 정치화된 이들로, 물론 마르크스주의자들이었고, 자신들의 능력을 필요로 하는 신생국가를 도우려고 바다를 건너온 이들이었다. 그들은 이 집 저 집에 모여, 캥켈리바 차 한 잔을 앞에 놓고서(정말이지 이 차는 온갖 효능을 지녔다!) 그람시의 사상 혹은 마르크스와 헤겔의 사상에 대해 논했다. 그런 회합에 내가 왜 갔는지는 잘 모르겠다. 회합은 철학교사이자, 아주 예쁜 프랑스 여성과 결혼한 마크 파를란이란 이름의 과들루프 남성의 집에서 열렸다.

"부콜롱 집안 사람 아닌가요!" 그가 정중한 태도로 넌지시 건넨 말에 난 화들짝 놀랐다. "당신 집과 아주 가까운 뒤고미에가에서 자랐어요. 오귀스트를 아주 잘 알죠."

오귀스트는 스물다섯 살 많은 우리 오빠였고, 내가 그 오빠와 함께할 일은 전혀 없었다. 그는 집안의 자부심이었는데, 과들루프 최초의 문학 교수 자격자였기 때문이었다. 불행히도 그는 어떠한 정치적 야심도 내비친 적이 없었고, 파리 근교 아니에르의 작은 개인주택에 박혀 철저한 익명성 속에 평생을 살았다. 그 오빠와 연관시키니 내가 얼마나 놀랐을지 이해하리라! 내가 무슨 일을 하든지 간에 나는 날날이 까발려진다. 경계만 늦췄다 하면, '위대한 검둥이'들에게 덜미잡이를 당할 위험이 늘 있었다.

"남편분은 파리에 계신가요?" 그가 계속 물었다.

나는 남편이 그곳에서 학업을 마무리하는 중이라고 더듬거리며 답했다.

"무슨 공부를 하시나요?"

"배우가 되고 싶어서 블랑슈가에 있는 국립고등연극학교에서 강의를 듣고 있어요."

그가 그런 직업을 하찮게 여긴다는 것을 표정으로 알 수 있었다. 그는 그렇게 그냥 가버리더니 누가 쓴 정치 논문인지 이제는 기억도 나지 않는 글을 우리 앞에서 한 시간 동안이나 읽어댔다.

그후로는 그런 유식한 척하는 좌파들의 모임은 신경써서 피해 다녔고, 동향인 공동체와는 얽히지 않고 살아가기로 결심했다. 그 결심을 완벽하게 지키지는 못했고 예외가 하나 있었다. 바칠리 교장의 여동생 둘이 언니의 뒤를 따라 곧 기니로 왔는데, 그들 중 한 명인 아름답고 기품 있는 욜랑드가 역사 교수 자격을 얻어 동카고등학교에서 학생들을 가르치고 있었다. 그녀는 또한 기니의 역사교사협회장이기도 했다. 그녀의 온갖 직함에도 불구하고, 우리는 아주 가까운 사이가 되었다. 우리는 다른 수많은 동향인들처럼 11층짜리 두 동으로 이루어진 불비네 아파트에 거주했는데, 그 시절에 어울리지 않게 현대적인 건물이 소박한 어촌 마을 바닷가에 우뚝 솟아 있어서 뜻밖의 풍경처럼 느껴졌다. 승강기가 작동하지 않아서 욜랑드는 11층의 자기 집까지 계단

등반을 시작하기 전에 2층 우리집에 들르곤 했다. 그녀는 루이와 함께 살았는데, 루이는 프랑스 식민화에 격렬하게 저항했던 베한진왕의 직계 자손으로, 베냉*의 진짜 왕자였다. 베한진왕은 마르니티크 포르드프랑스에 유배당했다가 알제리 블리다에서 죽음을 맞는다. 루이는 선조에게서 물려받은 파이프, 코담뱃갑, 손톱가위 등 진귀한 소장품들을 갖고 있었다. 특히 나이든 국왕의 사진을 수도 없이 갖고 있었다. 지적이고도 결연한 그 얼굴은 나를 몽상에 잠기게 했다. 놀랍게도 몇 년 뒤 그 인물이 머릿속에 돌연히 떠올라서, 나는 『마지막 동방박사들』을 집필했다. 나는 마르티니크에 유배된 왕을 그곳 사람들이 조롱하는 장면을 소설에 그려넣었다. "아프리카의 왕이라고? 카 사 예 사(그게 뭔데)?"

특히 우리 고장에서 격렬한 폭풍우와 휘몰아치는 사이클론을 맞닥뜨렸을 때, 그런 현상에 익숙하지 않은 그가 느낄 공포를 상상했다. 나는 그에게 스페로라는 인물을 통해 앤틸리스제도의 피가 섞인 후손을 안겨줬고, 기꺼이 그 후손의 손에 일기를 들려줬다.

---

* 토고와 나이지리아와 국경을 맞댄 서아프리카 국가로, 1900년대까지 다호메이왕국이 존속했고, 1960년 프랑스 식민지에서 독립하며 다호메이공화국이 되었으며, 1975년 베냉공화국으로 국명을 바꾸었다. 베한진은 다호메이왕국의 마지막 왕이다.

루이 베한진은 굉장히 지적인 남자로, 그 역시 동카고등학교의 역사 교사였다. 그는 세쿠 투레의 신임을 받았고, 결국에는 마무리되지 못했던 거대한 작업인 교육개혁을 주도했다. 욜랑드에게 내 속사정을 털어놓아야겠다는 생각은 머릿속을 스쳐간 적조차 없지만, 그녀에게 깊은 찬탄과 진짜 우정을 느꼈다. 그녀의 솔직한 화법이 내게는 도움이 되었다. 그녀는 종종 호되게 나를 꾸짖었으니까.

"어떻게 당신은 그다지도 똑똑하면서 그런 무위의 삶을 살아갈 수 있죠?"

내가 여전히 똑똑했던가?

종종 죽음을 바랄 정도로 내가 얼마나 불행하다고 느끼는지 누구도 짐작하지 못했다. 예를 들자면, 욜랑드와 루이는 나의 울적함과 소극성을 남편이 곁에 없는 탓으로 돌렸다. 실제로 콩데는 블랑슈가의 국립고등연극학교에서 마지막 학년을 이수하기 위해 파리로 돌아가고 없었다. 그는 내가 임신 사실을 알리자 체념하며 받아들였다.

"이번에는 사내놈이겠지!" 콩데는 그러면 삼켜야 할 알약이 덜 써지기라도 하는 것처럼 단언했다. "알렉상드르라고 이름을 지어야겠어."

"알렉상드르라고!" 실비안이라는 서구식 이름을 선택했다가 날벼락을 맞았던 기억이 떠올라 내가 깜짝 놀랐다. "말랭케식 이름이 아니잖아."

"무슨 상관이야!" 그가 응수했다. "정복자의 이름이니, 내 아들은 정복자가 될 거야."

콩데는 두번째 부인에게서 아들 두셋을 얻었지만, 우리 사이에 아들은 없었다.

콩데에게 마르티니크 출신 배우 애인이 있다고 에디가 편지로 알려주었을 때, 나는 정말로 아무렇지도 않았음을 털어놓아야겠다. 내 어처구니없는 행동에 대해 절망하고 또 절망하면서도 오로지 자크 생각만 하고 있었으니까. 왜 그를 떠났을까? 이제는 스스로를 이해할 수 없었다.

새 학년이 시작되기 전날, 바칠리 씨는 교무실로 교사들을 모두 소집했다. 전부 다 '국외거주자들'이었다. 상당수의 프랑스 공산주의자들, 사하라사막 이남 아프리카 혹은 마그레브 지역에서 온 정치 망명자들, 두 명의 마다가스카르인이 있었다. 커피 대용 음료 한 잔을 앞에 놓고 뻣뻣하게 마른 과자를 씹으면서 그녀가 우리에게 들려준 설명은 이랬다. 우리가 가르치는 학생들의 가정에서는 여자아이들이 중등교육을 받아본 적이 없다. 그애들의 어머니들도 초등학교를 한두 해 다닌 덕분에 기껏해야 서명을 할 줄 아는 경우만 더러 있을 뿐이다. 그런 까닭에 여학생들은 교실 의자에 앉아 있는 것보다 부엌에 있거나 시장에서 싸구려 물건을 파는 게 더 편하다고 생각한다. 따라서 학생들이 우리의 교육에 관심을 갖도록 정성과 관심을 두 배로 쏟아야 한다.

당시 나의 정신 상태 때문에 그러한 말은 내게 전혀 와닿지 않았다. 그후로 몇 년 동안, 어린 학생들에게 많은 관심을 기울여야 마땅했지만 나는 무기력하고 멍청하다고 판단되는 학생들에게 전혀 관심이 생기지 않았다. 수업은 곧 지겨운 노역이 되었다. 나의 수업은 고작 말하기, 철자법, 문법 훈련에 국한되었다. 기껏해야 혁신안에 맞춰 모든 것을 결정하는 '교육 문화 위원회'라는 불가사의한 단체가 선별한 몇몇 작품에서 발췌한 글을 설명하는 정도였다. 프랑스어로 쓰인 그 글들의 선별 기준은 문학적 가치가 아니라 사회학적 내용이었다. 그리하여 놀랍게도 과들루프 시인인 기 티롤리앵의 「어린 검둥이의 기도」가 '개정된' 교과서마다 실렸다. 학교에서 근무할 때가 아니면 글자들이 종이 위에서 춤을 추는 통에 나는 글을 읽지 않았다. 그리오들의 한결같은 울부짖음을 더는 견딜 수 없어 라디오도 듣지 않았다.

서서히 이 나라에 적대감을 품게 되었다. 어서 밤이 되어 나를 자크에게로 데려다줄 꿈을 꾸기만 기다렸다.

나를 계속 살게 해주는 건 드니와 실비뿐이었다. 사랑스러운 아이들이었다. 아이들은 늘 슬픔에 젖어 있고 완전히 굳은 표정인(바로 이 시기에 나는 웃는 법을 잊어버렸다) 나의 얼굴을 뽀뽀로 뒤덮었고, 아이들의 애무에 내 얼굴은 더욱 어두워졌다.

불비네 아파트의 테라스에서 나는 매일 놀라운 구경거리를 목도했다. 오후 다섯시 삼십분이면, 눈부시게 잘생긴 세쿠 투레 대통령이 모자를 쓰지 않은 맨머리에 헐렁한 흰색 부부 차림으로 자신의 메르세데스 280 SL 무개차를 직접 운전하여 해변도로를 지나갔다. 어부들은 어망을 모래밭에 내던져놓고 앞다퉈 도로변으로 나와 박수갈채를 보냈다. 그 전능한 남자와 그에게 환호를 보내는 그의 신민들, 그 굶주리고 누더기를 걸친 가여운 사람들 사이의 대비를 마음 아프게 여기는 사람은 나뿐인 듯했다.

"민주주의의 근사한 예 아니겠어요!" 욜랑드와 루이가 앞다퉈 내게 되뇌었다.

"경호원도 없잖아!" 세쿠 카바가 한술 더 떴다.

알려져 있다시피, 기니는 프랑스령 아프리카 국가 중 사회주의혁명을 이루었음에 자부심을 느끼는 유일한 국가였다. 부자들은 더이상 프랑스산 자동차를 타지 않고 스코다 혹은 볼가*를 탔다. 외국으로 휴가를 떠나는 운좋은 사람들은 일류신 Il-18 혹은 투폴레프**에 탑승했다. 동네마다 국영상점이 들어섰고, 민간 거래는 금지되었기 때문에 반드시 그곳에서 물건을 구입해야 했다. 이 국영상점에는 늘 보급이 충분하지 못했다. 따라서 물물교환이 배급제와 끝나지 않는 물자 부족에 대항하는 우리의 유일한 무기였다. 소위 암거래를 억제하기 위해 물물교환 행위를 금지했기 때문에, 귀한 식자재는 뒷거래로 교환되었다. 모두가 두려워하는 사복경찰과 조사관이 사방에 깔려 있었다. 나는 아이들에게 치명적인 설사병을 유발하는(실비 역시 설사병에 걸려서 죽을 뻔했다) 체코산 연유를 거를 줄 알게 되었다. 끓는 물에 넣어도 녹지 않는 러시아산 설탕을 조심하는 법도. 치즈, 밀가루, 기름은 거의 구할 수가 없었다. 기니에서의 생활에서 폭넓게 영감을 받아 쓴 첫 소설의 제목이 어떻게 만들어졌는지 종종 얘기했다. 『에레마코농』은 말랭케어로, "행복을 기다리며"라는 의미다. 그것은 불비네에 위치한 국영상점 이름이었다. 판매원들의 대답은 하나같이 결코 실현되지 않는 희망처럼 "내일"로 시

* 스코다는 체코의 자동차 제조사이고, 볼가는 러시아 가즈사에서 생산한 고급 세단이다.

** 러시아의 항공기 제조회사.

작됐다.

"내일 식용유가 들어올 거예요!"

"내일 토마토가 들어올 거예요!"

"내일 정어리가 들어올 거예요!"

"내일 쌀이 들어올 거예요!"

1961년 초입을 떠올리면 두 가지 사건에 대한 추억이 앞다퉈 떠오르는데, 두 사건의 판이한 성격을 보더라도 마음은 경중을 따질 줄 모른다는 사실이 입증된다. 마음은 보편적인 것과 특수한 것을 같은 차원에 놓는다. 그해 1월 4일에, 세쿠 카바가 힘을 써준 덕분에 코트디부아르에서 불러들일 수 있었던 지만이 기니에서 몇 달 지내다가 다시 자기 나라로 돌아갔다. 그는 요리사인 자신의 일에 타격을 주는 물자 부족을 견디지 못했다. "식용유가 없는 나라라니!" 그는 기분이 상해 되뇌곤 했다.

아마도 그는 세쿠 투레의 아름답고 유명한 그 말, 그러니까 "우리는 예속 상태에서의 풍요보다는 자유 안에서의 가난이 더 낫다"라는 말에 대해 충분하게 성찰하지 못했던 모양이었다. 어쨌든, 틀에 박힌 표현을 따르자면 그가 비열한 '반혁명주의자'임은 틀림없겠지만, 그런들 무슨 상관이랴! 부둣가에서 그를 자기 나라 예속 상태에서의 풍요로움으로 데려다줄 여객선을 올려다보면서, 나는 당신까지 나를 버리지는 말아달라는 애원의 말을 삼키며 눈물을 펑펑 쏟았다.

같은 달 17일에는 파트리스 루뭄바*가 콩고에서 살해당했다. 그 일이 있자, 기니는 나흘간 전국 애도 기간을 선포했다. 그 사건으로 내가 몹시 충격을 받았노라고 쓰고 싶지만, 천만에! 이미 밝혔듯이 나는 예전 벨기에령이었던 콩고가 초기에 겪었던 혼란에 관심을 거의 두지 않았다. 루뭄바라는 이름은 내게 별다른 의미가 없었다.

그럼에도 고인의 추모식이 열리는 마르티르광장으로 나가봤다. 빽빽하게 몰린 군중 속에 섞여들었는데, 방책 뒤에 선 무장한 남자들이 군중을 정부관계자들이 자리한 연단으로부터 멀리 떨어뜨려놓았다. 우아미를 겨루는 경연대회를 보고 있는 것 같았다. 장관, 차관, 고위급 정부 인사들은 값비싼 파뉴를 두른 아내들을 대동했다. 어떤 여자들은 머릿수건을 두툼하게 감았다. 또다른 여자들은 나선 문양 혹은 삼각형 문양이 드러나게 땋은 복잡한 머리모양을 자랑했다. 공연을 보는 듯한 인상은, 유명인사 부부가 차에서 내려 연단을 향해 나아갈 때마다 사람들의 박

* Patrice Lumumba(1925~1961). 콩고의 정치적, 경제적 독립을 위해 싸운 민족주의자.

수갈채 소리로 인해 더욱 짙어졌다. 호사스러운 닫집 아래에서 무척이나 보기 좋은 예의 흰색 부부 차림의 세쿠 투레가 몇 시간이나 연설을 했다. 그는 자본주의니 압제니 하는 말들을 과장되게 되풀이하면서, 콩고에서 벌어진 그 비극으로부터 교훈을 끌어내었다. 하지만 왜인지는 모르겠지만, 그러한 말들이 공허하게 들렸다. 나는 그가 말하는 기니의 혁명이란 게 대체 어디 있는지를 스스로에게 물었다.

진정 그 비극에 마음이 움직이고 그 파급력을 이해하기 위해서는, 1965년에 출간되는 에메 세제르의 『콩고에서의 한 철』을, 그러니까 문학적 매개를 기다려야만 했다.

어쩌면 나는 여전히 충분히 '정치화'되지 못했던 모양이다.

우리의 삶을 침울하게 만든 물자 부족, 만약 그것이 자주독립국가를 건설하려는 집단적 노력 과정에서 사회 전반에 영향을 주었더라면 나도 견뎠을 거다. 심지어 그런 일은 열광을 자아냈을 수도 있었으리라. 그런데 정말이지 그런 경우가 아니었다. 하루하루 지날수록 더욱더, 사회 전체가 건널 수 없는 편견의 바다로 갈라진 두 집단으로 나뉘었다. 우리가 털털거리는 만원 버스를 타고 당장이라도 숨이 넘어갈 듯한 상태로 지나갈 때, 번쩍거리는 메르세데스들이 작은 삼각 깃발을 휘날리며 화려한 차림에 보석으로 뒤덮은 여자들과 여봐란듯이 자신의 이름 첫 글자가 박힌 하바나산 여송연을 피우는 남자들을 싣고서 우리를 추월했다. 우리가 쌀 몇 킬로를 구입하려고 국영상점에 장사진을 이루고 있을 때, 특권층은 모든 물품이 외화로 거래되는 상점에서 캐비어, 푸아그라, 고급 포도주를 사들였다.

어느 날, 세쿠 카바가 대통령 관저에서 열리는 음악회 초대권을 얻었다며 의기양양하게 돌아왔다. 나는 그때 처음으로 특권층에 섞여 들어가보았다. 그날랑베에게서 부부를 빌려서 배를 가렸고 내가 갖고 있던 금 구슬 목걸이를 목에 둘렀다. 이렇게 보기 흉한 차림새로 나는 '공화국 전통음악 앙상블'의 연주를 들으러 갔다. 쿠야트 소리 캉디아가 주역으로 무대에 올랐다. 그는 '만데의 별'이라는 별명으로 불렸는데, 그러한 과장법은 전적으로 타당했다. 어떤 목소리도 그의 목소리에는 비길 수 없었다. 그는 다른 그리오들과 코라, 발라퐁, 아프리카 기타, 타마를 연주하는 서른 명 남짓한 음악가들에 둘러싸여 있었다. 나는 그런 공연을 한 번도 본 적이 없었다. 황홀했고, 오래도록 기억될 만했고, 무엇과도 비교할 수 없었다. 중간 휴식시간에 관객들은 바를 향해 몰려갔다. 나는 부부를 걸친 그 이슬람 신도들이 로제 샴페인을 마셔대고 여봐란듯이 아바나산 여송연을 피워대는 모습을 보고 몹시 충격을 받았다. 세쿠 카바가 나를 데리고 소심하게 한 무리의 사람들에게 다가가, 대통령과 장관 몇 명에 둘러싸인 그의 형 이스마엘, 그러니까 이 체제의 막후 실세에게 인사를 시켰다. 장관들은 내게 아무런 관심도 보이지 않았다. 오로지 대통령만이 내게 관심이 있는 척했다. 세쿠 투레는 비스듬히 올라간 눈과 여자들이 줄줄 따르는 남자들 특유의 매력적인 웃음을 지닌, 멀리서보다 가까이에서 봤을 때 더 잘생긴 남자였다. 세쿠 카바가 소개를 하자 그가 중얼거렸다.

"그러니까, 과들루프에서 왔군요! 아프리카가 잃어버렸다가 되찾은 누이로군."

이 대화를 『에레마코농』 속 독재자 말림와나가 베로니카의 교실로 들어와서 그녀와 대화를 나누는 장면에 그대로 옮겨놓았다. 하지만 나는 베로니카의 당돌함을 갖지 못했기에, 그녀처럼 감히 "잃어버린"이라는 단어를 "팔아버린"이라는 말로 바꿔놓지 못하고, 그저 호의적인 미소를 짓는답시고 얼굴을 찡그릴 뿐이었다. 세쿠 투레는 우리에게서 멀어져 다른 초청객들을 향해 갈 길을 갔다. 그를 향한 아첨이 역력했다. 사람들이 그의 손에 입을 맞췄다. 어떤 사람들은 그의 앞에서 무릎을 꿇었고, 그가 상냥하게 그들을 일으켰다. 배경음으로 그리오들의 음송 소리가 들렸는데, 그 소리는 가끔씩 오페라 합창처럼 커지곤 했다. 종소리가 휴식시간이 끝났음을 알렸고, 우리는 다시 공연장으로 들어가 자리에 앉았다.

"너는 고통 속에서 아이를 낳으리라"
성서—「창세기」

나는 거대한 배를 안고 학교에 나갔고, 학생들을 겁먹게 했는데, 당시 학생이었던 우무 아와를 1992년 미국 코넬대학의 아프리카 연구소에서 다시 만났을 때 그녀가 내게 이렇게 털어놓았다.

"처음부터 선생님은 우리를 주눅들게 했어요. 우리에게 관심도 없으셨고, 우리는 선생님의 임신을 무시무시하고 불가사의한 현상으로 여겼죠."

꾸밈없이 말하자면 나는 그때 가까스로 걸어다녔고, 다리가 아프고 발이 통통 부어서 겨우겨우 신을 신었다. 출산휴가는 사회주의국가인 기니에서 폐지되었기 때문에, 여성들은 출산 직전까지 일을 했고, 그러고 나서 수유를 위해 알량한 한 달 휴가를 받았다. 1961년 5월, 나는 교실 바닥에 양수를 한 양동이 쏟았다. 기겁을 한 바칠리 씨가 나를 자신의 스코다에 태워 직접 동카병원으로 데리고 갔다.

"남편이 여기 없잖아요!" 그녀가 흥분해서 말했다. "누구에게 연락할까요?"

나는 세쿠 카바와 그날랑베의 이름을 웅얼댔다. 겁이 났다. 아비장에서는 출산이 우체통에 편지를 집어넣듯이 지나갔는데, 이번 출산은 두려웠다. 동카병원이라는 이름만으로도 무서웠다. 1958년 프랑스인 의사들이 떠난 뒤로 동유럽에서, 그러니까 러시아, 체코, 폴란드 혹은 독일에서 온 의사들로 인력이 대체되었고, 이들은 통역을 통해 환자들과 의사소통했다. 병원은 모든 것이 부족했다. 재생 붕대가 약솜을 대신했고, 알코올과 에테르는 인색하게 사용됐다. 진통제는 거의 존재하지 않았다. 아이들은 홍역, 말라리아, 백일해로 죽어나갔다. 어른들은 설사와 온갖 종류의 감염으로 사망했는데, 당시에는 아직 병원 내 감염이라는 명칭이 없었다. 식민 시대에 지어진 노후된 건물 전체에 역겨운 냄새가 떠돌았다. 내가 그곳에서 견뎌야 했던 일이 기억 속에 새겨진 터여서, 그때 일을 떠올리며 지금도 밤중에 깨어난다.

'산과' 병동에 도착하자마자 상태가 몹시 의심쩍은 가운을 걸친 체코인 의사가 더럽기 짝이 없는 러시아인 간호사 두 명을 달고서 나를 거칠게 진찰했다. 그러더니 간호사 중 한 명이 내게 따라오라고 손짓했고, 그녀를 따라서 도착한 병실에는 이미 열두엇 남짓한 산부들이 불결한 간이 병상에 누운 채, 고통에 못 이겨 별의별 자세를 다 취하며 몸을 비비 틀고 있었다. 나도 병상 하나를 차지하고 똑같이 그랬다. 하지만 나는 곧 유일하게 몸 뒤틀기와 소리지르기를 둘 다 하는 사람이 되었다. 내 주위의 누구도 앓는 소리를 내지 않았다. 사납고 규칙적인 내 고함소리가 전반적 고요 속에서 높이 치솟았다.

"이봐, 어린 친구, 창피하지도 않아?" 결국, 옆 병상의 여자가 온통 땀투성이인 얼굴로 헐떡이며 내게 말했다.

그렇다, 나는 창피하지 않았다. 나는 나의 고독을, 내가 빠져든 절망을 내지르는 것이었으니까. 형언할 수 없는 고통으로 점철된 오랜 시간이 흐른 뒤, 체코인 의사가 이번에는 통역을 대동하고 왔다. 그가 다시 나를 진찰하더니 통역에게 몇 마디 던졌다. 통역이 서툰 프랑스어로 내게 5번 분만실로 가라고 했다.

"그 분만실이라는 데가 어디 있는데요?" 내가 어름댔다.

"복도 따라 쭉 가세요." 통역이 더듬거리며 말했다. "왼쪽으로 돌아요. 5번방 나와요. 적혀 있어요."

나는 기다시피 가까스로 분만실까지 갔고, 문을 열어보고는 흠칫 놀라 뒷걸음질칠 뻔했다. 적나라하게 조명이 비치고 악취가 풍기며, 반쯤 벌거벗은 채로 몸을 비비 틀면서—여전히 아무 소리도 내지 않고—분만중인 여자들로 가득한 거대한 방을 상상해보시라. 흑인 혹은 백인 산파가 사납게 소리를 지르며 그들의 가랑이 사이에서 신생아를 빼내고 거칠게 탯줄을 자르는 와중에, 어떤 여자들은 피를 쏟고 또 어떤 여자들은 똥을 지리고 또 어떤 여자들은 토악질을 해댔다. 막 출산을 마친 여자들은 갓난아기를 안고 비틀거리며 출구로 향했다. 쇠약해진 여자들 몇 명은 바닥에 쓰러져서 엎어진 채 잠시 그대로 있었다.

기적은, 그럴 마음만 있으면 자연은 어떠한 상황에서든 자신의 일을 완수한다는 것이다. 1961년 5월 17일 자정을 넘기고 얼마 안 있어, 나는 알렉상드르가 아니라 예쁘고 숱이 많고 먹성이 좋은 둘째 딸을 낳았다. 문밖에서 나를 기다리고 있던 그날랑베가 나를 끌어안다시피 하여 욕실 같은 곳으로 데리고 갔는데, 타일이 깔린 그곳은 플라스틱 물병과 세숫대야, 그 밖의 다양한 세면도구들로 혼잡했다. 그곳에서 그날랑베는 짚수세미로 문질러서 내 몸에 묻은 피와 오물을 씻어냈다. 그러고 나서 그녀는 갓난아기를 양동이에서 씻겼다. 우리는 병원을 떠났고, 난 최선을 다해 걸었다. 기진한 나는 돌아가는 차 안에서 잠이 들었다.

『리하타에서의 한철』에 이때의 분만 경험을 녹여넣었다. 하지만 내가 견뎌낸 고통이 야만스럽고 나아가 존엄성을 무너뜨릴 정도였기에, 나의 펜은 말을 듣기를 거부하며 윤색된 이야기만 내놓았다. 게다가 주인공 마리엘렌은 사내아이를 낳았는데, 이는 그녀가 새롭게 삶을 출발한다는 상징적 의미였다. 나의 경우에는, 아무것도 변하지 않았다. 나는 여전히 간소한 가구만 갖춰진 아파트에 살았다. 욜랑드는 여전히 매일 우리집에 들러 한숨을 돌리곤 했다. 오후가 저물 때면 여전히 세쿠 투레가 자신의 280 SL 메르세데스를 몰며 지나가는 모습에 감탄했고 불비네의 어부들은 여전한 야단법석을 떨어댔다.

내가 원하지 않았던 아이, 사실이다, 하지만 첫딸 실비안만큼이나 열렬하게 사랑하기 시작한 그 갓난아기가 완전히 나의 것이 아님을 이내 깨닫게 되었다. 나의 둘째 딸은 딸들 가운데 아프리카인다운 면을 가장 적게 지니게 될 테지만, 완벽한 말랭케족 아기로서 인생의 첫발을 뗐다. 콩데와 계속 연락하며 지내던 세쿠 카바가 내 의견은 묻지도 않고서 아기의 이름을 아기 친할머니의 이름인 '무소코로'라고 짓기로 결정한 것이다. 그가 그 이름에 아이샤라는 이름을 덧붙이기로 동의하기까지 나는 애원하고 눈물바람을 해야 했다. 그는 이슬람식 세례일을 정했고, 세례식을 자신의 집에서, 그러니까 그가 최근에 이사한 개인주택에서 거행했다. 그날, 흰색 털을 가진 양 두 마리가 제물로 바쳐졌다. 그러고는 이맘이 아기의 머리를 밀더니 친척들에게 아기를 내보였다. 세쿠 카바는 내게 아와라는 보모를 붙여줬는데, 그녀는 그의 젊은 여자 친척으로, 아이를 돌보려고 캉캉에서 일부러 온 사람이었다. 아와는 말랭케어만 할 줄 알았고 늘 갓난아기를 등에 업고 있었다. 그렇게 몇 주가 지나자, 아이샤는 나를 보아도 아무 관심도 없었다. 젖을 물릴 때만 내게 관심을 보였다. 하지만 아와는 이내 영양이 훨씬 더 풍부하다는 기장죽을 아기에게 먹이기 시작했다.

“사울의 회심”
성서—「사도행전」

깊어지던 우울증이 바닥에 닿고 나서, 나는 기적적으로 건강을 되찾았다. 어느 아침 잠에서 깨어나 내가 기껏해야 이십대임을, 정확히 스물여섯 살임을 떠올렸다. 태양은 빛나고 하늘과 바다는 새파랗고 불비네 해변에 늘어선 아몬드나무들은 초록색과 붉은색을 띠고 있음이 눈에 들어왔다. 자크 생각을 완전히 끊은 건 아니었지만, 어머니를 생각하듯이 꾸준한 것이었지 쓰라림이나 그를 잃어버렸다는 가슴 에는 후회를 동반하는 것은 아니었다. 새로 알게 된 사람들과 친분이 생겨날 무렵 나는 상태가 많이 좋아졌는데, 그런 친분이 치유의 원인이었는지는 모르겠다. 올가 발랑탱과 안 아룅델은 자라나는 아이들의 건강 관리를 위해 다니던 모자보건소에 근무하는 간호사들이었다. 올가는 나처럼 과들루프 출신이었다. 하지만 섬의 저쪽 끝에 있는 생클로드 출신이라 서로 만난 적은 없었다. 그녀는 나와 정반대였다. 의지가 굳셌고, 기운이 넘쳤으며, 몽상과는 거리가 멀었고, 담백하고 솔직하며 모두의 눈높이에 맞춰줄 줄 알았다. 그녀는 세네갈인인 세이니와 결혼했는데, 세네갈에서는 그가 가담한 극좌당과 풍자 신문이 금지였다. 불 보듯 뻔한 투옥을 피하기 위해 그는 해외로 도피해야만 하였다. 세쿠 투레가 두 팔 벌려 받아주어 정치 망명자라는 지위를 얻은 덕분에, 그는 불행히도 휑뎅그렁하긴 했지만, 수영장이 딸린 커다란 개인주택을 얻고 하늘색 스코다를 타고 다닐 수 있었다. 낮에는 경호원들을 데리고 다니지 않아도 되었지만, 저녁 여섯시부터는 열두 명 남짓한 무장한 민병대원이 그의 안전을 위해 대문 앞에서 보초서는 것까지 막을 수는 없었다. 올가와 세이니에겐 파괴력이 대단한 타고난 유머감각이 있었는데, 물자 부족, 이제는 시인으로 자처하는 세쿠 투레의 신통치 않은 작품들, 귀족 계급을 구현하고 있다고 주장하지만 천박하고 부패한 인사들에 불과한 장관들이 저지르는 실수 등 모든 것이 그들의 조롱거리가 되었다. 그들이 가장 좋아하는 저격 대상은 세이니와 마찬가지로 교육개혁을 추진하고 있는 내 친구 루이 베한진이었다.

"'봉건군주'지 뭐!" 그들이 내게 상기시켰다. "그의 조상들이 식민자들한테 자리를 깔아줬으니까. 오늘날 우리 국민들을 이 지경으로 만든 건 바로 그들이라고."

올가와 세이니는 정치 생활의 탈신성화를 실천했고, 정치 생활을 조롱거리가 끝없이 샘솟는 원천으로 여기는 법을 내게 가르쳤다. 그런가 하면, 안 아룅델은 프랑스인으로, 말리 남자와의 첫번째 결혼에서 혼혈인 두 딸을 얻었고, 현재는 네네 칼리의 반려자였다. 문학 교사인 네네 칼리 역시 교육개혁을 위해 파견근무중이었고, 세쿠 투레 정권의 비밀 감옥에서 가장 먼저 사라지게 될 인물들 중 하나였다. 또한 저녁이면 자신의 시를 우리에게 들려주기를 좋아하던 뛰어난 시인이었다. 불행히도 그는 단 한 편의 시도 출간하지 못했다. 세쿠 투레가 그럴 시간을 주지 않았다. 안과 네네 칼리와 함께 있으면 체제비판은 유희적인 차원에 그치지 않았다. 격렬하고 열렬했다.

"보건소마다 죄다 동났어!" 안이 분노했다. "우리는 어머니들의 절망 속에서 파리처럼 죽어나가는 아이들을 위해 아무것도 할 수가 없어. 대통령의 측근들은 아주 작은 생채기만 나도 모스크바로 치료받으러 날아가는데."

그 부부의 가장 친한 친구들은 정치적으로 가장 중요한 두 사람, 마리우 드 안드라드와 아밀카르 카브랄이었다. 마리우 드 안드라드는 앙골라 인민해방운동의 지도자 중 한 명이고, 독립 후

앙골라 초대 대통령이 된 아고스티뉴 네투의 동료이며, 네투의 떼어놓을 수 없는 동료인 아밀카르 카브랄은 형제 루이스 카브랄과 함께 기니비사우-카보베르데 독립당*을 창설한 인물이다. 그들 둘 다 코나크리에 머물 때마다, 세쿠 투레와 그 휘하의 장관들, 기니 민주당의 당원들, 몇몇 국가의 대사들과의 모임으로 바쁜 일정에도 불구하고, 심각한 물자 부족 때문에 소박할 수밖에 없는 식사를 함께 하러 일부러 시간을 내어 왔다. 아밀카르 카브랄은 입에 늘 농담을 달고 사는 유쾌한 사람이라 모임에는 흥겨움이 넘쳐흘렀다. 하지만 내 새 친구들은 그렇게 느긋한 시간을 틈타 내가 기니 사회를 좀더 편하게 느끼는 데 도움이 될 충고들을 쏟아냈다. 자국어들을 말하는 법을 배워라, 머리를 아프로 스타일로 풀어헤치지 말고 땋아라, 바지 대신 파뉴를 둘러라. 나는 그런 충고에 격렬하게 저항했다.

"말도 안 돼요!"

"아프리카 여자로 분장하라는 게 아니잖아요!" 아밀카르가 농담조로 말했다. "그저 겉모습만이라도 섞여들려고 노력해보라는 건데. 올가를 봐요!"

---

* 포르투갈의 식민 지배를 받던 기니비사우와 카보베르데의 독립을 위해 설립된 정당. 루이스 카브랄은 1973년 기니비사우 초대 대통령으로 당선된다.

세이니의 아내는 능가할 수 없는 모범이었다. 말랭케어, 수수어, 페울어를 유창하게 했다! 그녀는 부부만 입었고 자신을 살라마타라는 이름으로 부르게 했다. 난, '섞여들다'라는 말이 끔찍이 싫어졌다. 어린 시절 내내, 내가 직접 선택하지도 않았건만 나는 부모의 뜻에 따라 프랑스 가치관, 서구 가치관에 섞여들었다. 에메 세제르와 네그리튀드를 발견하고서야, 적어도 나의 기원이 어디 있는지를 알고 내 안의 식민주의 유산과 일정 거리를 둘 수 있었다. 이제 저들은 내게서 무엇을 원하는가? 아프리카 문화를 전적으로 받아들이라고? 지금 내 모습 그대로, 별난 성격과 상처와 문신이 있는 모습 그대로 받아들여질 수는 없을까? 게다가, 섞여든다는 것은 피상적으로 겉모습을 바꾸는 것으로 집약되는 걸까? 여러 언어를 더듬대며 말하는 걸로? 머리카락을 나선 문양이 드러나게 땋는 걸로? 진정한 섞여듦이란 무엇보다도 전 존재의 동조, 정신적 변모를 내포하는 것이 아닌가? 누구도 나의 정신, 특히 나의 마음이 어떤 상태인지는 신경쓰지 않았다. 주변 민중의 고통에 너무나도 공감하는 나의 마음에 대해서는. 그런데 그보다 더 중요한 것은 나의 새로운 친구들이 내게 '정치의식을 심어'줬다는 것이다. 그들은 세상의 구조에 관한 그들의 관점에 내가 동조하게끔 끈기 있게 시도했다. 그들에 따르자면, 권력욕에 떠밀려서 모든 것을 소유하려고 드는 자들과 나머지 사람들 사이의 가차없는 투쟁이 온 세상에서 일어나고 있었다. 내가 마르크스주의자가 되었다면, 나의 개인적 모색보다는 그들과 가까이 지낸 영향이 크다. 만약 그들이 자본주의의 옹호자들이었더라도, 나는 아마도 그들을 따라 하지 않았을까. 일종의 감상주의, 일종의 감상벽이라고까지 말할 수 있는 것 때문에 기질적으로 나는 '민중 탄압'을 가엾이 여기고, 권력자들의 잔혹함을 증오하는 쪽으로 기울었다. 뒤늦게 나의 부모의 이기주의, 사회의 헐벗은 자들에 대한 그들의 무관심을 비난했고, 나는 다르게 행동하리라 맹세했다. 나의 새로운 멘토들은 식민주의의 악행을 공격하는 데 그치지 않았다. 그들은 식민지 이전 시대의 병폐 역시 강조했다.

"아, 천만에! 광신자들이 주장하듯이 황금기는 아니었지!" 아밀카르가 되뇌었다. "여성 할례, 쌍둥이와 알비노 살해 같은 수많은 야만적인 관습들은 거론하지 않는다 해도, 무엇보다도 아프리카의 전통적 노예제도와 계급제도, 여성 억압에 시달렸잖아."

그들은 종종 내 손에 역사학자, 인류학자, 정치학자들의 까다로운 저서를 쥐여줬고, 그러면 나는 손에 연필을 들고서 진지하게 공부했다. 무엇보다도 나를 매혹했던 『검은꼬리모래여우』의 저자 마르셀 그리올과 제르멘 디테를랑, 드니즈 폴므, 루이뱅상

토마, 조르주 발랑디에*에 대한 지식을 넓혀나간 것도 그때였다. 코나크리에서는 세쿠 투레의 담화문 모음집 혹은 기니 민주당의 업적 모음집 말고는 구해 볼 수 있는 책이 거의 없었기 때문에, 우리는 다카르에 있는 작은 서점 상코레에 책을 주문해야 했다. 기니 프랑은 환전이 되지 않아 거래가 수월하지 않았는데도, 네네 칼리의 친구인 서점 주인은 대단한 융통성을 보여줬다. 사람들을 피해 안과 네네 칼리의 소박한 집의 복도 한 귀퉁이에서, 아밀카르에게 내가 읽은 책의 감상평을 들려줬던 시간을 여전히 따듯한 추억으로 간직하고 있다. 아밀카르와 나, 우리는 우정을 유지했는데, 그 감정은 자칫하면 변질되었을 수도 있었으리라. 외형 면에서 그는 나의 추억에서 결코 멀어진 적이 없는 자크를 몹시 연상시켰다. 하지만 아밀카르는 훨씬 더 유쾌하고 말이 많았다. 우리가 서로를 향한 끌림에 굴복하지 않았던 건, 그가 유부남이고 내가 알기로는 자녀도 있기 때문이었는데, 그는 정치 지도자의 삶이 마땅히 그래야 하듯이 나무랄 데 없이 사생활을 관리하려고 했다.

"민중을 이끌 작정이라면, 솔선수범해야지." 그가 즐겨 되뇌는 말이었다.

---

* 아프리카 사회를 연구한 프랑스의 인류학자들.

나로서는, 고통을 너무 많이 겪어서 겁쟁이가 되어버린 탓에, 심정을 토로하기가 겁나 내 감정에 제동을 걸었다.

우리는 종종 해변가 카마옌 지구의 클럽 '오 자르댕 드 기네'에서 저녁나절을 보냈다. 세쿠 투레의 총애를 받는 보잘것없는 여성 악단 '레 자마조네스'가 거기서 연주했다. 유명한 혁명가들이 평범한 사람들과 마찬가지로 즐거운 시간을 보내려고 그곳에 왔다는 사실에 떠들썩해지며 사람들은 우리의 얼굴을 뚫어져라 바라봤다. 마리우와 아밀카르는 사람들한테 사인을 해줬다. 가끔 누군가 착각을 하고 내게도 사인을 요청했다. 그런 오해에 나는 엄청 즐거워했는데, 어느 날 나도 그렇게 되리라는 생각은 조금도 들지 않았기 때문이었다. 자크처럼 아밀카르도 춤추기를 좋아했다. 그가 플로어를 누비는 모습을 보며 내 두 눈에는 눈물이 차올랐다.

조국의 독립을 위해서 그토록 애를 썼건만, 독립을 불과 얼마 앞둔 1973년에 그가 포르투갈 비밀경찰에 암살되었다는 소식이 전해졌고, 나는 슬픔에 몸져누웠다. 과거의 모든 일이 되살아나 머릿속에서 떠나지 않았다. 나는 나의 소심함을 자책했다. 왜 좀더 대담하지 않았던가! 수녀만큼이나 정숙한 삶을 살아가던 내가 약간의 성적 쾌락을 누린다 한들 무슨 해가 되었을 거라고.

아, 그랬다! 코나크리에서 보낸 그 몇 해는 전혀 즐겁지 않았다! 그곳 생활은 점점 더 힘들어졌다. 물자 부족이 심각해지면서, 부타가즈*는 자취를 감추었다. 부유한 사람들은 국영상점에서 거금을 들여 구입한 숯불로 요리를 했다. 가난한 사람들은 장작을 땔 수밖에 없었는데, 충분히 마르지 않은 장작에선 연기가 났고 악취가 풍겼다. 이제는 그저 세쿠 투레가 라디오에 나와서 형편없는 자신의 시를 끝도 없이 읊어댈 때 폭소를 터뜨리고, 문화 교육 위원회가 학생들에게 그 시를 가르치라고 강요할 때 욕설을 퍼붓는 정도의 문제가 아니었다. 보다 심각한 일들이 벌어지기 시작했다. 하루아침에 살던 사람들이 사라져버린 빈집이 생겨났다. 카마옌에는 강제 수용소가 차려졌고, 사람들은 그곳에서 세쿠 투레와 기니 민주당의 결정을 대담하게 비판한 사람들을 고문한다고들 쑥덕였다. 여러 소문이 돌았고, 소문대로라면 소요가 몇 차례 발발했다가 유혈진압이 되었다.

페울족은 잔혹한 억압에 굴복하였다. 나는 세쿠 투레가 무엇 때문에 그들을 비난하는지 단 한 번도 분명하게 이해하지 못했다. 그가 족장들의 권력기반을 무너뜨리려고 하는 마당에 페울족이 전통적 족장체제를 지나치게 고수하려고 해서인가? 어쨌든

---

* 액화석유가스 등 연료 유통 회사명. 가정용 가스를 가리키는 말로도 사용된다.

바, 소, 디알로*라는 성씨로 불려서 좋을 게 없었다.

그 무렵 국립고등연극학교에서 삼 년간 수학한 마마두 콩데가 파리에서 돌아왔고, 그가 와서 조금 안심이 되었다. 세쿠 카바 덕분에 그는 국립극장 극장장으로 전격 임명되었는데, 실질 권한이 전혀 없는 겉만 화려한 직함이었다. 콩데는 문화부에 사무실 하나를 겨우 차지했다. 그는 나보다도 형편없는 봉급을 받았다. 그가 맡은 임무는 '보름간의 연극제' 행사 준비를 위해 매년 내륙 지방을 시찰하는 일이었는데, 정부에서는 그에게 예산을 전혀 배정하지 않았다. 그가 어떻게 이동하고 숙박비를 지불하며 식사를 해결할 수 있겠는가? 그도 나름대로는 희생자, 민중의 행복에는 관심이 없는 그 이기적이고 부패한 정권의 희생자였다. 그가 자신의 상황에 대해 항의했다면 좋았으리라. 불행히도 그는 소심하여 그 무엇도 감히 요구하지 못했다. 그는 나에게 새로운 친구들과 더이상 어울리지 말라고 했다.

"마리우 드 안드라드? 아밀카르 카브랄? 세이니 게예? 다 알려진 사람들이야. 정치인들이라고. 당신은 그런 일이라고는 하나도 모르면서!"

당연히 나는 그의 말을 듣기를 딱 잘라 거절했고 그렇게 우리

* 페울족 대표 성씨들.

는 각자 평행선을 그리며 살게 되었다. 사무실에서 할일이 거의 없었기 때문에 그는 정오까지 잤다. 저녁이면 사라졌다가 새벽에 돌아왔는데, 대체로 술이 취한 상태였다. 그가 시간을 내 용케 숯, 닭, 응유를 구해왔다는 건 인정해야 한다. 심지어 하루는 감자와, 오 이게 웬 기적인지, 홍당무를 들고 오지 않았겠는가! 그에게 깊은 죄책감을 느끼지 않을 수 없었다. 거짓말한 아내, 충실하지 못한 아내, 간통을 저지른 아내인 나는 그의 삶을 힘들게 했다. 나 역시 명백하게 그를 파괴하고 있었다.

아프리카 대륙에서 기 티롤리앵과 두번째 만난 때가 바로 이 시기다. 그는 내가 코트디부아르를 떠나고 몇 달 후 그곳을 떠났고, 이제 니제르의 공보처 처장 자리에 있었다. 아무튼 그가 코나크리에 왔는데, 나로서는 알 수 없는 정부 일로 세쿠 투레를 만나야 해서였다. 그는 대통령 관저에서 호사스럽게 유숙하면서 참석해야 하는 수많은 모임을 해치우자마자, 시간을 내어 기사에게 불비네로 차를 몰게 했다. 우리는 모든 것에 대해서, 우리의 사랑스러운 과들루프, 그의 말로는 탈식민화를 이끈다는 드골 장군, 아프리카, 특히 아프리카에 대해서 이야기를 나눴다. 그의 교양은 무궁무진했고, 그 사람 덕분에 읽어본 저서들의 제목을 다 대지도 못하리라. 하지만 몇몇 문제에서는 우리의 의견이 갈린다는 것을 재빨리 알아차렸다. 세쿠 카바처럼 그도 세쿠 투레의 열렬한 찬미자였고 그를 아프리카가 낳은 최고로 자랑스러운 아들들 중 한 명으로 간주했다. 물자 부족에 대해 언급하자, 그는 어깨를 으쓱했다.

"알지! 기니에 설탕과 기름이 부족하다는 건. 그게 뭐 대순가? 세쿠 투레는 제2차세계대전 동안 영국인들에게 '피, 땀, 눈물'을 약속했던 처칠에 비길 만해. 혁명은 고통 없이는 이루어지지 않고, 때로 민중에겐 겪어보지 못한 고통이겠지."

나는 내 삶을 변화시킨 사건에 대해, 그러니까 마리우와 아밀카르를 주축으로 한 그룹과의 친분에 대해 말했다. 하지만 그의 반응은 이상하게도 떨떠름했다.

"안드라드? 카브랄? 조심해!" 그가 말했다. "정치꾼들이야."

"그럼 당신은요? 마찬가지로 정치꾼 아닌가요?" 내가 발끈해서 외쳤다.

"나? 난 어쩌다가 정계에 발을 들였다 길을 잃은 시인이지!" 그가 웃었다. "에메 세제르처럼. 거기에서 모든 게 갈리지. 그 사람들에게는 계산, 책략, 잔혹함이 있으니까. 그 사람들이 네게 많은 어려움을 안길 수도 있어!"

나는 어안이 벙벙해서 콩데가 말을 하나 싶었다. 놀랍게도, 그는 콩데와 아주 잘 통했다. 그는 콩데와 마찬가지로 기니 현대음악, 특히 '벰베야 재즈 클럽'의 음악에 열광했고 저녁이면 그를 따라 클럽에 갔다.

열흘쯤 뒤 기 티롤리앵이 돌아가자 나는 엄청난 공허를 느꼈다. 몇 년이 흘러 우리 둘 다 고국으로 돌아가 살게 되면서, 다시 그를 만났다. 그는 병을 앓으면서 다리 하나를 절단하는 엄청난 대가를 치렀다. 그뒤로는 자신이 태어난 섬인 마리갈랑트의 아름다운 집을 더는 떠나지 않았고, 나는 종종 그곳으로 그를 찾아갔다.

불비네의 아파트가 어른 둘과 아이 셋이 살기에 너무 좁아지자 우리는 세쿠 카바의 도움을 받아 카마옌 근교에 주택 한 채를 얻어냈다. 그 일은 예외적이며, 그 점은 강조해 마땅하다. 소위 폐습과 싸우기 위해서라며 이 분야에서도 모든 것이 국가 소유가 되었다. 집주인들에겐 더이상 자기 소유의 집을 세놓을 권리가 없었다. 그들은 집 열쇠를 '모두를 위한 주거' 통합관리본부에 넘겨야 했다. 터무니없이 적은 공공주택을 관리할 때와 마찬가지로 통합관리본부는 집세를 징수하고 주거 관리를 담당했다. 그 시스템의 결과는 결국 완벽한 혼란이었다. '모두를 위한 주거'에서 근무하는 공무원의 친척이나 친구가 아닌 경우 집을 얻으려면 공무원에게 듬뿍 기름칠을 해야 했고, 그뿐만 아니라 공무원은 집세로 들어온 돈을 착복하면서 수리는 전혀 해주지 않았다. 백여 가정이 조금 덜 열악한 집을 분양받은 친인척 집에서 복작대며 살다가 더는 그럴 수 없게 되면 불결한 단칸방들을 구해 나갔다. 몇몇 가정은 살 집을 찾아 주변 다른 마을로 떠나야 했다.

우리에게 배당된 주택은 정말로 수수했다. 아주 작은 침실 셋, 쪼그마한 욕실 하나, 정원에 마련된 부엌. 하지만 카마옌 근교에는 망고나무, 배나무, 아몬드나무, 놀랍게도 아무도 열매를 따지 않고 내버려둔 빵나무 같은 근사한 나무들이 있었다. 하지만 나는 이사를 하게 되어 기쁘지가 않았으니, 이제는 욜랑드가 매일 나의 집에 들를 수 없었고, 친구들이 모두 해변 도시에 살고 있어 그들과 거리가 멀어졌기 때문이었다. 가끔 아밀카르가 안이나 네네의 집으로 나를 데려가려고 의전 차량인 메르세데스를 보내기도 했다. 하지만 그런 일은 콩데의 분노를 자극했고, 그는 불쌍한 운전사에게 욕설을 퍼부었다.

"내 아내는 콜걸이 아니라고!" 그는 소리를 질러댔다.

우리가 카마옌에 도착하고 얼마 지나지 않아 영원히 뇌리에 새겨진 장면을 목격하게 되었다. 내가 보기에 그 장면은 기니 민중의 고통을 상징한다. 그다지 멀지 않은 곳에 있는 동카병원에서 긴 행렬이 뻗어나와 있었다. 부부를 걸친 남자들이 장사진을 이루며 흰색 천으로 휘감은 작은 꾸러미들을 어깨에 짊어지고 있었는데, 가만히 보니 그 속에 든 것은 사람의 몸이었다. 아이들의 몸. 영양실조에 걸린 아이들에게는 치명적인 병인 홍역이 돌았고, 어린아이들이 한꺼번에 열 명 남짓씩 죽어나갔다.

"노부인의 방문"
프리드리히 뒤렌마트*

공립 초등학교에 들어간 드니가 학교에서 얻어맞는 일이 꾸준히 반복됐다. 매일 옷이 찢기고 피가 묻고 얼굴에 멍이 들어서 돌아왔다. 교장에게 항의하러 가겠노라고 으름장을 놓자 아이는 그제야 진실을 털어놓았다. 학교를 나서자마자 사내애들이 달려들어서 소리를 질러대며 때린다는 거였다.

"너희 엄마는 투바베스야."

'백인 여자'라는 의미다. 마음 아팠던 것은 투바베스라는 말이 가장 심한 욕설로 받아들여지기 때문이 아니었다. 내가 앤틸리스제도 출신 여성으로서 갖는 정체성을 부인하는 그 욕설이

---

* Friedrich Dürrenmatt(1921~1990). 스위스 극작가.

예전에 나의 부모가 내재화했던 백인성, 그 표본을 떠올리게 해서였다. 그러니까 피부색이 투명 바니시라도 된다는 말인가?

드니가 간청하는 통에 학교 교장을 만나 항의하지는 않았지만, 드니는 매일 얻어맞았다.

사실 카마옌 근교는 도시인 코나크리보다 훨씬 더 아프리카 부락 같았다. 내 친구들이 옳았다, 나는 그곳에서 튀는 얼룩이었다. 나는 말랭케어도 그 밖의 다른 지역어도 말하지 못했다. 여전히 파뉴도 부부도 입지 않았다. 나는 상황에 따라 폭소나 경악을 자아내는 모양 없는 무명 바지를 종류별로 갖고 있었다. 마을 운영 모임에서 운영 위원들이 언덕에 무성한 기니그라스를 베어내고 낙엽들을 쓸어모아 태우고 때에 따라서는 퇴비를 만들어 어떻게 우리 마을을 깨끗하게 유지할지 알려주는 동안 좌중은 나를 보고 웃느라 너무 정신이 팔려서 인력분배에 관해 지시하는 그들의 말에 전혀 주의를 기울이지 않았다. 『물이 차오르기를 기다리며』라는 소설을 쓸 때, 테클라라는 인물과 그 인물이 티기리 공동체 안에 불러일으키는 반응을 묘사하면서 상상력을 쥐어짤 필요가 전혀 없었다. 나는 테클라처럼 푸른색 눈도 아니었는데도. 아마 카마옌에서 누구도 나를 화형대에 세워 산 채로 불태울 생각을 하지는 않았겠지만, 나를 정상적인 여자로 보지도 않았다.

바로 그 무렵 콩데는 자기 어머니를 코나크리로 초대해서 잠시 우리집에 모셨다. 그는 어머니가 있는 시기리로 종종 찾아갔지만, 어머니가 우리를 보러 온 적은 한 번도 없어서 어머니는 손주들을 알지 못했다. 소인국 릴리푸트에서 튀어나온 듯한 우리집에 그녀가 머물 공간을 찾아내야 했다. 실비와 아이샤가 드니의 방을 함께 써야만 했고, 콩데는 욕실을 낯선 세정 도구들로 채웠는데, 그중에는 거대한 함석 대야도 있었다.

무소코로 콩데는 자기 나이로 보이지 않았다. 키가 컸고, 살짝 남자 같았고, 몸의 균형이 잘 잡혀 있었으며, 자기 아들과 같은 눈빛과 미소를 지니고 있어서 보고 있으면 혼란스러웠다. 그녀는 혼자 오지 않았다. 콩데가 파리로 떠나기 한참 전에 얻은, 압둘레라는 생기 있고 영리해 보이는 눈빛의 사내아이를 데리고 왔는데, 나는 그 아이의 존재를 전혀 몰랐었다. 그로써 콩데와 나는 서로 빚진 것 없이 공평한 처지가 되었다고 결론 내릴 수 있었으리라. 가정 안으로 각자 비밀에 부치고 있던 사생아를 데려왔으니까. 실제로는 전혀 그렇지 않았다. 압둘레가 태어날 당시 콩데는 아이 혹은 거의 아이나 다름없는 나이였던 만큼, 압둘레는 그의 조숙함과 남성성을 자랑스럽게 보여주는 존재였다. 그래서 할머니는 아이를 애지중지했고 이 아이가 유일하고 진정한 후계자라고 굳게 믿으며 키웠다. 어느 하늘 아래에서든지 고부관계는 편하지 않다는 걸 알고 있었기에, 나는 시어머니의 방문에 앞서 평소의 내 모습에서 벗어나 어느 정도 대비를 하였다. 예를 들자면, 전통적인 인사말을 배워놓았다.

"앗살람 알라이쿰! 신의 평화가 함께하기를."

빛바랜 부인용 바지를 치마로 바꿔 입었다. 머리에 머릿수건을 쓰고 스카프처럼 매듭을 지었다. 하지만 나의 노력은 전혀 소용이 없었다. 무소코로는 택시에서 내리자마자 나를 포옹하는 둥 마는 둥 했고, 내 두 눈을 똑바로 바라보지 않았다. 그녀가 프랑스어를 하지 못했기 때문에, 우리의 대화는 제한적일 수밖에 없었다. 그녀는 그뒤로도 계속, 인사를 하러 온 수많은 친척과 말랭케어로 대화를 나누고 웃고 떠들면서 아주 멋지게 나를 무시했다. 그녀는 나의 어떤 점이 못마땅한가? 이슬람 신도가 아니라서? 말랭케어를 하지 못해서? 원인은 그보다 더 심층에 있다는 느낌이 들었다. 우리 두 사람 사이를 갈라놓는 것이 단순히 내게서 나의 언어와 전통을 앗아간 강제 이주나 중간 항로로 인한 문제는 아니었다. 존재론적 차원의 차이가 문제였다. 나는 그 민족, 그놈의 신성불가침한 민족에 속하지 않았다. 내가 무슨 일을 하든지, 나는 비존재로, 인류에서 배제된 여자로 남으리라.

인사하러 들른 친척들은 그토록 물자가 부족한 시기에도 넘치게 준비한 음식들, 쪽빛 염료로 물들인 파뉴, 작은 병에 담긴 향수 등을 가져왔다. 그녀는 굳은살이 박인 맨발을 내놓은 채 바닥에 펼쳐놓은 짚자리에 여왕처럼 앉아서 모임을 주재했다. 할 수 있을 때면 나도 그 끝없이 이어지는 면담에 참여했는데, 어머니가 와서 머무르자 툭하면 벌컥 화를 내고 예민해진 콩데한테서 날벼락이 떨어질까봐 겁이 났기 때문이었다. 콩데는 어머니에게 콜라 열매를 사다 주려고 시장으로 뛰어간다든가 하면서 그녀가 원하는 아주 사소한 것들까지 들어주려 노력했을 뿐만 아니라, 하루에 좁[*] 두 갑 분량의 종이를 말아 피워대던 담배를 끊고 늘 마셔대던 필스너 우르켈을 끊어가면서 흠잡히지 않으려고 노력했다. 그는 세정용 주전자까지 챙겨 금요일마다 압둘레를 데리고 급하게 모스크로 향했다. 드니가 혼란스러워하는 기색이 그렇게 뚜렷이 보이지만 않았어도 그 모든 일을 웃어넘길 수 있었으리라. 아이들 할머니는 이제 실비를 마사라는 다른 이름으로 부르고 아이샤를 꼬박꼬박 무소코로라고 부르며 아이들을 품에서 떼어놓지 않았다. 손녀 둘을 손수 씻기고 머리를 빗겨주고 먹여주었고, 늘 끼고 있는 바람에 아이들은 놀지도 못하고 결국 그

* 담배 용지 상표명.

품에서 잠이 들곤 했다. 반면에 드니는 할머니가 자신을 모른 체하는 것만으로도 괴로웠을 텐데, 아이 할머니는 거기에서 그치지 않았다. 시도 때도 없이 아이를 향해 아이가 이해할 수 없는 말랭케어로 소리를 질러가며 명령을 쏟아냈다. 드니가 얼이 빠져서 그녀를 응시하고 있으면, 금방이라도 그녀가 아이 머리에 샌들을 집어던지거나 아이를 때릴 것만 같았다. 어느 날 더는 참지 못하고 콩데에게 항의했다.

"당신 어머니는 드니에게 정말 고약하게 굴어."

그가 하늘을 향해 눈을 치켜떴다.

"뭘 또 트집을 잡으려고? 드니가 살짝 짜증나게 군다는 건 인정해야지. 애가 너무 무르다고 당신이 제일 먼저 인정했잖아. 정말 계집아이 같다고. 압둘레를 봐, 얼마나 다른가!"

"그런 비교는 하고 싶지 않아." 내가 도도하게 대꾸했다.

어머니의 기분을 풀어주려고 콩데는 가끔 '보름간의 연극제' 덕분에 알게 된 그리오들을 집으로 초청했다. 그들은 보통 셋이 짝을 지어 왔다. 코라를 연주하며 노래하는 가수 두 명과 발라퐁 연주자 한 명이었다. 그들은 작은 테라스에 자리를 잡았고, 노래를 들으려고 달려온 이웃들이 그들을 빽빽이 둘러쌌다. 음악소리가 대기 중으로 솟아오르면, 나도 모르게 음악소리와 그 시간이 부리는 마술에 걸려들어 감정이 강렬해졌다. 어둑해진 하늘을 배경으로 수많은 박쥐가 작은 숲을 이룬 나무들의 꼭대기를 향해 무겁게 날아올랐는데, 그런 숲은 커다란 회색 종이에 목탄으로 그려놓은 그림 같았다. 내가 사랑했으나 이제는 잃어버린 사람들이 모두 돌아와서 나를 둘러싸고 나의 고독을 채워주는 듯했다.

이제 더는 혼자가 아니었고 그 보이지 않는 존재들이 나를 가득 채웠다.

연주회가 끝나면 일종의 모금이 뒤를 이었다. 압둘레는 바구니를 들고서 뽐내며 돌아다녔고, 각자 감흥의 정도에 따라 바구니 안에 많든 적든 기부금을 집어넣었다. 연주에 가장 크게 감탄한 사람들은 관습에 따라서 음악가들의 이마에 지폐를 붙이려고 들었다.

몇 주간 머무를 예정이었던 무소코로의 방문 일정은 갑자기 끝이 났다. 우리와 함께 지낸 지 한 달도 채 안 되었을 때였는데, 어느 오후, 내가 낮잠을 자고 있던 방으로 콩데가 급하게 뛰어들어오더니 절망적인 어조로 알려왔다.

"어머니가 가신대."

"벌써!"

"우리가 대접을 잘 못한다고 불만이셔."

"우리가 대접을 잘 못한다고?" 내가 어안이 벙벙해서 말을 되받았다.

그가 침대에 앉았다.

"어머니는 집 지붕을 다시 올리고 배관을 다시 깔았으면 하셔. 내가 그 돈을 어디서 구하겠어? 빌려야 할 텐데. 하지만 누구에게? 세쿠는 한푼도 없다고."

"어머니에게 설명을 해드릴 수 있지 않을까……"

그는 내가 말을 마칠 틈을 주지 않았다.

"원하는 걸 안 들어드리면 어머니는 사방으로 다니면서 내 이름에 먹칠을 하실 거야. 내가 나쁜 아들이고, 아무짝에도 쓸모없는 인간이라면서."

잠시 침묵이 흘렀고, 그러다가 그가 다시 말을 이었다.

"당신이 어머니를 불편하게 한다는 말도 하셨어. 당신이 어머니를 경멸하고, 아프리카 사람들을 경멸하는 것 같다고."

나는 어깨를 으쓱했다. 절대로 수그러들지 않을 케케묵은 예의 논쟁으로 되돌아갔다. 누가 누구를 경멸하는가? 우리의 두 공동체를 갈라놓는 몰이해의 벽을 어떻게 허물 것인가?

마침내 콩데는 말랭케족 상인에게 돈을 빌렸는데, 시에라리온에서 생필품을 사들인 뒤 엄청난 가격으로 되파는 암거래 전문가였다. 그다지 존경받을 인물은 아닌 그 남자는 우리의 단골 채

권자가 되리라. 그 남자 덕분에 콩데는 어머니에게 지붕과 배관 보수에 쓸 돈을 마련해드리고, 선물까지 듬뿍 안길 수 있었다. 그리하여 그는 얼룩 한 점 없이 새하얀 양 한 마리를 그녀에게 선사했다. 다리가 묶인 양은 자신을 시기리로 데려가는 택시 안에서 음울하게 메에 하고 울었다. 양은 타바스키 축제에 꼭 맞춰 도착할 터였는데, 무소코로는 기다렸다가 여기서 우리와 함께 그 축제를 맞이하고 싶어하지 않았다. 아들이 그녀를 몹시 실망시킨 거였다.

왜일까?

그가 그저 외국 여자와 결혼했기 때문이 아닐까?

나는 그 노부인이 우리집에 묵었던 일을 오랫동안 골똘히 생각해봤다. 그 일로 인해 나는 말랭케 사회를 보다 잘 이해하게 되었다고 생각했다. 그 사회의 기반을 이루는 건 일련의 행위들과 강제 규정들이었다. 흡연 금지, 음주 금지, 다섯 차례 기도 준수, 모스크에 가기, 친인척에게 거르지 않고 선물하기. 그러한 행위들은 본래의 의미가 퇴색해버린, 일련의 기계적 행위에 불과했다. 마음, 마음은 중요하지 않았다. 모스크의 포석에 엎드릴 때, 열의가 뭐가 중요하랴. 가족에게 응당 안겨야 할 선물을 마련할 때, 수단이 뭐가 중요하랴. 콩데는 체면을 잃지 않고서는 자신의 어머니에게 최악의 재정적 곤란 속에서 허덕이고 있다는 설명을 할 수 없었으리라. 사실을 털어놓았다 해도, 어머니의 동정을 불러일으키지 못했을 게 확실했다. 오히려 역효과를 낳았겠지! 어쩌면, 경멸을 자아냈으리라.

하지만 그 노부인이 우리집에 머문 일이 특히 내게는 혹독한 자아비판의 기회가 되었다. 무소코로 콩데는 내가 자신을 멸시한다고 불평했다. 나는 그렇지 않다고 스스로를 변호했다. 그런데 그녀 말이 맞지 않았을까? 난 머릿속에 뤽상부르공원에서 찍은 한 장의 사진에 포착된 이미지를 간직하고 있다. 사진 속 나의 어머니는 진주알처럼 고른 이를 내보이며 활짝 웃고 있고, 회색 벨벳 모자 아래 아몬드 모양의 두 눈은 웃느라 실눈이 되어 있다. 나도 모르게 그 두 여성을 비교하면서, 마음으로 몰래 끝없이 눈물을 흘리며 애도하는 다른 한 여성을 더 높이 사지 않았을까? 무의식적으로 무소코로에게 적합하지 않은 기준에 맞춰 그녀를 고쳐보려고 하지는 않았던가?

콩데는 어머니가 돌아가자 눈에 띄게 안도했고, 평소로 되돌아왔다. 그로부터 얼마 지나지 않아, 그는 자칭 영화인과 음악가라는 두 알제리인과 알고 지내게 되었는데, 이들은 형편없이 허름한 집에서 매춘을 한다는 소문이 도는 두 페울족 누이와 함께 살았다. 누가 봐도 그들이 '예술가들'임을 모를 수 없게, 두 사람은 덥수룩하고 꼬불거리는 머리를 어깨까지 길렀고 낯선 쪽빛

젤라바*를 걸쳤다. 콩데는 그들의 차림을 흉내낼 엄두는 내지 못했지만, 그들과 어울리며 실컷 술을 마셔댔다. 세쿠 카바는 한 가정의 성실한 가장답지 않게 그런 고약한 인물들과 어울린다며 콩데를 호되게 꾸짖었다. 나는 절대로 그러지 않았다. 콩데가 그렇게 자신의 자유를, 자신의 개성을 드러내려 한다는 걸 알고 있었다. 그는 마음속 깊은 곳으로는, 불만과 실망과 불행을 안겨준 기니에 숨막혀했다.

나와 마찬가지로.

* 후드가 달린 카프탄 형태의 북아프리카 전통 의상.

교사들의 음모

그사이 전국교원노조 모임 준비가 열성적으로 진행되었다. 모임의 핵심 목표는 재정 부족으로 지지부진한 개혁의 성과들을 평가하는 것이었다. 내가 읽고 또 읽으며 너무나 좋아했던 『순자카 혹은 만딩고 서사시』의 저자이자 존경받는 역사학자인 지브릴 탐시르 니안이 교원노조위원장 자격으로 본 보고서를 제출할 예정이었다. 세이니는 별첨 보고서를 준비했고 네네 칼리는 긴 시를 준비했는데, 우리에게 「마마두, 비네타, 그리고 혁명」이라는 제목만 알려주었다.

"굉장히 격렬한 시가 될 거야!" 그가 우리에게 털어놓았다. "순진한 두 초등학생의 입을 빌려서 내가 하고 싶은 비판을 하려고!"

어느 날, 저녁식사 전에 세이니가 하늘색 스코다를 몰고 카마옌으로 찾아와서 자신이 작성한 보고서를 읽어달라고 했다. 그는 아들 한 명을 데리고 왔는데, 드니와 제일 친한 지브릴이었다. 아이들이 노는 동안 나는 보고서를 훑어보았다. 정치적으로 위험할 것 없는 아주 전문적인 내용으로 보였다. 교과서의 심층적 개정 작업을 권장하는 내용이었다. 특히 마그레브와 서구가 자행한 노예제와, 식민화에 반대하는 아프리카인들의 저항에 관한 내용이 역사 교과서에 더 많이 다뤄지기를 바랐다(몇 년 뒤, 프랑스의 노예제 역사 기억 위원회 역시 프랑스의 모든 학교에서 그와 같은 내용을 다루기를 권고했다).

"이건 다이너마이트야!" 하지만 세이니는 단호하게 말했다.

이틀 뒤 아침식사 시간에 지브릴 탐시르 니안이 체포되었다는 소식이 라디오에서 흘러나왔다. 여세를 몰아 수많은 노조 책임자들이 체포되었는데, 공교롭게도 대부분이 페울족이었다. 그 사람들이 모두 기니 정부를 전복할 목적으로 외국 세력과 연계하여 음모를 꾸몄고, 그 음모를 은폐하기 위해서 노조 모임을 이용했다면서, 그러한 체포 행위를 정당화하는 듯했다. 그 사태가 그토록 공포스럽지 않았더라면, 기괴하고 우스꽝스러울 수도 있었으리라. 세이니와 네네 칼리에게 즉각 생각이 미치지는 않았다. 그러다가 불안이 엄습했다. 그날 벨뷔중학교에서 수업이 없었기 때문에 열시쯤 택시를 불러 시내로 나갈 작정이었는데, 그러한 시도를 카마옌에서 하려면 늘 복잡하기 짝이 없었다. 한 시간 뒤, 드디어 털털거리고 망가진 404 한 대를 찾아냈다. 올가도 안도 보건소에 없었고, 그곳에서도 두 사람의 소식을 몰랐다. 이제 불안감에 시달리며 두 사람의 집을 향해 달렸다. 하지만 올가와 세이니의 집에도 안과 네네 칼리의 집에도 접근할 수 없었으니, 군인들이 겹겹이 둘러싸고 경비를 서고 있었다! 카마옌으로 돌아가는 것 말고, 무슨 일을 할 수 있었겠는가? 극도로 불안을 자아내는 소문들로 꽉 찬 오후가 느리게 흘러갔다. 아무도 직장으로 일하러 가지 않은 듯했고, 사람들이 작은 무리를 이루어 거리에서 수군대고 있었다. 뜬눈으로 밤을 지새우는데, 콩데가 투덜거렸다.

"당신이랑 무슨 상관인데? 아이들이나 잘 돌봐!"

다음날 속보를 통해, 동카고등학교 학생들이 사랑하고 존경하는 그들의 교장 니안을 지지하는 시위에 돌입했다는 소식이 전해졌다. 다음다음날에는, 연대하기 위해서 그 고장의 모든 학교뿐만 아니라 아주 멀리 떨어진 지역의 학교들까지도 다 같이 시위에 나섰다.

벨뷔중학교에 도착해보니, 운동장에 몰려나온 학생들이 종이

울렸는데도 교실로 들어가기를 거부하고 있었다. 하지만 우리 학생들, 특히 1학년 학생들은 반항아들이 아니었다. 아이들 대부분이 다시 교실로 들어가도록 설득하는 데 교장 바칠리 씨의 타이름만으로도 충분했다. 스무 명 남짓한 졸업반 아이들만 밖에 남았다. 아이들은 반항심을 표출하려고 망고나무에 돌을 던지기 시작했고, 나무 아래에 앉아서 떨어진 열매를 맛보았다. 그 모든 일에는 정말이지 험악한 구석이라고는 전혀 없었다! 열시쯤, 중학교 철책문이 굉음을 내며 열렸고, 무장군인을 잔뜩 태운 트럭들이 운동장으로 짓쳐들어왔다. 군인들이 뛰어내리더니, 주의도 경고도 없이 여학생들을 덮쳤다. 아이들은 공포에 질려 사방으로 달아나려고 했으나 군인들이 아이들을 붙잡아 땅바닥에 패대기를 치고는 개머리판으로 악착스레 팼다. 나는 그처럼 야만스러운 광경을 목도한 적이 단 한 번도 없었다. 그 장면들을 『에레마코농』에서 묘사했는데, 비람 3세를 체포된 학생들의 영웅이자 베로니카 선생의 총아로 만들었다. 실제로 비람 3세는 극도로 영리하고 캐묻기를 좋아하는 젊은이로, 올가와 세이니의 집에서 종종 만났던 의사의 아들이었다. 매번 우리는 혁명에 대해서 이야기를 나누곤 했다. 그 아이는 수용소로 끌려가서 얻어맞고 고문을 당했지만, 끝내 그곳에서 빠져나왔다. 몇 년 뒤, 올가와 세이니가 드디어 모스크바를 떠나 다카르에 자리잡았을 때, 그들의 집에서 그 아이를 다시 만났다. 아버지처럼 의사가 된 그는 완전히 부르주아가 되어 있었고, 투사였던 자신의 과거를 젊은 날의 실수처럼 말했다.

여기에 기술한 사실들은 '교사들의 음모'라는 이름으로 알려져 있다. 이 사건을 다룬 출판물이 극히 적다는 사실은 개탄할 만하다. 이 사건은 세쿠 투레 정권이 대규모로 기획한 첫번째 범죄다. 처음에는 숙적인 페울족을 제거하려고 시작했다가 곧 애국자들 전체를 겨냥한 공격으로 나아간, 진정한 숙청 작업이었다. 고등학생들이 죽임을 당하거나 장기 수감되었다. 수백 명의 시민이 고문을 당하거나 망명을 떠나야만 했다. 내 친구들은 어떻게 되었나? 불안에 얼룩진 여러 날이 흐른 뒤, 대통령 관저에서 보낸 메르세데스 한 대가 아밀카르의 전언을 실어왔다. 세이니, 올가, 그리고 그들의 세 자녀가 무사하며, 유형에…… 러시아 유형에 처해졌다고 알려왔다. 불행히도 네네 칼리는 체포되었다. 안과 두 딸은 다카르로 달아날 수 있었다. 더 자세히 알고 싶은 마음에, 어느 아침 마리우와 아밀카르가 평소 묵는 카마옌 호텔로 차를 타고 향했다. 중요한 정치 회합이 있는 모양이었다. 호텔에는 아랍 사람들, 그중 몇은 케피야를 두른 아랍 사람들로 가득했다. 마리우와 아밀카르의 모습은 보이지 않았다. 일당 기관지의 '오늘 코나크리를 찾은 명사들' 난에 그들의 방문 소식이 대대적으로 전해졌지만 나는 그후로 기니에서 그들의 모습을 다시는 보지 못했다.

왜 그 두 사람은 다시 나를 만나려는 시도를 전혀 하지 않았을까?

몇 년 뒤, 마리우와 나는 위풍당당한 프레장스 아프리켄 출판사 사무실에 들락거렸다. 마리우는 자신의 배우자인 영화감독 사라 말도로르에게 우리 사이에 아무 일도 없었음을 납득시키는 데 특히 골몰했다. 그리하여 우리는 그 시절을 돌아보지 못했다.

'교사들의 음모'는 많은 사람에게 끔찍한 트라우마를 남겼다. 집단적 피해망상이 전국적으로 퍼져나갔다. 예전에는 물자 부족을 두려워했다. 이제는 자신의 목숨 때문에 두려워했다. 잔혹하고 변덕스러운 정권에 목숨이 좌우됨을 깨달았다. 거대한 바퀴벌레와 흡사한 짙은 밤색 경찰차들이 수도 없이 시시때때로 돌아다니는 모습을 모두가 몰래 지켜봤다. 저 차들은 어디로 가는가? 누구를 실어나르는가?

정권에 대한 나의 태도가 완전히 변했음을 알아챈 세쿠 카바는 실제로 음모가 있었다며 나를 설득하려고 했다. 수많은 노조원의 추방과 더불어 노조원들의 체포를 정당화하려고 들었다.

콩데로 말하자면, 나 역시 감옥에 갇히게 될 거라고 계속 떠들어 댔다. 하지만 올가의 집에서 살던 그녀의 조카 둘이 추방당했는데도 나는 전혀 불안하지 않았다.

다시 읽는 프란츠 파농

곧 나를 확고한 반정부 인사로 탈바꿈시킬 한 사건이 발생했다. 1961년 12월 6일, 프란츠 파농이 미국 워싱턴에서 암으로 사망했다. 그 소식이 기니에 알려지자마자, 세쿠 투레는 나흘간의 국가 애도 기간을 선포했다. 프란츠 파농, 나는 그를 알고 있었다. 1952년, 〈에스프리〉지에 실린 '검은 피부, 하얀 가면'을 읽고 나서, 장마리 도메나크에게 서한을 보내 그 글에 피력된 앤틸리스제도에 대한 견해에 대해 항의한 적이 있었다. 당시 내가 너무 미성숙했고, 나 자신이 너무 '검은 피부, 하얀 가면'이라서 그러한 저작을 이해하지 못했음을, 다시 읽어볼 필요가 있음을 그제야 깨달았다. 그리하여 나는 프란츠 파농의 모든 저작을 읽으며 틀어박혔다. 특히 『대지의 저주받은 사람들』은 내게 계시

나 다름없어서 그 책을 읽고도 말짱하게 빠져나올 수는 없었다. 3장 '민족의식의 실패'는 기니에서 혁명을 주도했던 장본인들이 차츰차츰 혁명의 파괴자가 되고 있는 상황에서, 기니를 염두에 두고 작성됐다는 느낌이 들었다. 4장 '민족문화에 대하여'는 제사題詞로 세쿠 투레의 글을 인용하고 있음에도 불구하고, 혹은 최고의 아이러니인 그 제사 때문에 내 눈을 덮고 있던 마지막 비늘을 떨어냈다. 파농은 모든 본질주의에 반대하는 입장이었고 '흑인들'은 유럽인들의 인식 속에서만 '흑인들'로 존재할 뿐임을 보여주었다. 그러고도 그는 더 멀리까지 나아갔다. 네그리튀드의 기반인 문화가 단일한 하나의 덩어리인 양 제시될 때, 파농은 문화에 하나의 정의를 부여하기를 거부하며 문화는 그 특성상 유동성과 끊임없는 혁신성을 보인다고 역설한다.

"문화는 결코 관습처럼 명료성을 지니지 않는다. 문화는 그 어떤 단순화도 철저히 피해간다. (……) 전통에 집착하거나 폐기된 전통을 되살리고자 하는 것은 역사에 반하는 일일 뿐만 아니라 자기 민족에도 반하는 일이다."

그후로도 나는 얼마나 여러 번 이 구절을 인용했던가? 바로 이 시기에 에메 세제르의 시를 여전히 찬미하면서도 그에게서 상당히 멀어졌고, 확신을 가진 파농 추종자가 되었다. 이러한 새로운 정치적 입장으로 삶이 크게 바뀌지는 않았다. 내가 알기로 내 주위에 비밀 지하조직은 없었다. 기니의 반정부 운동은 국내에서는 거의 조직적인 움직임을 보이지 못했고 주로 국외에서 활동했다. 세쿠 투레를 둘러싼 신화가 어찌나 대단한지, 반대자들은 일률적으로 반혁명 분자들과 동일시되었고, 그들의 의견에 귀기울이는 사람은 거의 없었다. 1976년 출간된 나의 소설 『에레마코농』을 대하는 반응이 그 증거다. 기자들과 독자들 모두, 내가 독재자 말림와나라는 인물을 통해 감히 세쿠를 묘사했다고 분개했다.

다카르로 책을 주문하는 일이 불가능해졌기 때문에, 나는 근사한 서재를 갖추고 있던 욜랑드와 루이네로 책을 빌리러 가곤 했다. 정성스럽게 분류하고 정리해놓은, 영어와 프랑스어로 쓰인 수백 권의 장서가 있었다. 욜랑드는 열렬히 나를 맞아주면서 내가 지적 활동에 다시 취미를 붙였다며 즐거워했다.

"루이는 늘 어느 날 당신이 우리 모두를 놀라게 할 거라고 말해요!" 그녀가 호언했다.

"뭘 해서요?" 내가 놀림조로 대꾸했다.

그녀가 계시라도 받은 듯한 표정을 지었다.

"당신이 소설을 쓰는 모습이 떠오르는데."

우리는 유쾌한 농담에 다 같이 웃어젖혔다. 그녀가 말을 이어갔다.

"당신은 이야기꾼으로서 부인할 수 없는 재능을 가졌거든. 예를 들어, 위대한 검둥이 집안에서 자란 당신의 어린 시절 이야기를 들려줄 때라든가."

사실, 욜랑드는 내가 가끔 나에 관한 이야기를 하는 유일한 사람이었다. 하지만 그 몇 해 동안, 글을 써볼 수도 있겠다는 생각은 스쳐지나간 적조차 없었다.

콩데의 상황이 달라졌다. 그는 주말에만 코나크리에 있었고, 주중에는 '보름간의 연극제'를 조직하느라 지방을 돌아다녔다. 극도로 까다로운 작업이었는데, 그 일을 제대로 추진할 만한 돈도 조력자도 없었기 때문만은 아니었다. 그 기획의 성격 자체가 문제였다. 기니에서 '연극'이란 음악과 춤으로 이루어진 일련의 막간극이었고, 어쩌다가 긴 시낭송이 끼어드는 정도였다. 누구도 콩데의 지시와 그가 시도하는 현대화 작업을 진지하게 여겨주지 않았다. 그는 그리오 가문 출신이 아니었다. 그래서 사람들은 그의 예술적 능력을 전혀 인정해주지 않았고, 그가 파리의 국립고등연극학교에서 수학했던 세월도 전혀 쳐주지 않았다. 하지만 콩데가 보기에 최악은, '연극 작품'이 일반의 불만을 전달하는 도구로 사용된다는 사실이었다. 창작가들은 종종 정권 비판을 위해 몹시 독창적인 방식으로 연극을 활용했다. 그리하여 콩데는 고위층에서 보호막을 찾았다. 그는 세쿠 카바와 수도 없이 논의한 끝에, 포데바 케이타가 자신의 문제에 관심을 갖게 만들어보리라 작정했다.

그는 왜 포데바 케이타를 선택했는가? 그는 국방장관이 되기 전에 세계적 명성을 얻은 '아프리카 공연단'을 창설하고 이끈 인물이었다. 캉캉에서 콩데와 안면 정도는 튼 사이였고, 아마추어 연극에 출연한 콩데를 보고 박수를 보내며 연극을 계속 해보라고 용기를 북돋아주었다. 콩데가 처음 나에게 그의 집에 같이 가달라고 부탁했을 때는 거절했다. 포데바 케이타가 돌변하여 지도층 인사들 중 위험하기로 손꼽히는 인물이 되었음은 공공연한 사실이었다. 무자비한 국방장관이었다. 사람들은 그가 반체제 인사에 대한 고문이 자행되는 강제 수용소 건립을 추진한 사람이라고 쑥덕였고, 그 계획은 이후 착착 실현되었다.

결국 같이 가자는 콩데의 제안을 받아들였는데, 이번에도 역시 아이들을 생각해서였다. 아이들은 절대적 가난 속에서 빈곤층처럼 자라고 있었다. 직업적 측면에서 아이들 아버지의 형편이 나아진다면, 아이들에게는 오로지 긍정적인 효과만 생길 테니까.

"천국은 다른 곳에"
마리오 바르가스 요사

그리하여 우리는 어느 일요일, 국제 협력차 프랑스에서 기니로 파견되었다가 앙굴렘으로 돌아가는 주재원에게서 힘들게 구입한 르노 4CV에 빼곡히 올라타고 장관 전용 주거지역으로 향했다.

나란히 늘어선 검문소에서는 중무장한 군인들이 위압적인 태도로 방문객의 신분증을 철저하게 검사했는데, 그곳을 지나치자마자 우리는 다른 세계로 진입했다. 호사와 고요와 관능의 세계. 꽃이 핀 산울타리들, 정성스럽게 갈퀴질이 되어 있는 연초록 잔디, 근사하게 손질된 나무들, 옆으로 길게 뻗은 하얀 단층 주택들. 그 주택단지가 어찌나 인상 깊었던지 나는 『에레마코농』에서 『음험한 여인들』에 이르기까지 그곳에 대한 묘사를 거푸 소설에 늘어놓았다. 바로 그 주거지 조성에 대해서 들은 이야기를 『음험한 여인들』에 등장하는 빅 보스에게 반영하였다. 세쿠 투레가 브라질에 공식 방문했다가 아마존 숲을 보고는 몹시 감탄했고, 그래서 코나크리로 돌아온 뒤 자신의 거처 주변에 열대우림과 왕대머리수리까지 그 풍광을 그대로 재현하기를 원했다. 그리하여 십여 명의 정원사와 조류학자들이 밤낮으로 그 일에 매달렸다.

나는 대통령 관저에서 전통 악단이 공연할 때 이미 포데바 케이타를 본 적이 있었다. 과묵하고 잘 웃지 않으며 이야기하기를 좋아하지 않는 남자였다. 그는 반기는 기색 없이 우리를 맞았다. 고관대작의 아내들이 모두 그러듯이 보석을 휘감고 화려한 옷을 차려 입은 그의 아내 마리는 어여쁜 혼혈 여자로, 우리와는 나눌 화제가 없다는 눈치가 역력했고 예의 그 텅빈 미소를 지으며 십여 차례 같은 질문만 되뇌었다.

"불편한 건 없으세요?"

다행히도 그녀는 그 질문에 대한 답을 기다리지 않았다. 평소처럼 그들 주위에 기생하는 친척 무리가 우리를 멸시의 시선으로 보며 귀찮은 청원인 취급을 했다. 뜻밖의 놀라움은 드니와 동갑인 그들의 아들, 시디키바가 제공했다. 우리의 예상과 달리, 그 아이도 수줍음이 많고 내향적이었다. 그리하여 두 아이는 처음 보자마자 기가 막히게 마음이 잘 통했다. 늘 홀로 있고 따돌림을 당하다가 드디어 같이 놀 친구를 찾아낸 드니가 맛본 행복은 손에 잡힐 듯 뚜렷했다. 시디키바에게는 예닐곱 살 난 아이가 들어가 앉을 만한 크기의 장난감 전기자동차를 모아놓은 차고가 있었다. 그곳에는 없는 게 없었다. 랜드로버부터 캐딜락 혹은 푸조 소형트럭까지. 곧 아이들이 어찌나 소란을 떨던지 포데바 케이타는 식탁으로 자리를 옮기면서 아이들을 향해 큰 소리를 내야만 했다. 아주 단출한 식사는 맛있었다. 현지에서 조달한 굴, 포르치니 버섯, 양고기 통 꼬치 등, 비리비리한 닭의 버석한 식감에 익숙한 우리의 혀 아래에서 살살 녹았다! 포데바 케이타는 음식을 먹지 않았다. 하인이 그의 앞에 잎채소 소스를 곁들인 음식 한 접시를 대령하자 마리가 우리에게 설명했다.

"백인들이 먹는 이런 음식들을 저이는 좋아하지 않아요. 저이는 늘 먹던 쌀밥을 먹어야 한답니다!"

"저도 그렇습니다!" 콩데가 아부를 떠느라 거들었다.

그에겐 그 결과가 아주 좋지 않았다! 마리가 손짓을 하자 똑같은 음식이 담긴 접시가 곧 그의 앞에도 놓였으니까.

점심식사를 마치고 콩데와 포데바 케이타가 서재에 틀어박혀 '보름간의 연극제'에 대해 이야기를 나누는 동안 나는 회랑에 남겨졌는데, 나머지 다른 손님들은 자기들끼리 웃음을 터뜨려가며 말랭케어로 활기찬 대화를 나누느라 나를 완전히 무시했다. 이제 나는 그런 일에 익숙했다. 작별할 시간이 되자 드니,

실비, 아이사와 마찬가지로 시디키바 역시 뜨거운 눈물을 흘렸다.

"아이들을 데리고 다시 오세요!" 포데바 케이타가 부자연스러운 태도로 상냥한 말을 건넸다.

나는 차에 오르자마자 콩데와 격렬하게 부부싸움을 벌였는데, 흔히 있는 일은 아니었다. 보통 우리는 서로 무시하면서 각자 좋을 대로 삶을 꾸렸으니까. 그런데 이번에는 수치스러워서 참을 수가 없었다. 독재자의 주요 앞잡이와 마주한 동안, 낑낑대며 그 사람과 무미한 대화를 나누었다. 대부분의 사람들이 참혹한 곤궁 속에서 허우적대고 있는데, 나는 그러한 상황에 대해 단 한 마디도 꺼내지 못하고 말았다. 나 역시 비겁했다. 나는 특혜를 구걸하러 온 가난한 여자 역할을 완벽하게 해내었다.

"그 사람을 모욕하고 싶기라도 했다는 거야?" 콩데가 어안이 벙벙해서 내게 물었다. "그 사람 집에서? 당신은 그렇게 교육받고 자랐어?"

나는 뭐라고 대답해야 할지 몰랐다.

무척 놀랍게도 그 방문은 곧 결실을 맺었다. 관계부처 장관이 콩데에게 넉넉한 예산을 배정하고 관용차인 스코다 한 대, 휘발유 주유 쿠폰을 지급하도록 조처했고, 특히 '보름간의 연극제'를 위해서 오래된 영화관을 정비했다. 간이 부은 콩데는 그 영화관을 '민중국립극장'이라고 명명하고, 장 빌라르*를 기니로 초청하기 위해 연거푸 서한을 보내기 시작했다. 장 빌라르는 예의상 한 번 답신을 보내 고려해보겠다고 약속했던 듯하다.

"당신도 알겠지." 콩데가 열띤 어조로 되뇌었다. "장 빌라르가 여기 와주겠다고 수락만 한다면! 그렇게 되면 내 처지가 완전히 바뀔 거야. 사람들이 나를 중요한 인물로 여기게 될 거라고!"

나는 과연 그럴지 의심스러웠다. 이렇게 고통과 굶주림에 시달리는 나라에서, 장 빌라르가 오든 말든 누가 신경이나 쓸까? 그가 누군지나 알까?

우리 부부에게는 상대적으로 행복한 시기였다. 코나크리를 벗어나본 적이 없는 나로서는, 업무차 내륙 곳곳을 누비는 콩데를 따라다닐 수 있었더라면 좋았을 거다. 하지만 아이들과 함께 카마옌에 머무르는 편이 훨씬 신중한 처사였다. 매일 밤 도시 곳곳에서 총소리가 울려퍼졌고, 그러고는 경찰차 소리가 대기를 찢었다. 저마다 잠자리에 누워 두려움에 떨었다. 극단 연습이 있을 때면 나는 '민중국립극장'에서 오후를 보내는 것으로 만족했다.

---

* Jean Vilar(1912~1971). 프랑스 배우, 연출가. 1947년 아비뇽 연극제를 출범시켰고, 조직위원장을 지냈다.

여전히 말랭케어와 그 밖의 다른 어떤 언어도 배우지 않았다. 그럼에도 불구하고 그리오의 공연에 푹 빠져들게 되었다. 소리가 서로를 부르고 서로에게 답하며 펼쳐지는 말/음악. 곧 각각의 악기 소리를 구분할 수 있게 되었는데, 악기 소리는 인간의 목소리를 돋보이게 하는 데 이용되는 게 아니어서 그 자체의 힘과 특유의 아름다움 그대로 포착하여 온전히 감상해야 했다. 객석 맨 끝줄에 자리잡고서, 코라 연주에 맞춰 노래하는 그리오 모리 캉테의 목소리에 귀를 기울였다. 라디오에서 흘러나오던 시끄러운 울부짖음은 이 하모니와는 거리가 멀었다. 그 음악들은 절도가 전부인 예술의 타락일 뿐이었다. 그런데 그리오들은 사라져가는 중이 아닌가? 어쨌든 그들은 위기에 처해 있었다. 그리오들은 자신들을 후원해줄 명문가들이 사라지자 생계의 어려움을 겪고 있었고, 세쿠 투레는 그것을 기회삼아 그리오들을 공무원으로 만들려고, 그러니까 자신의 위대한 영광을 위해 복무하는 아첨꾼 집단으로 만들려고 들었다. 벌써부터 그가 돈으로 매수한 그리오 몇몇이 뻔뻔하게 역사를 다시 쓰면서, 세쿠 투레를 식민화에 맞선 위대한 인물 알마미 사모리 투레의 후손으로 둔갑시키고 있었다.

콩데는 장 빌라르를 코나크리에서 영접하고 싶은 열망 말고도, 또다른 꿈을 품고 있었다. 세쿠 투레가 몸소 '보름간의 연극제' 개막식에 와주기를 바랐다.

"당신은 왜 그 교양 없는 독재자에게 그렇게 신경을 써?" 내가 캐물었다.

"'교양 없는 독재자'라니, 당신이나 그렇게 부르지. 나에게 그 분은 공화국 대통령이야!" 그가 받아쳤다.

세쿠 투레는 '보름간의 연극제'에 코빼기도 내밀지 않았다. 그저 내각의 말단 직원을 한 명 보냈을 뿐이고, 라디오에서 늘어놓던 장광설과 달리 문화 따위에는 조금도 흥미가 없음을 그렇게 보여주었다. '보름간의 연극제'가 별안간 폐지되면서 우리의 말다툼도 중단되었다. 콩데가 은제레코레 출신 길라보기라는 작가에게 수도 없이 수정을 요구했음에도 불구하고, 그가 연출한 〈알마미의 아들〉이라는 연극 작품이 정권에 너무 비판적이라는 판단이 내려졌던 것이다. 길라보기는 투옥되었고, 그의 아내 중 한 명이 말리 출신이었기에 처첩들과 자녀들은 말리의 카이로 피신했다.

'보름간의 연극제'의 총책임자로서 콩데는 열렬히 자신의 무죄를 주장하는 서한들을 수도 없이 작성해야 했다. 결국, 그는 정치적으로는 마음을 졸이지 않았지만, 운영비도, 스코다도, 휘발유 주유 쿠폰들도 박탈당했으니 어쨌든 처벌을 받은 셈이었다. 우리는 서글픈 소일거리에 매달리는 수밖에 없었다. 겨우 목숨을 부지하기 위해 돈을 꾸는 일. 내가 벨뷔중학교에서 더이상 교편을 잡고 있지 않아서였다. 교육개혁이 언젠가는 빛을 보리라고 여전히 믿는 유일한 사람은 루이 베한진이었다. 그는 고등교육 프로그램을 구상해놓았다. 대입 자격을 소지하고 시험을 거쳐 선발된 학생들을 이 나라에서 최고의 선생들(놀랍게도, 그의 눈에는 나도 거기 포함되는 모양이었다)이 이 년에 걸쳐 가르쳐서, 특별한 자격을 취득하게 이끈다는 거였다. 나로서는 승진이었을 그런 일은 일어나지 않았다. 지금은 잊어버린 어떤 이유들로 인해, 꼬집어 말하자면 아마도 그저 그 나라의 무관심과 혼란이라고 불릴 만한 이유들로 인해, 그러한 개혁 프로그램은 지지부진 시간을 끌다가 결국 폐기되고 말았다.

따라서 1962년에 들어서면서부터 급여가 전혀 없었고, 새로 발령이 나면 들어올 급여를 기다리는 처지였다. 콩데의 보잘것없는 급여만으로는 먹고살 수가 없어서 우리는 빚투성이가 되었다. 콩데는 과거에 자신을 곤경에서 구해줬던 말랭케인 상인에게서 계속 돈을 꾸었다. 그날랑베가 매일 우리에게 먹을 것을 보내주었다. 하지만 그 음식들에서는 패배의 맛이 났고 목구멍에 걸려 넘어가질 않았다. 아마도 그로 인해 아프리카 음식을 무척이나 좋아하는 내가 기니 음식은 싫어하게 되었나보다. 더이상 학교에 수업하러 갈 일이 없었기 때문에, 종종 하루종일 침대에 있고 싶은 유혹을 느꼈고, 자기 관리를 전혀 하지 않았다. 코나크리에는 탁아소도 유치원도, 심지어 사립유치원마저 없었기 때문에 내가 두 어린 딸아이를 직접 돌보아야 했고, 그 덕분에 우울증에 완전히 빠지지는 않았다. 두 아이가 서로 그렇게 다른 것을 보면 경이로웠다. 실비는 순종적이고 사람들의 환심을 사려고 애썼고, 아이샤는 고집스럽고 뜻대로 하려고 들었으며 변덕스러웠다. 두 아이의 개성 발달을 지켜보는 것은 호기심을 자아내는 행복이었다. 드니의 경우, 모두가 하나같이 유약하고 '계집아이' 같다고 여긴 터라 나는 아들을 '진정한 사내아이'로 만들기로 결심했고, '유소년 혁명단'에 등록시켰다. 주말이면 드니는 수영장에서 수영을 하고 축구 경기나 길고 긴 숲속 트레킹에 참가하려고 집밖으로 나갔다. 아이가 그런 활동들을 싫어하는 기색이 역력했지만 나는 버텼다. 최악이 도사리고 있다는 생각은 하지도 못했다. 어느 날, 아마도 할머니가 자신을 함부로 대하던 기억에서 제대로 회복하지 못했을 아이가 불쑥 물었다.

"내가 정말 저애들 오빠야?"

"왜 그런 질문을 해?" 허를 찔린 내가 물었다.

"난 피부색이 연한데, 재들은 검으니까."

언젠가는 우리가 이런 대화를 하게 되리라 짐작하고 있었다. 하지만 이렇게 일찍 그런 일이 닥치리라고는 미처 생각하지 못했다! 아이는 이제 겨우 여섯 살이었다. 나는 진실을 고백하는 것보다 더 좋은 방법을 찾지 못했다. 우리 사이에 너무 많은 거짓말과 너무 많은 비밀이 도사리고 있어서 우리를 둘러싼 공기에서는 악취가 풍겼으니까.

"그건 동생들과 아버지가 달라서란다!" 내가 더듬거리며 답했다.

아이가 그 아름다운 밤색 눈을 크게 떴고, 곧 두 눈에 눈물이 차올랐다.

"그러니까, 나는 아버지의 아들이 아니라는 말이야?"

그런 점에서 기니는 아주 까다롭지는 않았다. 학교에서도, 보건소에서도, '유소년 혁명단'에서도, 도처에서 드니를 '드니 콩데'로 받아줬다.

"그래!" 내가 스스로의 잔인함을 의식하면서도 물러설 수가 없어서 설명을 시작했다. "네 아버지는 아이티 사람이야."

"아이티 사람이라고!" 아이가 겁에 질려 소리를 질렀다. 마치 "화성인이야!"라는 답을 듣기라도 한 것 같았다.

이때부터 아들과 나 사이의 관계는 복잡해지고 나빠지기 시작했고, 그토록 다감하고 민감하던 아이가 차츰차츰 사회생활 부적응자로, 반항아로 바뀌었으며, 아이는 살아가면서 마음에 상처를 차곡차곡 쌓아갔다.

어쨌든, 나는 내가 살고 있는 동네에 비교적 잘 "섞여"들어갔다. 사람들도 이제는 내가 지나갈 때 요란하게 폭소를 터뜨리지도, 나를 보려고 문가에 나오지도 않았다. 어린아이들도 어머니의 파뉴 자락에 몸을 숨기려고 뛰어가지 않았고, 어린 사내아이들도 모욕적인 노래를 부르면서 따라오지 않았다. 내가 친분을, 물론 세이니와 올가나 네네 칼리와 안보다는 덜 정치화되었고 마리우와 아밀카르보다는 덜 화려하지만, 어쨌든 친분을 만들었다고까지 말할 수도 있으리라. 우리집 왼편의 주택은 생탄 출신 과들루프 여인이자 이제 내 오십 년 지기가 된 프랑수아즈 디동이 차지하고 있었다. 그녀는 해외 파견된 르네와 함께 살고 있었는데, 그의 이야기로는, 알제리에서 군복무를 마치기를 거부하고 알제리 민족해방전선에 합류하려 했었단다.

"하지만 그들은 의심했어요!" 그가 씁쓸하게 이야기를 들려줬다. "나를 원하지 않았죠."

나는 오른편 주택에 사는 여자에게서 말랭케어가 아니라 페울어 수업을 들었는데, 그녀는 달라바 출신 젊은 교사였고, 남편이 '교사들의 음모' 사건 당시 체포되었다. 누구도 더는 기대하지 않던 어느 저녁, 그가 집에 다시 돌아왔고, 다음날 아침 내출혈로 사망했는데, 너무 심하게 구타당한 게 원인이었다. 세상을 떠나기 전에 아내를 안아보고 싶었던 거라고 사람들은 말했다.

나는 또한 프랑스 여성 두 명, 파니와 특히 프레데리크와 꾸준히 교류했다. 프레데리크는 화가였다. 국영상점 앞에 줄을 서 있는데 다가오더니, 실비와 아이샤가 너무나 사랑스러워 보인다면서, 두 아이의 초상화를 그릴 수 있게 허락해달라고 요청했다. 아이들을 그 집으로 여러 차례 데리고 갔고 아이들이 오랜 시간 포즈를 취하는 동안 함께 시간을 보내면서 우리는 곧 친밀한 사이가 되었다. 프레데리크가 단순하게 〈콩데 가문의 아이들〉이라고 제목을 붙인 그 멋진 그림을 기니를 떠나면서 카마옌의 집에 놔두고 왔는데, 두고두고 후회하는 일 중 하나다. 내 뒤를 이어 몇 년 뒤 콩데 역시 급하게, 거의 야반도주하듯 그 집을 떠나는 바람에 그 그림을 챙길 생각은 하지 못했다. 그래서 그 집에 새로 들어온 사람들이 그림을 쓰레기장에 내다버리는 슬픈 상상을 해본다. 투철한 페미니스트인 프레데리크는 내가 잘 알지 못하는 자신의 우상인 시몬 드 보부아르의 저작을 읽어보라 권했다. 그런데 프레데리크는 자기 집에서 멀지 않은 곳에서 다른 세 명의 아내와 살고 있는 일부다처자의 네번째 아내였다. 내가 그러한 모순에 깜짝 놀라자, 그녀가 화를 냈다.

"우마르는 내게 힘든 일은 조금도 요구하지 않아. 집을 관리하라거나 빨래를 하라거나 음식을 장만하라고 하지 않아. 우리는 그저 우리 둘만의 쾌락을 위해서 만나. 그것도 그러고 싶을 때만. 그에게서 얻은 딸아이는 내가 원하는 대로 키우고 있어. 그 사람 앞에서 자기변명할 필요가 없다고. 아무것도 날 얽어매지 않아."

내가 놀려댔다.

"그러니까 네 말대로라면, 일부다처제=여성해방, 그런 거야?"

"적어도, 널 웃게 하는 데는 성공했잖아." 그녀가 받아쳤다.

왜냐하면 나는 소리 내어 웃는 법도 미소 짓는 법도 배운 적이 없었다. 사실 내 삶에 어떤 즐거운 사건이 일어난다 한들, 내 행동이 바뀔 수 있었겠는가? 나의 하루하루는 음울했다.

가끔 아이들을 데리고 질레트와 함께 로스군도*로 소풍을 갔다. 사실 질레트는 1962년 초엽에 코나크리에 정착했다. 초반에 장과 질레트는 코나크리에서 가장 주목받는 커플이었다. 그들은 우아한 저택에서 사교계의 최상급 인사들만 손님으로 맞았다. 콩데도 나도 그런 파티에 초대받은 적이 한 번도 없었음은 말할 필요도 없다.

그러다가 그 아름다운 조화를 산산이 부숴버리는 재앙이 발생했다. 장이 의사가 아니라는 사실이 들통나고 만 것이다. 파리

* 기니 앞바다에 위치한 군도로, 열네 개의 크고 작은 섬으로 이루어져 있다.

의과대학에서 제명당한 그는 어쩔 수 없이 간호학교로 옮겨갔다. 엄청난 스캔들이었지만 곧 무마되었다. 장은 집안의 인맥을 활용해서 파트리스 루뭄바 국영인쇄소 소장 자리를 꿰찼다. 요직이었다. 거기서 정권의 모든 선전물이 만들어졌다. 장은 입에 시가를 물고 쉐보레 임팔라를 타고 돌아다니면서 수십 명의 직원에게 명령을 내렸다. 하지만 질레트는 이 모든 일을 수모로 느꼈기에, 대번에 나와 가까워졌다.

코나크리에서 아주 가까운 로스군도는 천국을 연상시키는 여러 섬으로 이루어져 있었다. 백사장에는 우편엽서에 나올 법한, 한쪽으로 기울어진 야자수들이 점점이 흩어져 있었다. 그곳으로 데려다주는 모터보트를 타려면 달음박질쳐야 했는데, 해외협력 파견원으로 나온 러시아인들의 가족, 하늘과 바다처럼 새파란 눈을 가진 여자들과 아이들로 늘 가득했기 때문이었다. 아주 이상하게 보이겠지만, 과들루프에서 태어났으면서도 나는 그제야 대양이 안겨주는 도취감을 맛보았다. 『울고 웃는 마음』에서 이야기했듯이, 내 옷장에 수영복을 갖춰놓게 된 건 아주 뒤늦게였다. 나는 나를 둘러싼 쪽빛 풍경에 도취되었다. 넋을 잃을 지경이었다. 한번은 매트형 튜브에 누워 있다가 너무 멀리까지 떠내려가는 바람에 어부들이 나를 다시 바닷가로 데려다줘야만

했다.

"다음번엔 주의해요!" 그들이 멀어져가면서 충고했다.

로스군도에 있을 때, 질레트는 바닷물에 몸을 담그지 않았다. 최근에 겪은 좌절로 인해 깨달은 바가 있는 질레트는 끊임없이 불평하며 아프리카인을 향한, 좀더 일반적으로는 아프리카 전체를 향한 증오를 드러냈다. 언니의 한탄에 뭐라고 답해야 할지 몰랐다. 난 아프리카가 싫지 않았다. 이제 아프리카가 지금의 나를 있는 그대로 받아들일 리는 절대 없으리라는 것을 알았다. 하지만 내가 겪는 곤란, 그러니까 나 개인의 결정이 낳은 결과에 대해 아프리카에게 책임을 지울 생각은 전혀 없었다. 나를 괴롭히는 것은 내가 아직도 아프리카를 정확하게 파악하지 못했다는 거였다. 서로 모순되는 너무 많은 이미지가 겹겹이 포개졌다. 어느 것을 더 중시해야 할지 알 수가 없었다. 인류학자들이 보여주는 복합적이고 매끈한 이미지. 네그리튀드에서 주창하는 극도로 정신성이 부각된 이미지. 혁명을 지지하는 나의 친구들이 보여주는 고통과 억압에 시달리는 이미지. 세쿠 투레와 그의 똘마니들이 나눠 먹는 맛난 먹잇감의 이미지. 아테네를 돌아다니며 정직한 사람을 찾는 디오게네스처럼, 나 역시 등불을 손에 들고 뛰어다니면서 외치고 싶었다.

"아프리카, 너는 어디에 있는가?"

"우리는 이제 숲에 가지 않을 거야,
월계수들이 베어져나가니까"
작자 미상의 동요

겨울로 들어서는 시기에 병이 났다. 아주 많이 아팠다. 정신을 잃고 쓰러졌고, 어떤 것도 삼킬 수가 없었다. 콩데는 늘 그렇듯이 병의 원인은 오직 하나라고 생각했는데, 말라리아라는 거였다. 경험상 난 그 말라리아라는 것 뒤에 종종 다른 것이 숨어 있음을 알고 있었다. 그래서 굳이 의사를 만나러 갔고, 이번에는 독일인 의사가 이 년 전 폴란드인인 그의 동료 의사가 내렸던 것과 비슷한 진단을 내렸다. 그러니까 임신을 한 거였다.

"병중에서도 가장 근사한 병에 걸리셨군요!" 그가 완벽한 프랑스어로 말했다. "생명의 영속에 참여하게 되셨습니다."

나는 대경실색했다. 콩데도 마찬가지였다. 우리 사이에 육체관계가 없었던 만큼, 하마터면 성령의 공교로운 작업이 아닌가

여길 뻔했다. 어느 순간에 우리가 관계를 했을까? 그 행위는 애정이나 욕망을 전제로 한다. 우리는 서로에게 그 두 가지 감정 중 어느 쪽도 느끼지 않았는데. 콩데는 밤시간 대부분을 밖에서 보냈다. 그가 귀가하면 우리는 서로의 몸에 손도 대지 않고 등을 돌린 채 잠이 들었다. 아침에 내가 일어나면 그는 여전히 잠들어 있었다. 역설적으로, 전혀 예상하지 못하고 있다가 네번째 임신을 하게 되면서 나는 기운이 샘솟았고, 새로운 결심이 깨어났다. 내가 아직 젊고 떠날 수 있을 때 기니를 떠나야 한다는 것을 깨달았다. 특히 콩데 곁을 떠나야 한다는 것을. 나는 콩데를 내 아버지와 비교하지 않을 수 없었다. 오귀스트 부콜롱 역시 가난하게 태어났다. 하지만 영리함과 결단력을 발휘하여 놀라울 정도로 사회적 신분 상승을 이뤄냈다. 콩데, 그는 형편없는 처지에 안주하며 나를 그 상태에 묶어두었다. 과거에 코나크리에 머물기로 하면서 나 개인의 행복을 희생했다. 아이들에게 고국과 아버지를 보장해주고 싶었다. 하지만 나의 계산이 빗나갔음이 드러났다. 기니는 빈사 상태였고, 아버지란 사람은 솔직히 아이들을 먹여 살릴 능력이 없었다.

모순적으로 보일 수도 있었겠지만, 그런 생각을 하면서도 아프리카 대륙을 떠나야겠다는 생각은 염두에 없었다. 결국에는 그 대륙을 이해하게 되리라, 그런 확신이 있었다. 아프리카는 나를 받아들일 테고, 그 대륙이 품은 보배들은 나를 충만케 하리라.

새 학기가 시작되면서 루이 베한진의 프로젝트는 완전히 폐기되었기 때문에, 나는 다시 벨뷔중학교로 향했다.

"또 임신했네!" 바칠리 씨가 나를 보고 외쳤다. (그녀는 외동아들만 있었는데, 모두들 그 아이를 잘생긴 미겔이라고 부르듯이, 잘생겼다.) "이제 아이가 몇인가요?"

"넷이죠!" 나는 겸연쩍은 어조로 답했다.

교장은 당혹스러워 보였고, 나는 알 낳는 암탉이 된 듯해서 마음이 불편했다. 나는 학생들을 다시 만나고 깜짝 놀랐다. '교사들의 음모' 사건은 그 젊은 학생들의 뇌리에 지워지지 않는 흔적을 남겨두었다. 학생들 누구도 군인들이 일부 학생들을 어떻게 다루었는지, 얼마나 많은 대학생이 전국적으로 투옥되고 고문을 당했는지 잊지 않았다. 심지어 동카고등학교의 학생 셋이 살해당했다는 말까지 있었다. 예전에는 수동적이던 중학생들이 엄청난 변모를 보여주었다. 학생들은 이미 저항세력이나 마찬가지였다. 학교에 새로 온 교사 중에 장 프로페트라는 젊은 아이티인이 있었다. 우리는 급속도로 친해졌는데, 이번에는 연애 감정은 전혀 없었다. 우리의 관계는 형제애에 가까웠다. 그가 자기 이야기를 해줬고, 그때 처음으로 대략적인 이야기를 들었는데, 서글프게도 그후로 나는 그런 이야기에 익숙해지게 되었다. 사연은 이랬다. 통통 마쿠트들이 그의 가족을 몰살했다. 당시 그는 페티옹빌에 있는 사촌 집에서 피아노를 연주하고 있어서 그러한 학살을 비켜갔다. 다행스럽게도 그는 몬트리올에 망명한 이모와 연락이 닿아서 이모네 집으로 들어갔고, 너그러운 이모의 도움으로 문학 공부를 마칠 수 있었다. 흔한 일은 아니었지만, 장과 나는 학교측의 허락을 받고 합반하여 둘이 함께 수업을 진행했다. 그후로 우리의 수업은 일종의 즉흥극처럼 되어서, 「어린 검둥이의 기도」에 대해 착실하게 설명하는 대신 장은 프랑수아 뒤발리에가 저지른 범죄를 고발했다(어쩌면 자크도 이 모든 일에 연루됐을지도 모른다는 생각이 들 때마다 소름이 돋았다). 그렇게 서두를 떼고 나서, 내가 장과 함께 열심히 준비해온 아이티 문학의 주요 저작들을 학생들에게 소개했다. 우리 반 학생들이 자크 루맹의 『이슬을 다스리는 자들』을 배우면서 눈물바람을 했던 일이 기억난다. 바칠리 씨는 이런 제멋대로의 수업 방식을 눈감아줬다. 교장마저 우리 수업에 들어와서 토론에 참여했던 일도 떠오른다. 장 프로페트는 나와 수업 준비를 함께하려고 날마다 자신의 중국제 자전거 '플라잉 피존'을 타고 카마옌까지 찾아왔다. 그도 기 티롤리앵처럼 콩데와 기가 막히게 잘 통했는데, 음악과 특히 필스너 우르켈 맥주에 대한 대단한 열정을 공유했다.

"당신은 그 사람을 이해하지 못하는군!" 그가 나를 나무랐다.

"예술가들이 다 그렇듯이 살짝 괴짜지만 멋진 사람이야. 당신은 프티부르주아고."

그리고 아이들과의 관계를 말하자면, 그는 아이들을 좋아해서 자신을 '장 아저씨'라 부르게 했다.

분만하던 순간에 대한 끔찍한 기억이 남아 있어서, 나는 동카 병원을 다시 찾아가기가 두려웠다. 조산사 양성 과정을 마친 뒤 다카르에서 일하고 있던 에디가 나를 그곳으로 오라고 불렀다. 가능성이 거의 희박한 일이었을 텐데 어떻게 출국 허가를 얻을 수 있었는지, 그리고 거의 막달이 다 된 상태에서 어떻게 에어기니 항공사 비행기에 탑승할 수 있었는지 이제는 기억이 나지 않는다. 어쨌든 3월 초에, 드니와 떨어질 결심이 서지 않아서 아이의 학업을 중단시키고 드니까지 아이 셋을 데리고 세네갈행 비행기에 올랐다. 코나크리에 살아본 후라, 다카르는 훌륭하다는 인상을 받았다. 거리에는 제대로 불이 밝혀져 있었고, SICAP*에서 공급하는 작은 주택들은 소박하지만 살 만했다. 게다가 아프리카의 이슬람교가 보여주는 얼굴에, 그러니까 병약하고 불구의 몸을 한 가난한 사람들이 모스크로 몰려가는 모습에 이미 익숙

* 세네갈 주택 개발 공사.

했다. 동냥아치들의 파업을, 월로프어로 동냥 그릇을 의미하는 '바투'를 들고 다니는 사람들의 파업을 자세하게 묘사하는 아미나타 소우 팔의 멋진 소설 『바투들의 파업』을 아직 읽기 전이었지만, 나는 그 걸인들이 만들어내는 '구경거리'에는 무언가 극단적인 구석이 있음을 이해하고 있었다. 그것의 목적은, 가장 헐벗은 형제들을 위한 자선 의무를 너무 자주 잊어버리곤 하는 부자들에게 다시 한번 상기시키는 것이었다.

에디가 돈을 빌려준 덕에, 나는 도심에서 조금 벗어난 동네의 제법 낡은 건물 2층에 세를 들었다. 1층에는 자수 공방이 있었는데, 수를 놓는 여자들은 화려한 DMC 자수실을 꿴 바늘로 부부 가슴 부분에 수를 놓으며 구슬픈 노래를 흥얼거렸다. 다카르에서는 어디를 가도 근처에 모스크가 있어서, 나는 늘 무에진의 첫 번째 외침이 들리자마자 얼른 침대 발치에 무릎을 꿇었다. 이슬람으로 개종하지 않았던 건, 친구들이 "종교는 인민의 아편"이라고 하도 되풀이해 말해줬기 때문이었다. 하지만 코란 한 부를 사서 성경과 함께 침대 머리맡에 두고 틈틈이 읽었다.

돈은 별로 없었지만, 다카르에서 잘 지냈다. 다카르는 코나크리보다 훨씬 국제적인 도시였다. 그곳에서는 다들 외국인의 존재에 익숙했기에 누구도 내게 관심을 두지 않았다. 그리고 서점

문을 밀고 들어가서 책 냄새와 특히 신문 특유의 냄새를 맡는 즐거움을 다시금 맛보게 되었다. 대학생 때 파리에서 언뜻 봤었던 셰이크 아미두 칸의 『모호한 모험』을 흥미진진하게 읽었다. 그 뛰어난 소설의 책장을 넘기면서 하나의 신화가 구축되고 있음을 깨달았다. 오늘날 그랑드 루아얄* 같은 인물은 없다는 건 틀림없고 확실했다. 만약 그런 인물이 아직 존재한다 해도, 그 인물은 가혹행위가 자행되던 식민 시대 이후 찾아온 후기식민주의 시대의 엄혹함에 의해 뒤틀린 모습으로 존재하리라. 나는 아프리카 문학의 선구자들을 발견했다. 나는 얼마나 무지했던가! 그래, 좋다! 나는 네그리튀드의 대가들은 알고 있었다. 그런데 형식적으로는 아마 완성도가 떨어질 수도 있겠지만, 또다른 수많은 작가의 글이 존재했고, 그러한 글들을 발견한 것이다. 훗날 대학에서 연구하게 될 분야인 프랑스어권 문학이라고 부르는 것에 대해 알아가기 시작했다. 이방인의 창조성, 이 경우에는 아프리카인의 창조성을 거친 프랑스어는 어떻게 변모하는가? 단순히 기발한 메타포들의 목록을 작성하고 분석하는 작업이 아니라, 언어에 속속들이 스며든 색채를 탐색하는 작업이었다. 언어는 변모

* 『모호한 모험』의 주인공인 삼바 디알로가 서구식 교육을 받도록 결정을 내리는 인물.

하는가?

하지만 나의 가장 소중한 두 가지 '발견'은 영화감독 우스만 셈벤, 그리고 아이티 작가 로제 도르생빌을 알게 된 것임은 틀림없다. 이들과의 친분은 평생 이어졌다.

에디의 친구이자 베냉 출신 영화감독 폴랭 비에이라의 아내 미리암 워너비에이라*의 소개로 우스만 셈벤을 만나게 되었는데, 그는 이후 나의 작품이 출간될 때마다 종종 벌어진 수많은 논란 속에서 한결같이 나를 지지해주었다. 『세구』가 출간되고 세네갈 작가들이 나를 음해하려고 들었을 때, 우스만 셈벤은 지치지도 않았다. 책 소개를 하기로 되어 있던 나에게 그는 수많은 충고를 쏟아냈다.

"당신이 읽은 참고 도서 목록과 취재원 명단을 준비해둬. 그 부분에 대해서 질문을 할 거라고."

그러고는 비통한 어조로 덧붙였다.

"당신은 밤바라어를 잘 모르잖아. 그들은 당신이 취재원에게서 들은 말을 전혀 이해하지 못했다고들 할 거야."

그 책을 악착스레 옹호했던 또다른 인물이 누구였는지 밝히자니 재미있다. 그는 바로…… 로랑 그바그보였다. 그때만 해도 그

* 과들루프 출신 시인, 소설가.

는 아직 코트디부아르의 대통령이 되기 전이었다. 그는 프랑스 사회당이 영입하려고 애쓰는 그저 젊은 정치 망명자에 지나지 않았고, 그리고…… 헌신적인 친구였다. 역사가인 그가 발언을 하면 무게가 많이 실렸고, 그는 어디서든 나와 함께해줬다.

우스만 셈벤은 다카르 근교 요프라는 어촌 마을의 커다란 목조주택에 살고 있었는데, 먼바다에서 불어오는 바람이 온 집안을 휭휭 지나갔다. 그는 생선을 곁들인 쌀밥을 우적우적 먹으면서 자신이 준비중인 단편영화에 대해 열띤 어조로 말했다. 그 작품이 바로 〈보롬 사레트〉*였고, 그후 1963년 말에 개봉된 그 영화는 걸작으로서, 내 생각에 그가 만든 가장 근사한 영화였다. 그는 종종 자국어라는 까다로운 주제를 건드렸는데, 그 문제는 그의 관심사였다.

"우리가 만드는 영화에 나오는 아프리카 배우들은 프랑스어로 말해서는 안 돼. 그들의 인격을 훼손하고 왜곡한 식민화의 도구였던 언어니까. 그들의 모국어로, 그러니까 그들이 말하는 언어, 그리고 그들 주위에서 모두가 듣게 되는 언어로 말해야 해."

식민화의 언어와 모국어라! 나중에 가면, 나는 언어학자 미하

---

* 월로프어로 '수레꾼'이라는 뜻.

일 바호친의 이론에 근거하여, 내 판단에 지나치게 단순화된 듯한 그러한 이분법에 반대하게 되었다. 당시 나는 아직 그러한 지식이 없어서, 그의 말에 고분고분 동의했다. 셈벤은 마르크스주의자 이상으로, 우선 반식민주의자였다. 그가 식민 시대 때 도로와 철도와 공공건물 건설 같은 강제 노역으로 목숨을 잃은 아버지의 처지를 묘사할 때면, 목소리에 고통과 격분이 실려 있었다. 그의 어머니는 뼈빠지게 일해서 아이들을 키워냈다. 그의 여자형제 중 한 명은 식민지 행정관에게 강간당했다. 어떤 매서운 말도 수모와 죽음으로 얼룩진 그 시대를 맹비난하기에 부족했다.

"불행하게도 우리의 지도자들은 식민지 개척자들이 키워낸 가장 모범적인 학생들이지." 그가 분노하며 말했다. "바로 그런 까닭에 독립과 식민화가 서로 닮은꼴인 거야."

고백하건대, 그가 생고르를 격렬하게 비판할 때 그에게 장단을 맞추지는 않았다. 내게 생고르는 무엇보다도 아주 위대한 시인이었다. 「벗은 여인, 검은 여인」이라는 시 덕분에 나는 있는 그대로의 나의 모습에 자부심을 갖도록 배웠다. 그리고 그는 네그리튀드를 함께 주도했던 에메 세제르의 친구이자 형제이기도 했다. 생고르에 대해 나는 늘 양가적인 태도를 보였다. 지나치게 친프랑스적인 정책을 마땅히 규탄해야 했을 테지만 나는 한 번도 그런 적이 없었다.

장 프로페트가 써준 소개장을 들고 로제 도르생빌을 찾아갔다. 그는 라이베리아 주재 아이티 대사였다가, 프랑수아 뒤발리에가 범죄를 저지르면서 대사직을 떠나야만 했다. 그때 그는 세네갈에 정치적 망명을 요청했고, 그뒤로는 문학에 전념하고 있었다. 호화생활을 하던 그가 이제는 다카르 근교에 있는 SICAP 소유의 작은 집에서 소박한 삶을 꾸려가고 있었다. 우리 두 사람 사이에서는 곧 우정의 불길이 타올랐다. 로제는 이를테면 내게 없는 것이나 마찬가지였던 아버지인 셈이었다. 내가 그 집에 어느 때 도착하든지 간에, 그는 늘 타자기 앞에 앉아 계속해서 종이에 글자를 치고 있었다. 나는 글쓰기를 향한 그의 격렬한 열정에 경탄을 금치 못했는데, 당시에는 나 자신도 머지않아 그러한 열정에 사로잡히게 되리라는 건 알지 못했다. 나는 커피 한 잔을 따라 마시며, 해진 쿠션이 놓인 안락의자에 가만히 앉아 그가 나를 상대해주기를 기다렸다.

바로 그 로제 도르생빌의 집에서 아이티를 탈출한 정치 망명자들을 제법 많이 알게 되었는데, 그중에는 너무나 예의바르고 상냥한 위대한 시인 장 브리에르도 있었다. 그들과 어울리면서 아이티의 운명과 아프리카 여러 국가의 운명 사이에 존재하는 유사점을 깨닫게 되었다. 모두 똑같은 병증에 시달리고 있었다.

민족의 운명에 대해서는 신경조차 쓰지 않는 지도자들의 태만과 독재. 사회에 만연한 부패. 자신들의 이익만 소중한 서구 국가들의 내정간섭. 가끔 나의 삶에 너무나도 큰 영향을 미쳤던 고통스러운 사건들에 대해서 로제에게 털어놓고 싶은 마음이 들기도 했다. 그는 언론인 장 도미니크에 대해 들어봤을까? 프랑수아 뒤발리에에게 사생아가 한 명 있다는 것은 알고 있을까? 그이는 지금 무엇을 하고 있을까? 요직에 있을까? 한마디로, 자신의 손을 더럽혔을까? 매번 그러한 고백이 얼마나 기상천외하게 들릴지에 생각이 미치면 말을 삼켰다.

다카르에서 안 아룅델을 다시 만났는데, 그 무렵 그녀는 분별력을 잃어가기 시작했다. 무서울 정도로 말라서 뼈가 앙상했고 두 눈에는 열기가 번득였는데, 말도 안 되는 똑같은 이야기를 하고 또 했다. 그녀의 말에 따르면, 세쿠 투레가 네네 칼리의 시인으로서의 재능을 질투하여 간수들을 시켜 그를 때려죽였고, 그러고 나서 간수들이 그의 시신을 공동 묘혈에 던져버렸다는 것이다.

"그걸 어떻게 알죠?" 내가 안에게 물었다.

"간수 한 명이 참회하고 카자망스 지역 지갱쇼르로 피신해 왔는데, 그 사람이 그렇게 증언했어."

아마도 내가 못 믿겠다는 표정을 지었는지 그녀가 제안을 해왔다.

"나랑 같이 지갱쇼르로 가서 그 간수를 만나볼래?"

결국 우리는 수도 없이 계획을 세웠지만 지갱쇼르에 가지 못했고, 나는 그 '참회한 죄수'를 만나볼 수 없었다.

1963년 3월 24일, 나는 별문제 없이 르 당테크 병원에서 연약하고 창백한 셋째 딸을 출산했고, 레일라라는 이름을 지어줬다. 코나크리에서 겪은 물자 부족과 부실한 영양 섭취로 인해 젖이 나오지 않았다. 그래서 젖병을 물려야만 했다. 레일라는 내가 젖을 먹이지 못한 유일한 아이다. 그래서 그애가 내 품에서 벗어난 듯한 느낌에 늘 맞서 싸워야만 했다.

내가 해치워야 할 수많은 일에서 놓여나고 아이들이 드디어 잠이 들면, 에디와 내가 끈덕지게 되돌아가는 문제는 내 미래에 대한 문제였다. 콩데와 헤어진다고? 좋아! 에디는 그 결혼이 재앙에 가깝다는 건 선뜻 인정했다. 그리고 슬며시 이런 의견을 내비쳤다. 과들루프로 돌아가는 게 더 낫지 않겠는가? 이제는 그곳에 도움을 줄 가족이 없다는 것은 안타깝지만 사실이다. 하지만 과들루프는 프랑스의 해외 도인만큼 프랑스의 사회복지 시스템이 작동하지 않겠는가. 나는 고집을 꺾지 않았고, 아프리카에 남고 싶다고 주장했다.

"왜?" 에디가 물었다. "뭘 바라는데?"

나는 내 생각을 어떻게 설명해야 할지 몰랐다.

같은 반 친구였던 아를레트 크놈이 던졌던 질문과 거의 유사했다. 당시 앤틸리스제도 여자들이 아프리카 남자들과 결혼하는 일이 잦았고, 아를레트 역시 의과대학 교수인 베냉 남자와 혼인을 하여, 지금은 두 딸을 데리고 따로 떨어져서 살고 있었다.

"과들루프로 돌아가는 데 뭐가 더 필요한데?" 그녀가 불쑥 물었다. "부모님이야 이제 계시지 않지만 고향이 있잖아. 아프리카 사람들이 너를 받아들이는 일은 절대로 일어나지 않으리라는 걸 잘 알면서 그래."

나는 두서없는 이야기를 늘어놓기 시작했다. 어머니가 돌아가신 뒤로, 과들루프는 내게 아무런 의미가 없다. 이제는 홀가분하게 다른 세계를 탐색해도 될 듯하다. 지금으로서는 뭔가가 나를 아프리카에 붙잡아두고 있다. 이 땅이 내게 본질적인 풍요로움을 줄 수 있다는 확신이 있다. 어떤 풍요로움? 아를레트가 끈기 있게 내 말에 귀를 기울이다가 고개를 저었다.

"아프리카에 남고 싶다고? 남아, 그럼! 그렇게 영리하고 배운 것도 많은 애가, 어째 그리 어리석은 짓만 하니."

그 마지막 문장이 뇌리에 새겨져 절대 지워지지 않았다. 오늘날에도 생생하게 기억난다. 그 문장을 곱씹고 또 곱씹어본다. 아플레트가(그리고 다른 수많은 이가) 비난했듯이 내가 "어리석은 짓"만 저지른 건 아니더라도, 무모한 결정과 선택을 쌓아가면서 고집스럽게 개인적인 꿈과 환상을 좇았던 건 아닐까? 그렇게 가족을 고통스럽게 했던 건 아닐까? 특히 아이들을? 나로서는 늘 아이들의 이익을 최우선으로 여긴다고 생각하면서 말이다.

“떠나다. 내 마음은 넘치는 아량으로 술렁였다”

에메 세제르

갓난아기를 품에 안고 나는 코나크리로 돌아갔고, 다시 허둥지둥 벨뷔중학교로 출근하여 아이들을 가르쳤다. 그때부터는 장 프로페트와의 합반 수업에 열성을 덜 쏟았다. 새로운 일거리에 정신이 팔려서였다. 몰래 일자리를 찾고 있었다. 중학교 자료실에 들어오는 신문들을 전부 샅샅이 훑었다. 수백 통의 지원서를 썼다. 국제기구들과 오만 곳의 아프리카 연구소들에 보냈다. 당시 내 빈약한 이력 탓에 아무런 답도 받지 못했다. 욕심을 좀 버리고 아프리카의 대도시에 소재한 중고등학교에 지원서를 보냈다. 옛 오트볼타공화국*의 보보디울라소에 위치한 혁신교육센터

* 부르키나파소의 옛 국명.

에서 유일하게 제안을 해왔던 기억이 난다. 수도 없이 망설인 끝에 정신을 차리고 수락의 답신을 보내지 않기로 했다. 언젠가는 기회가 내게 미소를 보내리라 확신하며 좌절하지 않았다. 그리고 바로 그 일이 발생했다. 어느 날, 전보를 받았는데, 이 한마디만 적혀 있었다.

"오세요!"

에두아르 엘만에게서 온 전보였는데, 에두아르 엘만은 장차 『아프리카의 독립에 관한 이데올로기들』『디드로, 무신론에서부터 반식민주의까지』 같은 훌륭한 저서를 쓰고 새뮤얼 이코쿠의 『은크루마의 가나』를 번역하게 될 작가 이브 베노의 본명이었다.

그는 공공연하게 '교사들의 음모' 사건을 고발하고는 기니 땅을 박차고 나가버린 드문 지식인 중 한 명으로서, 기니에서 혁명은 변질되었다고 말했다. 그가 동카고등학교에서 학생들을 가르치던 시절에, 그 역시 불비네 아파트에 살았다. 어떤 사람들은 그가 동성애자라고 수군댔다. 어쨌든 그의 사생활은 비밀에 싸여 있었고, 성격은 까다롭고 다루기 몹시 어렵다는 평판이었다. 욜랑드처럼 그도 매일 9층 자기 집까지 올라가기 전에 우리집에 들러 응접실에서 숨을 골랐다. 토머스 하디에 대한 나의 애정의 기원에 그가 있다. 어느 날, 그가 우리집에 책을 한 권 놔두고 갔다가 급하게 책을 찾으러 다시 내려왔다.

"그 책에 완전히 빠져 있어서!" 그가 설명했다. "내가 읽은 책 중에서 제일 훌륭해요."

그가 내게 빌려줬던 책은 바로 『무명의 주드』였다. 그 절망적 세계가 내 기분과 기가 막히게 들어맞았다. 곧, 나는 그 소설가의 다른 작품도 전부 다 읽었다.

방스의 폐결핵 요양소에 있으면서 현대문학 학사과정을 마쳤는데, 그 과정 동안 열정적으로 영문학을 공부했다. 나는 바이런, 셸리, 특히 키츠와 워즈워스 같은 시인들을 좋아했다. 하지만 영문학에 매혹된 것은 그보다도 더 이전이라고 말할 수 있을 것이다. 열다섯 살쯤 되었을 때, 어머니의 친구가 에밀리 브론테의 소설 『폭풍의 언덕』을 선물했다. 우기에 들어서서 비가 쏟아지던 어느 주말 방에 틀어박힌 채 그 책을 단숨에 읽어버린 기억이 난다. 죽음보다도 강한 사랑, 복수, 증오가 뒤엉킨 격렬한 열정을 보여주는 이야기. 나는 그 이야기에 열광했다. 몇 년 뒤 내가 그 걸작을 앤틸리스제도라는 배경에 맞춰서 개작한 『애정의 이동』을 집필하기로 했을 때, 수없이 주저하지 않았던 건 아니다. 하지만 결국, 진 리스의 예를 보며 과감하게 뛰어들었다. 그녀는 『광막한 사르가소 바다』에 샬럿 브론테의 『제인 에어』에 등장하는 인물들인 로체스터와 버사 메이슨을 그대로 가져다가 썼다. 앤틸리스제도 출신 여성 작가들과 두 세기 전 외딴 목사관에서 생활하던 영국의 여성 작가들을 이렇게 한데 묶는 연결점을 강조하자니 야릇하다. 내가 열광한 작품은 에밀리 브론테의 작품에 국한되지는 않는다. 내가 쓴 작품마다 영국 소설 레퍼런스들로 가득하다. 예를 들어, 『셀라니르, 잘린 목』에 등장하는 의사 장 팽소가 쓰레깃더미 위에서 발견한 아이의 잘린 목을 다시 붙여주는데, 이는 메리 셸리가 쓴 『프랑켄슈타인』의 변형이다. 『음험한 여인들』에 등장하는 카셈과 람지의 분신관계는 로버트 루이스 스티븐슨의 『지킬 박사와 하이드 씨』의 또다른 버전인 셈이다.

엘만에게서 온 뜻밖의 전보는 내게 활력을 주었다. 동시에 나는 은근한 불안에 시달렸다. 가나에 대해서 아는 게 거의 없었다. 영어도 할 줄 몰랐다. 게다가 아크라까지 가는 비행기표 다섯 장 값은 어떻게 마련하겠는가? 저축해둔 돈 한푼 없었고 말랭케족 상인들 말고는 돈을 꿀 만한 사람 하나 알지 못했다. 그런 모험에 뛰어들기 전에, 아무리 보잘것없더라도 돈을 좀 갖고 있어야 하지 않을까? 게다가 엘만의 전보는 너무 간결하지 않은가? 어떤 일이 나를 기다리고 있는지 정도는 설명해줬어야 하는 것 아닌가? 그러한 질문들을 곱씹다가 중요한 것은 어쨌든 기니를 떠나는 것이라는 결론에 도달했다. 일단 벗어나서 생각을 해

보리라. 잠 못 이루는 나날이 흘러가던 중, 어느 밤 문득 하나의 생각이 떠올랐는데, 너무나 경멸스러운 생각이라서 털어놓기가 주저된다. 콩데를 이 일에 끌어들이는 척해야겠다는 것이었다. 혼자서는 목적을 이룰 수 없을 테니까. 아마도 무력감과 취약함, 그리고 미래에 대한 불안이 그러한 전략을 부추겼으리라. 나의 근본적인 이기심과, 특히 콩데를 목적 달성을 위한 도구로 사용하면서도 아무런 양심의 가책도 느끼지 않을 정도로 콩데를 향한 나의 깊은 경멸이 엿보인다. 나는 방으로 가 그를 깨웠다. 내가 세네갈에서 돌아온 뒤로, 우리 둘 다 우리의 육체를 믿지 못했기 때문에 그는 드니와 함께 방을 쓰고 있었다. 다섯째 아이를 세상에 내보내는 위험을 무릅쓸 수 없는 상황인데도 우리 둘 다 육체에 휘둘릴 수 있었으니까. 우리는 테라스에 나가 앉았다. 내가 꾸며낸 이야기를 주절거리는 동안, 달은 높이 걸렸고 대기는 촉촉한 습기를 머금었던 기억이 난다. 나는 이렇게 설명했다. 아이들을 위해서, 아이들을 미래가 없는 현재 삶에서 벗어날 수 있게 해줘야 한다. 가나에서 아주 좋은 일자리를 찾아냈다. 아이들을 데리고 내가 먼저 그곳으로 가겠다. 자리를 잡자마자 알릴 테니 그때 우리와 합류하면 된다. 그가 심각하게 캐물었다.

"정말로 내가 같이 가기를 원해?"

"그럼! 원하지!"

"아직 나를 사랑한다는 말인가?"

그의 목소리가 떨렸다. 정말 창피한 일이지만, 나는 눈물도 몇 방울 흘리며 그를 설득할 만한 진지한 억양을 꾸며내기까지 했다. 우리를 갈라놓은 것이 바로 이처럼 옹색한 살림과 이 유해한 나라라는 걸 그는 깨닫지 못하는가?

그때부터 콩데는 당혹스러울 만큼 과단성을 보여주며 그 일을 떠맡았다. 그는 나의 장기 계획에 대해 세쿠 카바에게 절대로 내비치지 말라고 당부했다. 세쿠 카바는 내가 완전히 기니를 떠나는 일은 허락하지 않을 테니까.

"그 사람에게는 당신이 하늘이고 땅이라고!" 그가 말했다. "그날랑베가 질투했었다는 걸 내가 알아!"

연이은 임신으로 내가 우울증에 빠져서 고향으로 돌아가 재충전하고 싶어한다며 그를 충분히 설득할 수 있으리라. 아무 혜택도 없는 현지의 고용계약이라 하더라도, 건강상의 이유로 휴가를 받는 게 불가능하지는 않으리라.

우리가 예상했던 대로 세쿠 카바는 덥석 미끼를 물었고, 나를 만족시켜주기 위해 불가능한 일을 해냈다. 하지만 그도 한 가지 사안에서는 전혀 성과가 없었다. 외환 관리가 무척 엄격했기 때문에, 내 보잘것없는 급여를 외국통화로 수령하기 위해서는 기니 중앙은행이 프랑스 프랑으로 바꿀 수 있는 신용장을 내 앞으로 발행해줘야 했는데, 중앙은행이 지금은 기억도 나지 않는 여러 이유를 대면서 거부했다. 은행의 온갖 부서의 담당자들과 끝도 없이 담판을 벌였지만 은행측 입장은 전혀 바뀌지 않았다. 아이 넷을 데리고 돈 한푼 없이 떠날 수는 없었기에 나의 계획이 무산되는 것이 아닌지 의문이 들었다. 우리가 엄청난 액수를 빚지고 있는 말랭케족 상인들은 더는 우리에게 한푼도 빌려주려고 하지 않았다. 콩데가 열심히 애원한 결과, 그중 한 명에게서 50달러를 꿀 수 있었다. 그 보잘것없는 액수에 만족해야만 했다. 다카르를 경유하니, 에디에게서 한번 더 돈을 꾸리라.

작은 마을에서 비밀을 지킨다는 것은 불가능하다. 내가 기니를 떠난다는 소문이 어쩌다 카마옌을 한 바퀴 돌았는지는 모른다. 전혀 예상 밖의 반응이 나왔다. 얼마 전만 하더라도 나를 대놓고 비웃거나 내게 말 한마디 걸지 않던 사람들이, 거리에서 내게 다가와 떨리는 목소리로 코나크리를 떠나지 말라고 애원했다.

"어디로 가요? 우리 아이들을 어디로 데려가나요? 여기가 당신 나라인데."

또다른 사람들은 내게 잎채소 소스들과 마페*, 케이크들을 보내줬다. 나는 당황스러웠다. 이러한 급작스러운 태도 변화가 전

* 땅콩 소스와 토마토 소스를 넣은 서아프리카식 스튜.

혀 이해되지 않았다. 내게 물어오는 사람들에게 나는 아주 잠깐 떠나 있는 거라고, 고국에서 몇 달 있을 거라고 맹세했다. 나는 욜랑드와 루이에게만은 사실대로 털어놓았다. 서글프게도, 어느 저녁나절, 두 사람에게 작별을 고하러 그들이 거주하는 불비네 아파트 11층까지 걸어올라갔다. 두 사람은 입을 다물지 못한 채 내 말을 들었다.

"엘만이라고?" 욜랑드가 외쳤다. "완전 또라이라던데."

"그 사람을 잘 알아요?" 루이가 보다 차분하게 물었다. "실제로 몹시 불안정한 인물이라는 평이 있어요."

나는 더는 기니에서 살 수 없노라고 어름거렸다.

"왜?" 두 사람이 한목소리로 외쳤다.

단전이 되어서 우리는 아세틸렌램프로 불을 밝혔다. 녹는 법이 없는 러시아산 각설탕을 넣은 커피 대용 음료를 마셨다. 우리의 소박한 간식인 체코산 박하 전병은 작은 조약돌 같았다. 하지만 최악은 그게 아니었다. 우리는 이제 저마다 목숨을 보전할 수 있을지를 걱정하게 되었다. 명백하게 가장 무해해 보이는 사람들이 실종되고, 뚜렷한 이유도 없이 투옥되었다. 그런데 두 사람은 순진하게 왜 이제 기니에서 살고 싶어하지 않는지를 내게 묻지 않는가. 내가 대답을 다듬고 있는데, 욜랑드가 다시 입을 열었다.

“아이들을 주렁주렁 달고서 당신이 무슨 짓을 벌이고 있는지 잘 생각해봐요!”

루이는 역사책에 나오는 그의 선조 왕과 흡사한 모습으로 생각에 잠겨 파이프 담배를 빨아댔다.

“민중이 혁명을 일으킬 준비가 저절로 되어 있다고 믿는 건 착각이에요.” 그가 말했다. “민중이란 존재는 비겁하고 물질만능주의에 이기적이죠. 강다짐을 해야 하는데, 세쿠는 그 일을 할 수밖에 없었던 거죠.”

“강다짐을 하다뇨!” 내가 외쳤다. “그게 감옥에 가두고 고문하고 죽여야 한다는 말인가요?”

그가 나를 사리분별 못하는 아이 보듯 바라봤다.

“과장이 심하군요!” 그가 미소를 지었다.

천만에! 나는 과장하지 않았다. 여러 비정부기구는 부아로 수용소에서 죽은 사람들이 5만 명에 이르고, 킨디아 수용소에서도 그만큼 사망한 것으로 추산하고 있는데, 여기에는 전국적으로 공동 묘혈에 서둘러서 집단 매장해버린 사람들 숫자는 포함되어 있지도 않았다.

욜랑드와 나는 헤어짐을 앞두고 눈물을 쏟았다. 스무 해쯤 뒤에 아프리카 역사학회에서 우리는 다시 만났다. 그녀는 루이와 결혼했다. 아들을 하나 뒀고 코토누*에 살고 있었다.

며칠 뒤, 세쿠 카바와 함께 자동차를 타고 가는데 그가 서글퍼하며 말했다.

"여자의 직감이라니! 그날랑베 생각에, 당신이 아이들을 데리고 떠나게 내버려두는 건 잘못하는 일 같다네요. 당신이 다시는 기니로 돌아오지 않을 거라고."

내가 무척이나 좋아하고 나의 행복을 위해 그토록 신경을 써주던 누군가에게 거짓말을 하고 싶은 마음이 전혀 없었다. 나는 아무런 대답을 하지 않았고, 우리는 각자 깊은 슬픔에 잠긴 채 아무 말 없이 나아갔다.

세월이 흐른 뒤, 딸아이 실비안이 남편 셰이크 사르와 살고 있는 아비장에서 그를 다시 만나게 된다. 기니 정권의 앞잡이로 간주되어 미움을 산 그는 기니를 떠나야만 했다. 그날랑베는 캉캉에 남았다. 혼자이고 눈도 거의 보이지 않고 병이 든 그는 미국으로 망명한 딸들이 보내주는 용돈으로 근근이 살았다. 세쿠 투레가 저지른 범죄에 대해 온 세상이 알게 되었을 때도, 그는 여전히 마음속에 세쿠 투레를 향한 찬양을 고이 간직했다. 환상이 전혀 깨지지 않은 채로, 그는 고통스럽게 되뇌었다.

---

* 베냉의 경제 수도.

“세쿠 투레는 나쁜 짓을 전혀 하지 않았어요. 감히 말하건대 흠잡을 게 전혀 없는 완벽한 민족주의자였지. 불행히도 그분 주위에 출세주의자들과 이상이라고는 조금도 없는 인간들만 있었던 거죠.”

1963년 11월 22일, J. F. 케네디가 댈러스에서 암살당하는 바람에 전 세계가 당혹감에 빠져 있을 때, 나는 여정의 첫번째 기항지인 다카르로 가기 위해 에어기니 비행기에 올랐다. 눈물바람을 하며. 스물아홉 해 동안 살아오면서 이미 너무 많은 눈물을 흘렸지만, 그날은 울어도 너무 울었다. 내가 그토록 우는 모습을 보고 아이들도 덩달아 흐느꼈다. 콩데가 아이들을 다독이려고 했지만 소용없었다. 아무 말도 없이 침통해 있던 세쿠와 그날랑베가 내게 박하 향 풍기는 녹색 티슈를 건넸는데, 국영상점에서 파는 유고슬라비아산 특산품이었다.

나는 왜 울었을까?

그렇게나 깊은 애착을 느꼈지만 다시 돌아올 일 없을 것만 같은, 그 불우한 땅을 떠나기 때문이었다. 나에게 민중에 대한 관심과 연민을 가르쳐준 것은 친구들의 이론적 담론보다도 바로 그 땅이었다. 어린아이가 겪는 고통보다 더 무겁게 짓누르는 것은 아무것도 없음을 깨달았다. 한마디로, 그 땅은 결코 잊지 못할 교훈, 그러니까 자기 혼자의 불행만 중시하지 말고 다수의 불행에 마음을 써야 한다는 교훈을 뼛속 깊이 새겨줬다. 또한 그곳에서 나는 아주 소중한 친구들을 잃었다. 과거의 나와는 완전히 다른 인간으로 바뀌어가는 중이었다. '위대한 검둥이'의 상속자는 온데간데없었다. 기니에서 몇 해를 보내며 아이들과 내 몸에는 가혹한 흔적이 남았다. 예쁘고 통통한 아이샤를 뺀 나머지 가족은 뼈가 앙상했다. 레일라는 특히 병약하고 시무룩했다. 원형탈모증에 걸린 드니는 머리가 군데군데 뭉텅뭉텅 빠졌다. 실비의 잇몸과 입술은 음식을 먹을 때마다 눈물을 쏙 빼놓는 아프타입안염으로 뒤덮였다.

게다가 금전적 여유가 없어서 우리는 드니의 팬티까지 포함해 모두 내가 직접 만든 옷을 입었다. 재단할 땐 벨뷔중학교에서 재봉을 가르치는 과들루프 출신 마리에트 마티마가 빌려준 옷본을 이용했다. 정말이지, 우리는 가련한 무리였다.

우리가 겪어야 할 가장 놀라운 사건이 아직 남아 있었다.

비행기가 이륙하자마자 풍채가 좋고 화려한 차림새에 보석을 휘감은 어떤 여자가 일등석에서 나왔다. 그리고 내게 다가왔다. 시세 부인이라고 불리는 여성으로 수수족 거상이었는데, 그녀가 동네에서 메르세데스 280 SL을 몰고 다니는 모습을 여러 번 보았다. 그녀가 내 손에 두툼한 달러 다발을 쥐여줬다.

"알라신이 당신을 지켜줄 거예요!" 그녀가 속삭였다. "당신과 아이들을 위해서 이 돈을 받으세요."

그렇게 나는 모르는 여성에게서 놀랄 만한 적선을 받고서, 아프리카에서의 세번째 모험을 시작했다.

케네디 암살 소식에 다카르는 애도에 빠져 있었다. 공공건물에 조기가 내걸렸다. 대통령인 레오폴 세다르 생고르는 사흘간의 국상을 선포했다. 하지만 내게 가장 놀라웠던 건 그러한 애도가 정부 관료들에 국한되지 않았다는 거였다. 나는 민중의 진정한 슬픔을 목도했다. 에디가 거주하는 건물의 세입자들은 텔레비전이 있는 운좋은 사람들 집에 모여서, 분홍색 투피스 차림으로 불행에 세게 얻어맞은 재키의 모습을 보며 앞다퉈 눈물을 흘렸다.

"가끔 신은 당신이 무슨 일을 하는지 모르신다네!" 그들이 읊조렸다.

나는 그러한 감정의 동요에서 동떨어져 있었다. 거듭 말하건대, 나는 어쩌면 제법 편협하다고 할 수도 있을 견해를 지닌 마르크스주의자였다. 내게 J. F. K.는 1961년 4월에 나의 영웅 중 한 명인 피델 카스트로에 맞서서 그 통탄할 피그만 침공을 지휘

했던 미국의 자본주의자일 뿐이었다. 내가 몇 년 동안 시들어갔던 지옥을 떠난 기쁨을 맛보고, 바닷가를 뛰어다니고, 잊었던 자유의 맛을 되찾아야 했을 그 순간들을 만연한 비탄이 사실상 그렇게 망쳐놓았다.

우리는 어느 저녁 비에이라 부인의 집으로 저녁식사 초대를 받았다. 나의 정치적 견해를 알고 있던 에디가 그 집으로 향하기 전 내게 입을 다물고 있어달라고, 충격을 줄 만한 말은 아예 하지 말아달라고 부탁했다. 나는 그러마고 약속했지만, 약속을 지키지 못했다. 저녁식사 자리가 나중에 자국 대통령이 되는 소글로라는 이름의 베냉인과 시끄러운 논쟁을 벌이며 끝이 났던 기억이 난다. 당시 그는 워싱턴 D. C.에 소재한 세계은행 소속의 국제기구 공무원이라는 조금 더 수수한 직업을 갖고 있었다. 내가 보기에 그는 극도로 오만했고 거만하게 말하면서 자신이 경제개발 지원을 담당한 지역을 "내 나라들"이라는 표현으로 지칭했다.

자유를 배워감에 따라 다른 유형의 배움이 시작됐음을 그땐 알지 못했다. 그러니까, 나의 생각을 표현하는 법을 배우기.

2부

"여자는 이 세상의 깜둥이"

존 레논

다카르에 사는 에디와 일주일을 보내고 나서 아크라공항에 도착하니, 엘만이 나를 기다리고 있었다. 그가 커다란 꽃무늬 하와이언 셔츠를 입고 있어서 깜짝 놀랐는데, 코나크리에서는 사람들이 휴양객들이나 입는 그런 옷은 입지 않았다. 그는 커다랗고 네모난 검은색 선글라스를 끼고 있다가 자기를 향해 다가오는 작은 무리를 제대로 보려고 안경을 벗었다.

"아니, 이 아이들은 왜 다 데리고 왔나요?" 그가 어름댔다.

"제 아이들이니까요!" 내가 대답하면서 아직 걷지 못하는 레일라를 바닥에 내려놓았다.

그 순간 그의 표정이 허물어졌다.

그가 몰고 온 조그만 자동차에 올라탄 우리가 다닥다닥 붙어 앉자, 그가 도심을 향해 차를 몰았다. 삼십 분쯤 뒤, 우리는 시끄럽게 울려대는 경적 소리와 뒤죽박죽 엉킨 자동차 행렬을 뚫고서 어떤 소박한 건물 앞에 멈춰 섰는데, 거창하게 '시몬 볼리바르 아파트'라고 이름 붙은 그 건물은 정부 초청 손님들에게 제공되는 숙소인 듯했다. 우리는 1층의 손바닥만한 원룸으로 들어갔는데, 그곳의 간이부엌은 협소하기가 한층 더했다. 엘만은 나 혼자 올 거라고 예상한 모양이었다. 잠깐 앉을 생각도 하지 않고서 그는 힘차게 내 손을 잡고 흔들며 말했다.

"내일 아침 아홉시에 다시 와서 플래그스태프 하우스로 모셔가죠."

"플래그스태프 하우스요?"

"정부 청사예요." 그가 설명했다. "지원 절차를 밟아야 하니까."

그러고 그는 가버렸다. 아침 열한시 삼십분이었다. 그는 우리에게 함께 점심을 하자고도, 심지어 음료를 한잔 하자고도 청하지 않았다. 저 사람은 아이들을 싫어하는 족속일까? 하루종일 우리는 뭘 하며 지내지? 고독한 순간이 참 많았던 인생이었지만, 그토록 혼자라고 느껴진 적은 없었다. 나는 레일라를 품에 안고 세 아이를 앞세운 채 밖으로 나갔다. 아크라 같은 도시는 본 적이 없었다. 화려했다. 사람들로 북적댔다. 소란스러웠다. 그곳에는 구걸하는 사람도, 몸이 불편한 사람도, 샘가에 줄을 선 누더기를 걸친 여자들도, 거리에 의자를 내놓고 당당하게 앉아 있는 노인들도 없었다. 보도에 연이어 설치된 확성기에서 격렬한 음악이 귀청이 찢어져라 울리고 있었는데, '하이라이프'라고 불리는 음악임을 알게 됐다. 셀 수 없이 많은 술집에서도 역시 격렬한 음악소리가 흘러나왔고, 그곳의 텔레비전은 아무도 관심을 두지 않는데도 시끄럽게 짖어대고 있었다. 로마시대에 입던 토가와 흡사한 의상을 휘감은 남자들, 머릿수건을 두툼하게 두른 여자들이 맥주를 흠씬 마셔대면서 수다를 떨고 시끄럽게 웃어댔다. 일요일이었다. 온갖 종류의 자동차와 수레, 그리고 소리를 질러가며 복권과 장난감과 신문과 자국어로 쓰인 소책자와 온갖 이상한 물품을 권하는 노점상들로 이미 복잡한 거리가 교회에서 나온 사람들로 한층 더 북적였다. 그러다 나는 산책하는 사람들로 바글거리는 거대한 광장에 이르렀다. 광장은 갈색 조약돌이 깔린 해변을 따라 뻗어나갔고, 해변 너머 바다는 높은 파도가 연이어 부서지며 잿빛을 띤 모습이 그랑바삼에서 봤던 바다를 떠올렸다. 해변에서는 발가벗은 아이들이 아랫도리를 드러낸 채 뛰어다녔고, 젊은이들은 얼싸안고 뻔뻔하게도 입맞춤을 나누었고, 조금 멀리 떨어진 곳에서는 그보다는 나이가 더 들어 보이는 남녀들이 서로를 희롱하면서 공공연히 키스를 나눴다. 코나크리에서 이슬람의 정숙함에 젖어 있던 내게 아크라는 흡사 소돔과 고모라 같은 느낌이었다. 결국엔 상당히 평범하다고 할 그 고장을, 나는 죄악과 극단적 자유의 이미지들로부터 끝내 분리해내지 못했다. 광장 한가운데에 호기심을 자아내는 기념물이 우뚝 솟아 있었다. 마커스 가비*를 기리기 위해 건립한 아치형 건축물이었다. 20세기 초, 미국에서 흑인 노예들의 아프리카 귀환 운동이 벌어졌고, 그 운동의 중심에 있었던 마커스 가비를 콰메 은크루마**가 찬양한다는 사실은 익히 알고 있었다. 호기심을 갖기 시작한 드니에게 나는 미국의 흑인 노예 귀환을 위해 마커스 가비가 만든 해운회사인 '블랙스타라인'에 대해 설명해줬다.

우리는 플랜테인 튀김과 고기를 다져 넣은 온갖 종류의 튀김으로 점심식사를 했고, 아이들은 몹시 좋아했다.

다음날, 엘만이 도착하기 전에, 젊고 어여쁜 흑인 여성이 다리에 매달린 아이 둘을 데리고 우리집 문을 두드렸다. 리나라는 이름의 그 여성은 전날 나를 보았다고 했다. 그녀 역시 아들과 딸을 데리고 막 가나에 도착했으며 카보베르데에서 온 정치 망명

---

* Marcus Mosiah Garvey(1887~1940). 흑인 인권운동을 했던 자메이카 출신 흑인 지도자.

** Kwame Nkrumah(1909~1972). 가나의 초대 대통령.

자였다.

“아밀카르 카브랄에 대해 들어봤나요?” 나는 상당히 멍청한 질문을 했다.

“우리의 신이에요!” 그녀가 답했다.

그녀는 장차 가장 믿을 만한 친구가 되며 그녀 덕분에 포르투갈어권 아프리카 활동가들의 모임에 들어갈 수 있었는데, 그 모임은 아고스티뉴 네투가 동맹을 찾아서 전 세계를 누비고 다니는 동안 아크라에 거주하던 그의 가족을 중심으로 돌아갔다.

“걱정하지 말아요!” 그녀가 노련한 손길로 레일라를 안으면서 안심시켜줬다. “내게는 익숙한 일이에요. 아이들을 마커스 가비 센터로 데려갈게요. 프리덤 파이터들의 자녀를 위한 야외 시설이죠.”

프리덤 파이터라고! 가나가 받아들인 수많은 정치 망명자를 가리키는 그 표현을 그때 처음 들어봤다. 그러니까 그들은 아프리카를 옥죄어오는 신식민주의를 유일하게 끝장낼 수 있는, 필수적 사회주의혁명을 준비하는 투사들이었다. 약속한 대로 엘만은 제시간에 도착하여 나를 플래그스태프 하우스로 데리고 갔다. 정부 청사는 작은 언덕 꼭대기에 위치했다. 사무실과 안뜰과 회랑이 뒤섞인 거대한 미궁이었다. 콰메 은크루마의 거대한 컬러 사진 아래 앉아 있던 옹졸하고 음울한 표정의 공무원 퀘쿠 보텡 앞에서, 정치적 입장과 기니에서의 실적을 묻는 호된 면접을 치렀다. 실적으로 내세울 만한 것이 하나도 없었기 때문에, 그는 엘만이 나의 "혁명성 보증인"이 되어야 한다고 했다. 그는 엘만 앞에 서류 더미를 내려놓았고, 엘만은 눈에 띄게 심드렁한 표정으로 서류에 서명할 수밖에 없었다.

"언제부터 일을 시작하나요?" 밖으로 나오자마자 엘만에게 물었다.

"아마도, 1월부터가 아닐까요." 그가 중얼거렸다. "신년에 들어서면 당신 서류가 위원회로 올라갈 겁니다."

1월이라고? 내가 가진 것을 속으로 따져보면서 자문했다. 그때까지 버틸 수 있을까?

"무슨 일을 하게 될까요?" 내가 캐물었다.

그는 모호한 동작을 취했다.

"나한테 달린 일이 아니라서요."

그가 내놓는 명확하지 않은 대답에 실망한 나는 더는 입을 열지 않았고, 그에게 아무런 할말도 없었기에 다시 자동차에 올라탔다. 그가 불쑥, 나를 자신의 동료들에게 소개하고 싶으니 자신의 직장으로 가자고 제안했다.

"우리는 아주 근사한 팀이죠!" 그가 자랑했다.

"어디서 일하세요?"

"〈더 스파크〉 편집부에서요!" 그가 여전한 거만함을 보이며 말을 이어갔다.

나의 침묵이 전적인 무지를 드러냈기에, 그가 안달난 어조로 다시 설명해줬다.

"〈레탱셀〉*이라고 하면 더 알아듣기 쉽겠군요. 2개 국어로 발행되는 중요한 시사지랍니다. 은크루마 대통령도 아끼는 잡지죠."

그는 복잡한 골목들을 지나서 도심에서 그리 멀지 않은 곳에 서 있는 초현대식 작은 건물 앞까지 갔다. 우리는 5층까지 올라갔고 호화로운 사무실들이 줄줄이 늘어선 곳으로 들어섰다. 그곳에서 그가 나를 자신의 동료들에게 소개했는데, 그들 대부분은 다양한 국가에서 온 아프리카인들이었지만 영국인과 미국인도 섞여 있었다. 그들 중 있는 대로 멋을 부리고 빨간 물방울무늬 나비넥타이를 맨 베냉 남자가 한 명 있었는데, 수수께끼처럼 자신을 '엘 두체'**라는 이름으로 소개했다.

아크라에서의 나의 삶은 시작부터 순탄하지 않았다. 기니에서

---

* '스파크'의 프랑스어 번역.

** '일 두체(il duce)'는 이탈리아어로 '지도자'라는 의미로, 파시즘을 주도한 이탈리아 정치인 베니토 무솔리니가 총리 자리에 오른 이후 국가 원수 칭호로 사용하였다. '엘 두체'는 스페인어 관사와 이탈리아어 어휘의 혼용이다.

는 너나없이 모두가 가장 기본적인 생존 문제부터 해결해야 했고, 그 어려움으로 인해 남자들이 여자들을 상대로 늑대 짓을 할 여유가 거의 없었다. 그곳 남자들의 태도는 연대감과 연민의 정으로 엮인 남자 형제 이미지에 걸맞았다. 가나에서는 완전히 상황이 달랐다. 갑자기 내가 먹잇감이 됐음을 깨달았다. 나는 혼자이고 젊고 취약했다. 내게 접근하는 수컷들은 내게서 단 한 가지만을 기대하고 원하는 듯했다. 거리에서 그들은 여자들을 뚫어져라 바라보고, 요리조리 재보고, 수작을 걸었다. 그런데 그때까지 내가 처해 있던 환경으로 인해, 나는 사랑과 성의 유희에 대해 아는 것이 전혀 없었다. 교묘하게 피해가고 거짓으로 꾸미고 과시하는 기술을 알지 못했다.

나는 애송이였다. 플래그스태프 하우스에 다녀오고 나서 이틀인가 사흘이 지났을 때였는데, 아이들이 '마커스 가비 센터'에서 하루를 보내려고 집을 나선 뒤, 오, 잊고 있던 달콤한 순간이었다, 진짜 커피 한 잔을 홀짝이고 있는데 전화벨 소리가 대기를 찢었다. 퀘쿠 보텡이 흉내조차 낼 수 없는 퉁명스러운 목소리로 스물네 시간 뒤에는 숙소를 비워줘야 한다고 알려왔다. 나의 지원 결과에 대해서는, 이제는 긍정적인 답을 기대할 수 없다고 했다.

"왜죠?" 내가 더듬거리며 겨우 물었다.

"엘만이 혁명성 보증을 철회했어요." 그가 경쾌하게 설명했다.

그러더니 전화를 끊어버렸다. 나는 어안이 벙벙했다. 왜지? 내가 무슨 짓을 했다고? 코나크리로 돌아가야 한다는 의미인가? 그러한 생각이 너무나 심한 충격을 안겨줘서 나는 바닥에 쓰러졌고, 그 바람에 원룸 마룻바닥에 머리를 쿵 부딪쳤다. 죽기를 소원했다. 그저 수식어가, 소설을 장식하는 그런 표현이 아니었다. 천만에. 실제로 죽기를 소원했다. 괴상망측하고 너무나도 매력이 없는 이 삶이 끝장나기를. 무감각한 시신이 되어 널빤지 사이에 넣어져 구덩이 깊이 던져지기를. 얼마나 그렇게 바닥에 너부러져 있었는지 모른다. 어느 순간 문이 열렸고, 엘 두체가 들어왔다. 베티베르 향수 내가 진동했고 이번에는 분홍색 나비넥타이를 매고 있던 모습이 기억난다. 실제로 전날 그를 소개받았을 때, 그가 한번 찾아오겠다고 했었다. 이렇게 이른 아침에 저 사람은 내 집에 무엇 때문에 온 걸까?

당시 나는 이유를 제대로 따져보지 못했고, 그럴 기운도 없었다.

"무슨 일이에요?" 바닥에 누워 있던 내 몸에 발이 걸리자 그가 외쳤다.

그는 나를 일으켜 소파로 데려갔고, 부엌에서 물을 한 잔 따라 내게 건넸다. 그의 어깨에 기대어 반쯤 넋을 놓고 흐느끼면서, 방금 무슨 일을 당했는지 털어놓았다. 내 말을 들으면서 그가 다정하게 되뇌었다.

"아무 걱정 말아요, 자기. 내가 거기서 빼내줄 테니."

그가 내게 키스를 퍼부었고 나는 저항하지 않았다. 갑자기 그가 나를 뒤로 넘어뜨리더니 쿠션 위로 밀어붙이면서 말 그대로 나를 가졌다.

흔히들 강간은 폭력을 수반한다고 생각한다. 강간범이라고 하면, 권총이나 위험한 칼을 들고서 위협하는 악당의 모습을 떠올린다. 늘 그런 건 아니다. 그 모든 일이 보다 교묘하게 발생할 수 있다. 나는 그날 아침에 강간당했다고 주장한다. 엘 두체는 내가 그를 저지하려는 시도를 전혀 하지 않았고(나는 그럴 수 없는 상태였다), 자신은 그저 그러한 순간에 내게 몹시도 필요했던 위로를 해줬을 뿐이라고 확언하면서, 늘 자신을 방어했다.

부인할 수 없는 것, 그건 그가 약속을 지켰다는 것이다. 그는 약속대로 "거기서 빼내"주었다. 바로 그날 저녁, 그가 금속성 광택이 번쩍거리는 호화로운 회색 메르세데스를 타고 나를 데리러 왔다. 그는 소위 와벤자* 무리 가운데 하나였고, 그가 나를 방콜레 아크파타에게로 데려갔다. 방콜레 아크파타는 나이지리아의 정치 망명자이자 콰메 은크루마의 친구로서 사람 좋아 보이는 얼굴에 키가 작은 남자였는데, 나는 그에게 즉각 친밀감을 느꼈

* 가나에서 메르세데스벤츠 차량을 소유한 사람을 이르는 말.

다. 그는 이혼 후 혼자 아들 아크보에포를 키웠는데, 그 아들이 드니와 동갑이었다. 그뒤로 그는 내게 꾸준히 구애했는데, 남자로서 그래야 한다고 여겼기 때문이었고, 내가 거절해도 절대로 불쾌하게 여기지 않았다. 그는 내 말을 주의깊게 듣다가 당혹스러운 어조로 물었다.

"그 사람이 왜 그런 행동을 했을까요? 엘만은 대통령도 높이 평가하는 훌륭한 사람인데."

나는 무어라고 답해야 할지 몰랐다. 그 사건을 이해하는 데 오랜 시간이 걸렸다. 그후 우리가 가나를 떠나 다시 파리로 돌아오고 나서 엘만을 다시 보게 되었다. 그는 나를 우러러보는 듯했고, 심지어 자신이 제법 먼 교외 중학교에서 가르치고 있다며 그곳에 와서 네그리튀드 작가에 관한 강연을 해달라고 초청하기까지 했다. 나는 아크라에서 그가 보인 행동에 대해 질문하지 않았다. 아무튼 방콜레 아크파타가 다음날, 그의 표현에 따르자면 누려 마땅한 휴가를 보내러 비행기에 오르면서, 텔레비전 시청실과 놀이방과 서재까지 갖춘 그의 넓은 아파트를 제한 없이 마음껏 누리게 해줬다. 게다가 자신의 요리사까지 부리게 해줘서, 아이들과 나는 한 달 동안 맛있는 가나 음식과 나이지리아 음식을 먹었다. 우리는 게를 넣은 마페와, '팔라버 소스', 쌉싸름한 이파리를 다져 넣은 민물고기 요리를 맛보게 되었다.

그곳에 머문 날들은 야릇했다. 평온한 나날이었다. 아이들이 야외 놀이센터에서 노는 동안 나는 텔레비전을 봤다. 영화든 다큐든 흥미로운 프로그램은 거의 없었다. 전통 의례 장면이나 콰메 은크루마의 따분한 장광설만 이어졌다. 그래도 상관없었다. 벌써 나를 매료시킨 다른 미디어를 발견했으니까. 나는 이후 해럽스 사전*까지 단단히 챙겨 서재로 가, 검은색 표지의 커다란 공책에 적어가면서 그때까지 전혀 몰랐던 영어권 아프리카의 문화를 알아가기 시작했다. 시에라리온 출신 에드워드 윌멋 블라이든**이 1872년부터 "아프리카인을 위한 아프리카"를 주창했음에 놀라워하며 열정적으로 그의 작품을 읽어나갔다. 나는 루이 웡캉랭***이 겪은 고난에 대해서도 익히 알게 되었는데, 다호메이 출신인 그는 인생의 대부분을 프랑스의 감옥에서 보낸 인물이었다. 세네갈인 라민 생고르****가 내가 좋아하는 네그리튀드

---

* 체임버스 해럽 출판사에서 만든 대표적인 영불사전.

** Edward Wilmot Blyden(1832~1912). 미국계 라이베리아인 교육자이자 외교관이며 작가. 범아프리카주의의 선구자로 알려져 있다. 마리즈 콩데는 미국 식민협회에서 1872년 발행한 책에 기고된 그의 글을 언급하고 있다.

*** Louis Hunkanrin(1886~1964). 다호메이(현 베냉)의 정치인이자 언론인. 1920년대부터 흑인 인권을 위해 프랑스 식민 통치에 맞서 적극 투쟁했다.

**** Lamine Senghor(1889~1927). 프랑스의 공산당에 합류하여 투쟁한 세네갈의 정치활동가.

시인들보다 앞서서 검둥이의 목소리를 뚜렷이 냈다는 사실도 깨달았다. 나는 범아프리카주의 운동의 선구자들을, 특히 콰메 은크루마에게 많은 영향을 미친 자메이카 출신 조지 패드모어*를 알게 됐다. 『에레마코농』에 나오는 여주인공 베로니카처럼, 나도 은크루마의 저작들, 특히 그의 정치 이론의 핵심이 담긴 『양심론』(1964)에 몰두했다. 그의 정치 이론이 내게는 그다지 대단해 보이지 않았음을 털어놓아야겠다. 내 의견을 말하면, 콰메 은크루마는 예리한 철학자로도 심오한 정치 이론가로도 간주될 수 없었다. 기껏해야 충격적인 문장들을 능란하게 다루는 사람으로 보였다. 내가 보기에 그 문장들은 눈길을 끌 만했다.

"권력은 부패한다. 절대 권력은 절대적으로 부패한다."

"제국주의, 자본주의의 마지막 단계."

"당신들은 우선 정치적 왕국을 추구하라……"

방콜레의 집에 머무는 동안 성격이 전혀 다른 책도 읽게 됐다. 1954년, 당시 여전히 '골드코스트'**라고 불리던 나라의 총리였던 콰메 은크루마는 자신의 정치 참모가 된 조지 패드모어의 제안

---

* George Padmore(1903~1959). 20세기 범아프리카주의를 이끈 트리니다드 토바고 출신 지도자. 마리즈 콩데가 자메이카 출신으로 착각한 듯하다.

** 가나의 옛 명칭.

을 받아들여 아프리카계 미국인 작가 리처드 라이트를 시찰 명목으로 초청했다. 그의 『블랙 파워』는 그렇게 아프리카 체류 경험에서 나온 복잡하고 모호한 작품이다. 전에 마마두 콩데의 어머니가 코나크리의 우리집을 급하게 떠나가면서 했던 말을 듣고 머릿속에 질문이 생겨났었는데, 책을 다 읽고 덮으면서 그때 했던 질문을 다시 던졌다. 결국, 카리브제도 출신들과 미국의 흑인들처럼 '나이든 식민 세대'들의 머릿속 저 안쪽에는, 그들이 뭐라고 변명을 하든 간에, 그들이 결코 떨쳐버리지 못하는 아프리카에 대한 상당한 오만이 굴러다니는 것이 아닐까? 나아가 우월감이? 예전엔 그렇지 않을까 하는 의구심이 들었다. 이제는 그렇다고 인정해야 하는 게 아닐까? 우리가 받은 교육을 완전히 부인할 수는 없는 법. 우리가 받았던 교육이 통찰과 판단을 흐리고, 모든 '객관적' 파악을 어렵게 만드는 게 아닐까? 나는 드니의 반 친구들이 나를 '투바베스'로 취급했을 때 분노했다. 그런데 어느 정도는 사실이 아닐까? 리처드 라이트나 나나, 우리는 어떤 면에서는 '자기소외'가 된 자들이 아닐까?

저녁이 되면 모든 것이 변했다. 나의 지적인 사고는 딱 끊겼다. 엘 두체로부터 나를 방어하느라 시간을 보냈다. 그는 저녁 여섯시면 들이닥쳤다. 방콜레 아크파타가 여벌로 갖고 있던 열쇠들을 그에게 전부 맡겼기 때문에 집안으로 들어오지 못하게 막을 수가 없었다. 그는 대뜸 나를 덮쳤다. 아이들이 알까봐 우리는 철저한 침묵 속에서 두 마리 짐승처럼 사납게 싸웠다. 내가 쾌락을 느꼈을 법한 그런 관능적인 유희일 거라는 상상은 말기를. 그 순간 나는 그를 증오했다. 그에게 고통을 주고 싶었다. 그가 피를 흘리게끔 복수하고 싶었다. 뭐에 대한 복수였을까? 모르겠다. 그를 통해 구현된 것이 무엇이었는지 꼭 집어 말할 수 없다. 정말이지 내게 호의를 베풀지 않기로 한 운명이었을까? 한번은, 일어날 일이 일어나고 말았다. 가구가 뒤집히고 물건들이 부딪치는 소리에 드니가 놀이방에서 나와 작은 체구를 드러냈다.

"무슨 일이지! 썩 나가거라!" 엘 두체가 아이에게 쌀쌀맞게 명령했다. "네 엄마와 난 재미있게 노는 중이야."

드니는 나이가 어렸지만 속지 않았다. 엘 두체가 드디어 집을 떠나자 아이가 내 방으로 들어왔다. 내 품을 파고들면서 중얼거렸다.

"그 사람이 엄마를 계속 귀찮게 하면 죽여버릴 거야."

아침이 될 때까지 흐느껴 울었음은 두말할 필요 없다.

엘 두체에 대한 나의 감정은 정말로 복잡했다. 그는 늘 멋들어지게 차려입었고, 아주 잘생긴 남자였다. 그의 아름다움에 무심

할 수 없었다. 하지만 그가 나를 만진다는 생각은 견딜 수 없었다. 종종 육탄전을 끝마치고 나면 우리는 함께 외출했다. 그는 나를 이곳저곳의 하우스 파티에 데려갔는데, 당시 아크라에서는 그것이 최고의 오락거리였다. 남자고 여자고 모두들 국내산 진이나 위스키를 한껏 마셔댔다. '하이라이프'가 소란스럽게 들려왔다. 나는 이렇게 한껏 흥분된 분위기에 그다지 익숙하지 않아, 스스로 주체가 안 되었다. 게다가 당시 나의 영어 말하기 실력은 가장 초보적인 수준이어서 대화를 감당할 수 없었다. 로제 주누와 진 주누를 알게 된 건 엘 두체 덕분이었다. 로제는 스위스 사람이었다. 그때까지 교류했던 사람 중에서 최고로 지적이고 최고로 유식한 이였다. 그 사람은 나와 애정관계로도 육체관계로도 엮이지 않은 몇 명의 남자처럼 내 삶에서 중요한 역할을 하게 되리라. 그런 남자로 첫번째는 세쿠 카바였다. 내가 좋아했으나 너무 일찍 세상을 뜬 오빠 기토가 베풀었던 애정과 힘과 보호를 그런 남자들을 통해서 되찾으려고 애썼던 게 아닐까 싶다. 로제와 진은 가나의 문예를 지키는 수호성인을 자처했다. 곧 레곤대학에서 성공리에 무대에 오르게 될 극작품 『유령의 딜레마』를 썼으며 응석받이 아이 같은 아마 아타 아이두*를 비롯해, 코피 아우

* Ama Ata Aidoo(1942~2023). 가나의 극작가이자 여성해방을 전공한 교수로,

너*, 캐머런 두오두**, 아이 퀘이 아르마*** 등이 두 사람의 집으로 밀려들었는데, 작가만 나열한 게 그 정도다. 나를 어안이 벙벙하게 만들었던 것은 그 지식인들이 끊임없이 정권을 겨누는 화살을 날렸다는 것이다. 그들의 주된 비판 내용은 이랬다. 표현의 자유가 존재하지 않는다, 기니와 마찬가지로 유일당인 입헌인민당이 저지르는 폐해가 막심하다, 밀고자들과 출세주의자들이 입당해 있다. 나는 그러한 말을 믿으려 하지 않았다. 아크라에 방금 도착했고, 아직 객관적인 의견을 가질 수가 없어서였다.

로제와 진은 아이가 없어서 많이 괴로워했기에, 내게 아이가 여럿인 점을 부러워했다.

"정말이지 부당해!" 두 사람은 불평을 해댔다. "우리가 무슨 짓을 했다고 이렇게 자식도 갖지 못하는 걸까?"

두 사람은 정말로 진지하게 아이샤를 입양하겠다는 제안을 해왔는데, 그들은 아이샤의 독립적인 성격을 높이 샀다.

"아이샤는 아무에게나 뽀뽀를 해주지 않아. 그리고 자기가 내

교육부 장관을 역임했다.

* Kofi Awoonor(1935~2013). 가나의 작가, 시인, 유엔 주재 가나 대사를 역임했고, 테러로 생을 마감했다.

** Cameron Duodu(1937~). 가나의 기자, 소설가.

*** Ayi Kwei Armah(1939~). 가나의 소설가, 동화작가.

킬 때만 안녕이라고 인사를 해주지!" 진이 감탄했다.

엘 두체는 자신이 거느린 수도 없이 많은 애인 중 한 명인 샐리 크로포드도 소개해줬는데, 그는 훗날 그 미국 여자에게서 아들 라작을 얻는다. 나는 그녀와 친구가 되었고, 북캘리포니아 오클랜드에 있는 그녀의 예쁜 집에 여러 번 머무르기도 했다. 어느 저녁, 그녀가 지나치게 술을 많이 마시고서 흥미로운 이야기를 털어놓았다. 엘 두체가 종종 나를 배은망덕하다고 비난한다는 내용이었다.

"사실 말이지, 그 사람은 네가 진짜 잡년이라고 했어!" 그녀가 내뱉은 말이었다.

그는 나의 구원자를 자처했다. 〈더 스파크〉 사무실에서, 그에게 숨기는 게 하나도 없는 엘만이 그에게 진실을 털어놓았다고 했다. 엘만은 갑자기 겁이 났고, 그래서 그날 오후 플래그스태프 하우스로 돌아가 나를 위해 서명했던 '혁명성 보증'을 철회했다고. 그리하여 내가 가나에서 추방될 날짜가 확정된 것이었다. 엘 두체는 엘만 대신 직접 '보증'을 섬으로써 추방을 유예해주었다. 당시 나에 대해 하나도 모르면서도 말이다. 하지만 그가 어린아이 넷을 데리고 혼자가 된 흑인 여성의 운명에 대해 무관심할 수야 없지 않았을까? 그뒤, 그는 자신의 힘있는 친구 한 명에게 소식을 알렸고, 그렇게 나의 보호막이 생겨났다. 그렇다고 해서 그에게 고마운 마음은 전혀 들지 않았다. 오히려 그 반대였다.

그는 강간에 대해서는 말하지 않았다. 나 역시 마찬가지였다.

그 시절의 가나는 아프리카계 미국인들의 차지였다. 그들은 프랑스어권 아프리카에 거주하는 앤틸리스제도 출신 사람들만큼이나 많았는데, 그들보다는 훨씬 더 능동적이고 활동적이었다. 그들은 미국의 인종차별주의를 피해서 이 땅으로 밀려들었고, 이 나라가 흑인들의 조국으로 탈바꿈하리라 확신했다. 줄리언 메이필드처럼 이미 확고한 지위에 오른 작가들이, 아주 아름다운 마야 안젤루 같은 작가 지망생들이나, 미국으로 돌아간 뒤 1974년에 그림으로만 이루어진 뛰어난 작품 『중간 항로』를 펴낸 톰 필링스 같은 예술가들과 교유했다. 리처드 라이트의 딸인 줄리아가 모임을 주재했다. W. E. B. 뒤부아는 1963년에 사망했지만, 그가 품었던 꿈은 훼손되지 않고 남았다. 그가 콰메 은크루마와 기획했던 백과사전 『아프리카나』 집필에 팀 전체가 맹렬하게 달려들었다. 하지만 아프리카계 미국인들은 가나인들과 섞이지 않았다. 그들은 자신들이 차지한 요직과 높은 연봉에 의해 보호되는 만큼, 우월한 계급을 이루었다. 네그리튀드를 점점 더 알아갈수록, 그것은 거대하고 아름다운 꿈에 불과함을 똑똑히 확인하게 되었다. 피부색은 아무런 의미가 없다.

샐리 크로포드의 집에서 1963년 크리스마스의 을씨년스러운 밤을 보내게 되었다. 주위에서 아프리카계 미국인들이 자국의 정치를 논하고 있었다. 그들은 J. F. 케네디의 뒤를 이은 린든 존슨이 베트남전쟁에 종지부를 찍기로 결심한 듯 보인다며 기뻐했다. 마틴 루서 킹 주니어가 내게는 꿈이 있습니다라는 근사한 연설을 한 이래로 공민권의 진전이 너무 느리다며 불평을 늘어놓았다. 자신들이 태어난 조국 땅에 대한 공통의 향수가 그들을 단단하게 결속시켰다. 평소처럼 나는 빈손이었다. 조국도 없었다. 가족도 없었다. 어쩌면 그 허한 감정을 메우려고 그랬는지 모르겠지만, 그 자리에 있던 아프리카계 미국인 한 명과 연애를 시작했다. 레슬리, 커다란 두 눈에 절망감이 넘실거렸던 그는 진정 '슬픈 얼굴의 기사'였다. 말수가 몹시 적은 그는 잠자리 실력이 형편없었다. 그와 관계를 끊을 생각을 했지만 실행에 옮길 용기를 내지 못했다. 어느 오후, 그에게 그런 이야기를 해보려고 갔는데 문이 닫혀 있었다. 내게 미리 알려주는 최소한의 수고도 하지 않고 전날 디트로이트로 다시 떠나버린 거였다. 말이 안 되는 소리지만, 나는 그 일로 심하게 마음을 다쳤다. 며칠 뒤 그가 내게 전화를 걸어와 혼란스러운 목소리로 사과했다. 그렇게 급하게 떠나든가 아니면 자살하려고 했단다. 나는 궁금했다. 무슨 일이 있었는가? 그는 내게 설명하기를 거부했다. 나중에 샐리가 말하길, 그가 자신이 동성애자임을 받아들이고 남자와 산다고 했다. 자신의 행동에 대한 설명이었을까? 1974년, 그가 자신의 첫 소설인 『원주민 딸』 한 부를 보냈다. 내용이 아름다워서 나는 그에게 찬사를 담은 긴 편지를 보냈다. 답장은 오지 않았다. 후에 내가 미국에 살았을 때, 그의 이름이 올라 있던 작가 관련 학회에 참석하기 위해 이스트랜싱에 간 적이 있었다. 그는 오지 않았다. 정말이지 우리의 관계는 불운의 별 아래 놓여 있었다.

방콜레 아크파타는 크리스마스가 지나자마자 돌아왔다. 돈 한푼 없는데다 달리 어디로 가야 할지 몰라 나는 그의 아파트를 떠날 수가 없었고, 이제 맞서 싸워야 하는 상대는 그가 되었다. 그는 줄무늬 파자마를 입고 자정이 되면 습관처럼 내 방에 나타났다. 그는 억지로 내 침대로 들어오려 했다. 스스로를 보호할 생각으로 레일라를 데리고 잤는데, 그렇다고 그가 포기하지는 않았다. 게다가 레일라는 근심 걱정 없는 아이처럼 쿨쿨 잤기에, 말없이 벌어지는 우리의 전투를 알아차리지 못했다. 우리 둘 사이는 그렇다 해도, 방콜레는 나의 문제를 사흘 만에 해결해주었다.

"오사게포*는 절대 죽지 않네"

구전동요

그 사람 덕분에 나는 그가 공동 소장으로 있던 위네바 이념연구소의 프랑스어 교사로 임용되었다. 그는 나의 정치참여, 아프리카 사회주의에 대한 신념, 심지어 나의 도덕성에 대해서까지 보증을 섰다. 그의 말을 믿는다면, 나는 덕성의 귀감이었다. 급여는 엄청나지는 않았지만 넉넉했다. 덕분에 영국제 자동차 트라이엄프를 구입했고, 나도 아이들도 누더기옷을 갈아입을 수 있었다. 나는 우아한 옷을 입고 예쁜 구두를 신는 즐거움을 다시 누렸다. 심지어 나를 도와 아이들을 돌봐줄 아디자라는 젊은 여

* 아칸어로 '구세주'라는 의미로, 콰메 은크루마가 개인숭배를 목적으로 스스로 지은 별칭으로 알려져 있다.

성을 고용할 수 있었다. 모두의 예상과 달리 나의 임용을 축하하는 목소리를 한 사람에게서는 들을 수 없었다. 바로 로제 주누였다. 그는 자신이 소장으로 있는 가나 언어연구소에 나를 고용하고 싶어했다.

"몸조심해요!" 그가 내게 충고했다. "위네바는 혼자인 여성에게 녹록한 곳은 아니랍니다."

나는 그런 말에 동요되지 않았다. 로제는 내가 그 나라 어디를 간다 해도 동일한 판단을 내렸을 테니까.

1964년 1월 3일 아침 위네바로 가는 길에 올랐고, 그 소도시와 아크라 사이의 40마일 길을 신중하게 달렸는데, 가나에 체류하는 동안 처음이자 마지막으로 있었던 일이다. 장차 나는 모두가 두려워할 정도로 총알처럼 차를 몰게 될 테니까. 당시 나는 운전면허를 갓 구입한 참이었고, 모든 것이 돈으로 해결되는 가나에서는 으레 그렇게들 했다. 전문가가 속성으로 교육한 내용 말고는 자동차 모터는 내게 불가사의였고 냉각수와 휘발유를 어디에 넣어야 하는지나 겨우 아는 정도였다. 운전대를 혼자서 잡아본 적은 한 번도 없었다. 다행히 그날은 일요일이었다. 도로에는 차가 한 대도 보이지 않았다. 양순한 소 몇 마리만 염소들이 돌아다니는 풀밭에서 풀을 뜯고 있었다. 교회를 중심으로 밀집해 있는 마을들은 번성해 보였다. 검푸른 바다가 전통가옥들 사이로 언뜻언뜻 보였다. 내 감정은 양분되어 있었다. 물론, 아이들을 제대로 키울 수 있다는 생각에 안심이 되었다. 하지만 아크라를 떠나야만 해서 이제 막 맺기 시작한 친분 관계들이 끊어지는 것은 많이 아쉬웠다. 내 삶은 어떻게 되려나? 나의 근심이 기우는 아니었다. 흔히 '위네바 이념연구소'라고 불리는 콰메 은크루마 경제 및 정치학 연구소는 오래된 어촌에 자리잡고 있었는데, 그 추한 풍광을 보자마자 마음에 들지 않았다. 쓰레기로 어지러운 해변에는 여전히 누추한 가옥 몇 채가 흩어져 있었지만, 전체적 느낌은 현대적이고 차가웠다. 대부분 외국인으로 구성된 교원 전용 숙소는 벽돌로 지어진 보기 흉한 주택 삼십여 채로, 집집마다 손바닥만한 앞뜰이 딸려 있었다. 주택들은 여러 층짜리 콘크리트 건물 두 동 주위에 반원을 그리며 포진해 있었고, 강의실들은 그 두 동짜리 건물에 빼곡하게 들어찼다. 또한 작은 네모꼴 콘크리트 건물 한 동 안에 의료원과 대형 슈퍼마켓이 자리잡고 있었다. 1961년 2월에 창설된 콰메 은크루마 이념연구소는 콰메 은크루마가 가장 애지중지하는 기관으로, 그의 가장 소중한 꿈 중 하나를 실현한 것이었다. 즉 열렬한 아프리카 민족주의의 활동가들이 아프리카의 단일성(범아프리카주의)에 사회주의를 결합한 이상들을 가르치고 전파하도록, 그들을 한곳에 모으는 것이었다. 학생들은 부류가 다양했다. 어느 해에는, 비아프리카권 국가에 주재하게 될 가나 대사들을 대상으로 이념교육을 실시했고 또 어느 해에는 다양한 혁명 활동을 수행하는 진정한 테러리스트들이 연구소에 배우러 왔다.

하지만 이 건축물들 전체에서 가장 놀라운 요소는 콰메 은크루마가 손에 책을 한 권 들고 서 있는 형상의 동상이었다. 동상은 그 인물의 이름을 딴 광장 한가운데에 있었다. 위네바는 내가 상상조차 해본 적이 없는 방식으로 그 인물을 숭배하는 곳이었으니까. 학교에서는 수업 전후로 학생과 교수들이 교정에 모였다. '검은 별'이 찍힌 국기 주위에 둘러서서, 다 함께 장엄하게 그 노래를 제창했다.

〈오사게포(대통령에게 붙은 별칭)는 절대 죽지 않네〉.

연구소 건물 내 서점은 콰메 은크루마 서점이라 불렸는데, 그곳에서는 그 사상적 지도자의 저작물과 유일당인 입헌인민당의 기관지만 팔았다. 콰메 은크루마 강당에는 세계 각지에서 온 강연자들이 줄을 이었다. 그들의 강연은 하나같이 은크루마주의에 대한 열광적인 찬양으로 끝을 맺었다. 내가 위네바에 도착한 그 다음날, 맬컴 엑스가 연구소에 방문했는데, 나는 미처 가방도 다 풀지 못했을 때였다. 하지만 무슨 구실을 대서라도 그 행사는 놓치지 않았을 거다. 블랙 아메리카에 대한 나의 관심은 아주 오래전부터 시작되었다. 어머니는 오래전 자신의 침실에 박사, 변호사, 높은 계급의 군인이 된 자식 여덟을 둔 어느 가족의 사진을 붙여놓고는 우리에게 그들을 모델로 삼으라고 끊임없이 말했다.

"검둥이가 자신의 실력을 한껏 발휘할 수 있는 곳은 미국이야!" 어머니는 지치지도 않고 되뇌었다.

기토 오빠는 어머니 등뒤에서 어머니가 무지하고 순진하다고 비웃었다. 오빠는 내게 인종분리정책의 끔찍함과 린치, 흑인 박해에 관해 상세하게 들려줬다. 블루스음악 레코드판을 꽤 여럿 소장하고 있던 오빠는 나를 설득하기 위해서 가사를 번역해가며 빌리 홀리데이의 〈기묘한 과일〉*을 들려주었다. 어린 나는 미국은 상반된 두 주장에 동일한 진실의 무게가 실릴 수 있는 복잡한 땅임을 깨달았다. 훗날 네그리튀드 시인들이 아프리카계 미국 문학에 심취했기에, 나 역시 그렇게 되었다. 진 투머, 넬라 라슨, 랭스턴 휴즈 등 할렘 르네상스**를 이끈 작가들의 책을 읽었다.

맬컴 엑스는 앤틸리스제도 사람 같은 외양의, 키가 큰 샤뱅***

---

* 미국 시인 에이블 미러폴이 루이스 앨런이라는 가명으로 발표해 빌리 홀리데이가 1939년 발매한 곡으로, 백인 인종차별주의자들에게 집단 린치를 당한 뒤 나무에 매달린 흑인에 대한 묘사가 담겨 있다.

** 양차 세계대전 사이에 뉴욕 할렘을 중심으로 일어난 아프리카계 미국 문화 부흥 운동.

*** 금발, 적갈색 머리, 회색이나 녹색 눈 등 백인의 형질을 가진 흑인을 가리키는 크레올어.

이었다. 그는 청중의 경건한 침묵 속에서 장장 네 시간 동안 감옥에서 어떻게 이슬람교에 처음 접했는지에 대해 이야기했다. 그의 이야기를 들으면서 몇 명은—그 축에 나도 끼었다—눈물을 쏟았는데, 그의 이야기가 감동적인 동시에 강렬해서였다.

그다음주는 체 게바라의 순서였다. 초보 수준인 나의 스페인어로는 그의 말을 이해할 수 없었지만, 베레모를 쓴 모습이 찍힌 그 유명한 사진에서보다도 훨씬 더 잘생겼다고 생각했다. 나는 손바닥이 부서져라 박수를 쳤다.

하지만 가장 화려한 방문은 신생공화국 탄자니아의 초대 대통령 줄리어스 니에레레를 대동하고 나타난 콰메 은크루마의 방문이었다. 정오 조금 전에 두 지도자를 태운 메르세데스가 들이닥쳤고, 그들보다 앞서 무장한 남자들로 가득한 온갖 종류의 차량들이 잔뜩 들어와서는, 군중이 거리를 두고 철책 뒤에 모여 있는데도 그들을 향해 총을 겨누었다. 그와는 대조되게, 소박한 차를 타고서 불비네 지역을 지나가던 또다른 독재자 세쿠 투레를 떠올리지 않을 수 없었다. 나란히 서 있는 콰메 은크루마와 줄리어스 니에레레는 살짝 돈키호테와 산초 판사를 떠올렸다. 키가 크고 눈에 띄게 외향적인 콰메 은크루마는 요란한 색상의 켄테*를 걸

* 가나의 전통 의상. 화려한 색상의 기하학무늬가 특징이다.

치고, 두 팔을 번쩍 들어 떠들썩하게 인사에 화답했다. 그 옆의 줄리어스 니에레레는 진회색 스리피스 정장을 갑갑하게 입고 있었고, 키가 작고 소심해 보였다. 으레 등장하는 그리오들의 소란스러움에 더해 만세 소리와 박수 소리가 천둥처럼 울려퍼지는 가운데 두 대통령은 건물 안으로 자취를 감췄고, 그곳에는 내가 속하지 못한 특권층만 들어갈 수 있었다.

사실 위네바에 발을 들여놓자마자, 내가 낙하산을 타고 내려온 곳이 그동안 내가 살아본 아프리카와는 완전히 다르며 내 자리가 없는 땅임을, 그러니까 권력자와 권력자가 되기를 열망하는 사람들의 땅임을 깨달았다. 학생들은 굳이 내 강의에 들어오려 애쓰지 않았다. 프랑스어처럼 쓸데없는 과목에 무슨 효용이 있겠는가? VIP들이 지나갈 때마다 잘 보이려고 달려가기에 바쁜 동료들은 내게 인사도 하는 둥 마는 둥 했다. 연구소 소장만이 나에게 관심을 보였다. 그는 코도 애디슨*이라는 사람이었고 가나에서 가장 눈에 띄는 정치적 인물 중 한 명으로, 콰메 은크루마가 필요시 자신을 대체하도록 선정한 세 사람 가운데 하나였다. 그에게 내가 맡은 과목의 강의 개요를 설명하러 갔을 때 그가 나를 덮쳤다. 우리는 어디든 걸려 있는 콰메 은크루마의 사

* Kodwo Addison(1927~1985). 가나의 정치인이자 노조운동가.

진 아래에 놓인 검은색 가죽소파에서 섹스를 했다. 그는 가나 남성 특유의 수컷다움의 표본으로, 근육이 발달하고 다부진 몸매에, 얼굴에는 묵직한 오만의 가면을 쓰고 있었다. 한시적 만남에 그쳤을 수도 있었던 그 일이 남녀관계로 발전했고, 곧 우리의 관계는 오선지처럼 규칙적이 되었다. 그는 주말은 가족과 함께 아크라에서 보냈다. 월요일 아침에 위네바로 돌아오면 매주 화요일과 금요일에 자신의 집에서 저녁식사를 하자고 초대했다. 몹시 화려한 가구가 들어찬 그의 방갈로에서는 하얀색 제복을 입은 하인들 여럿이 바쁘게 움직였다. 아프리카의 사회주의와 자본주의, 저개발과 저개발에서 벗어날 방법에 관한 진지한 대화가 열띠게 오가는 활기찬 식사 자리를 생각했을 법도 하다. 그런데 전혀 그렇지 않았다. 초대된 손님들은 농담하고 진탕 먹고 마시는 데 몰두했다. 그렇게 마셔대는 모습은 본 적이 없었다. 위스키, 진, 보드카, 야자주, 심지어 사케까지, 온갖 종류의 술이 식탁에 올랐다. 코도 애디슨이 베푸는 만찬에는 그의 둘도 없는 친구이자 경제학 교수인 나이지리아인 새뮤얼 이코쿠가 늘 애인을 데리고 참석했는데, 그 어여쁜 가나 여성은 언론인이었다. 아시밀 외국어 교본으로 프랑스어를 배우고 있던 새뮤얼 이코쿠야말로 위네바에서 유일하게 프랑스어에 관심을 갖는 인물이었다. 모두가 폭소를 터뜨리는 와중에 그가 간단한 문장을 프랑스어로 말해보려고 애썼다.

"어제, 아크라에 갔어요."

"오늘 아침에 해수욕을 했어요."

그는 유쾌하고 화통한 온갖 국적의 교수들에게 둘러싸여 있었다. 그중에 특히 기억나는 인물은 영국인 역사학자였는데, 늘 반쯤 술에 취해서 야수처럼 얼굴을 찡그렸으며, 그의 아내는 살벌한 유머를 구사하는 무척 화려한 에티오피아 여자였다. 그 영국인 역사학자는 영국 군주제의 종말을 바랐고, 나는 그 말에 큰 충격을 받았다. 가끔은 콰메 은크루마가 입길에 오르기도 했는데, 늘 장난스럽게 다뤄졌다. 그의 정부들. 그의 허울뿐인 말들. 런던에 방문했을 때 그가 보여준 익살스러움. 늘 타고난 운 덕분에 벗어나곤 했지만, 셀 수 없을 정도로 많았던 위해 행위들.

풍성하게 차려진 음식을 양껏 먹고 술을 잔뜩 마시고 나면 초청객들은 비틀거리면서 자신들의 메르세데스를 향해 걸어갔고, 차 안에서 졸고 있던 운전사들이 그들을 다시 집으로 데려갔다. 코도 애디슨과 나는 2층의 침실로 올라갔다. 그는 콘돔을 끼고 나서 흥분한 채 나를 덮쳤고, 나는 전혀 아무것도 느끼지 못했는데 어이없게도 그는 쾌락을 느끼며 끙 신음을 흘렸다. 그러더니 이번에는 만족의 신음을 흘리며 쓰러져 잠이 들었다. 나는 다시 옷을 입고 1층으로 내려갔다. 베란다를 둘러싸고 보초를 서던 경호원들이 거수경례를 했다. 그리고 위네바는 나무가 울창해서 밤이면 몹시 캄캄했기에 그들 중 한 명이 횃불을 들고 내 방갈로까지 데려다줬다. 집에 도착했을 때에도, 몇몇 이웃집에서는 여전히 불빛이 새어나오고 있었다. 나는 주랑에 앉아서 생각에 잠겼다. 기니를 떠나 아이들을 이곳으로 데려온 이유가 이렇게 빛도 없는 삶을 꾸려가기 위해서인가? 물질적 측면에서는 부족한 게 하나도 없었다. 냉장고에는 아디자가 뛰어난 솜씨로 요리해주는 신선한 생선이나 훈연한 생선들과 온갖 종류의 수렵육으로 넘쳐났다. 하지만 정신적인 측면에서는? 친구도 없었고 동료인 테호다 씨 한 명을 제외하면 교류하는 사람도 없었다. 테호다 씨는 토고의 망명자로 너무나 다정하고 소심해서 어떻게 야당을 이끌고 감옥에서 고문을 버텨낼 수 있었는지 궁금해질 정도였다. 나는 아크라의 지식인들이 옳은 게 아닌지, 은크루마주의자라는 이름을 가진 모든 것으로부터 가능한 한 멀리 떨어져야 하는 것은 아닌지 자문하기 시작했다. 나는 굶주렸다. 마음이 굶주렸다. 육체가 굶주렸다. 코도 애디슨은 나를 전혀 만족시켜주지 못했다. 내 삶이 보잘것없음을 깨달으면서 용기도 사그라들었다. 그런데, 용기, 내게는 그것이 필요했다. 나는 영어 실력을 갈고닦았다. 영어권 아프리카 문화에 대한 지식을 꾸준히 넓혀나갔다. 식민주의를 단죄하는 아주 다양한 소설들, 이제는 고전이 된 치누아 아체베의 『모든 것이 산산히 부서지다』(1958)와 시프리안 에크웬시의 『자구아 나나』(1961)를 재미있게 읽고 나서, 월레 소잉카의 극작품에 푹 빠져버렸다. 나의 가장 깊은 고민은 끊임없이 스스로에게 묻던 질문, 즉 '나는 찾던 것을 발견했는가?'라는 질문 주위를 맴돌았다. 적어도 이제, 단순하나 누구도 충분히 생각해보지 않았던 개념, 즉 아프리카는 대륙이라는 개념을 내 것으로 소화했다. 아프리카는 다양한 나라들로, 즉 다양한 문명과 사회로 이루어진 대륙이다. 가나는 기니가 아니었다. 콰메 은크루마는 가나인들이 가장 신성한 문화 요소로 여기는 것들을 침해하면서까지 전통적인 가나를 현대화하려고 노력했다. 그런 일은 가나의 영혼에 치명타를 가하는 일과 같지 않은가? 나는 콰메 은크루마와 J. B. 단쿠아* 사이의 충돌에 대해 알고 있었다. J. B. 단쿠아는 콰메 은크루마가 증오하고 아마도 질투했을 고귀한 가문들, 왕이 배출된 가문들 중 한 가문 출신이었다. 단쿠아는 런던대학에서 법학 박사학위를 취득한 첫번째 아프리카인이었다. 그가 독립한 골드코스트의 초대 대통령감이라고 여긴 사람들도 많았다. 하지만 엘리트주의자이고 어쩌면 통

---

* Joseph Kwame Boakye Danquah(1895~1965). 가나의 정치인, 변호사. 콰메 은크루마의 주요 정적이었다.

찰력이 부족했는지, 그는 콰메 은크루마의 대중적인 카리스마에 맞서는 법을 몰랐고, 1957년 대통령선거에서 패배했다. 내가 가나에 도착하고 얼마 안 됐을 때, 그는 임의로 투옥되었고, 감옥의 불결한 환경에서 죽음을 맞았다.

나는 고독하게 살아가면서 끝없이 책을 읽고 사유하고 고위급 정치인들이 줄줄이 위네바에 오가는 모습을 보면서 성숙해졌다. 내가 진정 기니를 이해했던 것인지를 스스로에게 묻기에 이르렀다. 세쿠 투레의 진정한 야망은 무엇이었을까? 그가 혁명을 완수하지 못한 데에는 어떤 이유가 있는 걸까?

한 달에 두 주 정도 주말에, 무척이나 유능한 아디자에게 아이들을 맡겨놓고 아크라로 갔다. 두려움은 이미 사라져버려서 내가 운전하기를 좋아한다는 사실을 깨달은 뒤였다. 트라이엄프는 아주 빠른 경주용 차였던 만큼 길을 쏜살같이 내달렸다. 만만한 심리 설명으로 깊이 빠져드는 대신, 나는 운전을 통해 나의 욕구불만을 해소하고 나를 압박하는 구속에 설욕했다는 말만 하겠다. 마주오던 차량의 운전자들은 급하게 차량을 멈춰 세우며 욕설을 퍼부었다. 나는 질주했고, 내 주위로 나무, 들판, 집 들이 이리저리로 날아갔다. 잠시 나는 전능해졌고, 신과 동등해졌다. 주누 부부는 늘 나를 위한 식기 한 벌과 침실을 준비해놓고 있었다.

그들이 나를 찬찬히 살폈다.

"위네바의 최고위층들을 상대하는 삶이 당신에겐 도움이 안 되나보군요!" 로제가 지적했다. "올 때마다 표정이 점점 더 울적해 보이네."

그는 위네바 무리를 경멸했다.

"불쌍한 은크루마! 아프리카를 개발하고 현대화하는 일에는 아무도 관심 없어요. 그가 세운 그 근사한 이념연구소는 그저 진탕 먹고 마시고 섹스하는 고위급 인사들 집합소일 뿐이에요."

"당신에게 필요한 건, 애인이라고!" 진이 말을 잘랐다.

물론 나는 그들에게 코도 애디슨에 대한 말을 삼갔다. 게다가 그에 대해 무슨 할말이 있겠는가? 그와는 아무런 의미 없는 관계였다.

“두 번 일어난 일은 반드시 세 번 일어나고,
그 세번째는 치명적이다”
과들루프 속담

아크라에서 주말을 보낼 때면, 리나 타바르와 많은 시간을 보냈다. 그녀를 따라서 ‘하우스 파티’에 갔고, 그 광란적인 분위기가 위네바에서 보냈던 길고 외로웠던 밤시간에 변화를 주었다. 리나는 이 남자 저 남자 품에 안겼다. 경박해 보일 수도 있을 그런 행동을 하는 이유는, 그녀의 설명에 따르면, 너무나 고통스러운 기억을 잊고 싶어서라고 했다. 그녀의 두 아이의 아버지는 포르투갈의 플랜테이션 농장주인 산티아고 드 카르발류였는데, 그녀는 열다섯 나던 해부터 그 집에서 품을 팔았다. 그 남자는 그녀를 강간하지도, 억지로 임신을 시키지도 않았다. 그녀가 그를 사랑했다. 나는 그 이야기를 들으면서 어안이 벙벙했고, 나아가 충격까지 받았다. 당시 인종이 서로 다른 커플은 내게는 정도에서 벗어난 것으로 보였다. 내가 심각하게 그런 생각을 말하자 리나는 폭소를 터뜨렸다.

"네가 어떤 남자를 사랑하게 되면, 그 남자의 피부색은 보이지 않아!" 그녀가 되풀이해 말했다. "네가 그 남자를 사랑하면 그게 다야."

산티아고는 그가 아프리카 사람들과 너무 친밀하게 지낸다는 이유로 화가 난 다른 포르투갈인들에 의해 그녀가 보는 앞에서 살해당했다. 그녀는 아이들을 데리고 탈출하는 데 성공했고, 기니비사우-카보베르데 독립당에 합류했다. 그곳에서 그녀에게 읽고 쓰는 법을 가르쳤고, 그녀는 영유아 전문 간호사가 되었다. 포르투갈 경찰이 그녀가 속한 조직 말살에 나서자 그녀는 몸을 피해 가나까지 오게 되었다.

내가 보기에 최악은, 그녀가 산티아고 같은 또다른 백인 남자하고만 삶을 새로 시작하려 든다는 거였다.

"아프리카 남자들은 아무짝에도 쓸모가 없어!" 그녀가 확언했다. "그들은 바람 피우고, 아내를 때리고, 가산을 탕진하는 것밖에 모른다니까."

그녀의 꿈은 실현 가능성이 없지는 않았다. 가나에는 백인, 특히 영국인뿐만 아니라 출신지가 다양하고 로제와 진처럼 자국의 정치에 싫증이 나서 다른 공기를 마시고 싶어하는 미국인과 유럽인들도 가득했다. 그들이 아프리카인과 결혼하는 일도 이따금 있었다. 가장 유명한 인물은 레곤대학 부총장인 아일랜드인 코너 크루즈 오브라이언이었는데, 그는 떠들썩하게 이혼을 한 뒤 콩고 출신 시인과 재혼했다. 3월이 끝나갈 무렵의 어느 밤, 똑똑히 기억하는데, 리나가 알렉스 보아두와 이리나 보아두네 집 막내가 세례를 받는 날이라며 그 집으로 나를 데려갔다. 남편은 건축가이고 아내는 〈코스모폴리탄〉의 표지 모델을 했던 모델 출신으로, 유행의 첨단을 달리는 혼혈인 부부였다. 그들의 화려한 저택에는 사람들이 넘쳐났고, 사람들은 정원에 차려놓은 뷔페로 몰려갔다. 가까스로 앉을 자리를 찾아내자마자, 어떤 남자가 내 앞에 와서 허리를 굽혀 인사하더니, 아프리카인의 입에서 나오자 부자연스럽게 들릴 정도인 너무나 완벽한 영국식 억양으로 말을 건넸다.

"이번엔 저와 춤추실래요?"

바로 이렇게 닳고 닳은 말로, 이 대단한 상투어로 세번째 사랑이 시작되었다. 이번 사랑 역시 앞선 두 번의 사랑만큼이나, 하지만 완전히 다른 이유로 고통스러우리라.

내게 그런 제안을 한 이는 콰메 아이두라는 남자였다. 그는 옥스퍼드 링컨칼리지에서 법학을 공부한 변호사였다. 런던 챈서리 레인*에서 몇 년 변호사로 일하다 최근에 아크라로 돌아와 사촌인 알렉스 보아두의 집에 기거하고 있었다. 외형적으로 정확히 내가 좋아하는 유형의 남자였다. 키가 그렇게 크지 않으며, 피부가 아주 검고, 머리숱이 많고, 두 눈이 우수에 젖어 있으면서도 동시에 반짝였다. 그는 어두운색 테르갈**을 이탈리아풍으로 재단해 만든 우아한 정장을 여봐란듯 입고 있었다. 수도복을 입는다고 수도사가 되는 건 아니라지만, 가나에서는 그랬다. 보통 남자들은 콰메 은크루마처럼, 그러니까 폴리티컬 수트라고 불리는 주머니가 넷 달린 튜닉 같은 것을 입거나, 의례가 있을 때면 무거운 켄테를 입었다.

거듭 말하지만, 나는 춤을 출 줄 몰랐다. 그래서 그의 청을 거절하려는데, 그가 내 손목을 단단히 잡더니 춤추는 사람들 사이로 이끌었다. 나는 자신이 없었지만 최선을 다했다. 음악이 드디어 끝나고, 베란다에 비어 있는 두 자리가 우리 눈에 들어왔다. 그후 우리는 그곳에서 각자 살아온 이야기를 하며 시간을 보냈다. 그는 내가 위네바에서 학생들을 가르친다는 사실에 경악과 충격을 드러냈다.

"당신이요? 그런 곳에서!" 그가 외쳤다.

---

* 잉글랜드 및 웨일스 사무 변호사 협회 건물 등이 자리한 법조인 거리.

** 폴리에스테르계 합성섬유의 상품명.

나는 털어놓아야 할 게 그것 말고도 많았다.

"전 유부녀예요. 하지만 남편은 기니에 있고, 떨어져 살고 있어요."

잠시 침묵한 뒤에, 내가 한 방 먹였다.

"아이가 넷이고요."

그는 허를 찔린 듯했고 믿어지지 않는다는 듯이 되물었다.

"몇이라고요?"

"넷이요." 내가 되풀이해 말했다.

그는 이미 내가 반해버린 아이 같은 웃음을 지었다.

"노바디 이즈 퍼펙트*, 빌리 와일더가 그랬죠."

세이니가 루이 베한진을 두고 썼던 표현을 빌리자면, 그는 "봉건군주"였다. 아크라 동쪽에 있는 소왕국 아주마코를 다스리는 가문의 후계자인 그는 콰메 은크루마와 입헌인민당 무리를 증오했는데, 그들이 세쿠 투레와 기니 민주당을 본떠 가나의 근대화를 시도하면서 전통적인 족장의 권한을 무력화하려고 애를 썼기 때문이었다.

"아주마코에 데려갈게요." 그가 약속했다. "사람들이 얼마나 존경심을 갖고 우리를 대하는지 보게 될 겁니다. 아버지는 연세

* 빌리 와일더 감독의 영화 〈뜨거운 것이 좋아〉의 마지막 대사.

가 여든일곱이신데, 관습에 따라서 이미 장례 의식을 시작했죠. 나는 일 때문에 너무 바빠서 스툴(왕좌)에 앉지 않을 겁니다. 대신 동생 코드조가 계승할 겁니다."

그러한 말이 순간의 마법에 더해졌다. 우리는 자정쯤에 그가 이 집에 머무는 동안 차지하고 있던 알렉스 아들의 방으로 올라갔다. 방안엔 어딜 가든 붙어 있는 콰메 은크루마의 초상화들 대신 전 세계에서 극도로 열광적 반응을 불러일으키고 있는 갓 알려진 그룹 비틀스의 사진이 도배되어 있었다. 나는 행복감에 완전히 휩쓸렸다. 나의 육체와 마음이 본연의 언어를 되찾게 되었다.

이번에는 정상적인 속도로 위네바로 돌아왔다. 집으로 가는 동안 간밤의 그 시간을 되새기면서 미래에 대해 생각하기 위해서였다. 코도 애디슨을 떼어내야만 했다. 그 사람과 관계를 갖는 건 이젠 생각조차 할 수 없었다. 위네바에 도착하자마자 나는 곧장 종이를 꺼내 그 앞으로 편지를 한 통 작성한 뒤, 지체 없이 아디자에게 들려 보냈다. 다시는 그를 보고 싶지 않다고 알렸다. 우리 사이는 완전히 끝났다고.

왜 그다지도 서둘렀고, 왜 그다지도 성급했을까? 나는 무엇으로부터 해방된 걸까? 그날은 별일 없이 지나갔다. 평소처럼 강의실은 사분의 삼 정도가 비어 있었지만, 이제는 그런 일로 당혹스럽지 않았다. 점심식사 후, 테호다 씨 집에 들러서 커피를 마셨다.

오후 여섯시경, 검은색 메르세데스 한 대가 우리집 문 앞에 멈춰 섰고, 경호원들에게 둘러싸인 채 코도 애디슨 본인이 직접 차에서 내렸고, 경호원들은 우리집의 작은 주랑에서 보초를 섰다. 그는 무거운 걸음으로 방갈로 안으로 들어왔다.

"당신이 내게 다시 말해주기를 바라." 그가 차분하게 말했다. "편지 내용 말이야. 당신에게 직접 듣고, 이유가 뭔지 알고 싶어."

나는 나도 모르게 떨리는 목소리로 그의 요구에 응했다. 놀랍게도, 그가 절망적인 표정으로 나를 응시했다.

"이유를 대지 않는군. 내가 당신에게 무슨 짓을 했나? 이게 모두 무슨 의미지? 다른 남자가 있나?"

아니라고 단언할 수도 있었으리라. 거짓말이 두려웠던 적은 한 번도 없었다. 오히려 반대였다. 나는 그렇다고 대답했다. 그는 아무런 말도 없이 머리를 손으로 감싸쥐더니 한참을 꼼짝 않고 있었고, 나는 처음으로 그가 나에게 실제로 어떤 감정을 품었는지 궁금해졌다. 그러더니 그는 갑자기 늙어버린 듯했고, 일어나 자기 차로 돌아갔다.

나는 혼란스러워하며 가만히 있었다. 그는 상처 입은 기색이 역력했다. 나는 그의 자존심이 상한 것이라는 결론에 이르렀다. 그런 거물이, 대통령과도 식사를 함께 하는 인물이 비리비리한 여자에게 배신을 당하다니 참을 수가 없는 거였다. 나는 전혀 자책할 필요 없다고 스스로를 설득하며 밤을 보냈다.

그다음날, 아이들이 학교로 떠난 직후, 경호원 한 명이 우리집 문을 두드렸다. 거수경례를 올리고 나서 그가 얄팍한 봉투를 하나 내밀었다. "소장 코도 애디슨"이라고 서명이 된 짤막한 전언이 들어 있었고, 위네바 이념연구소의 프랑스어 교수직에서 해임되었음을 알리는 내용이었다. 즉각 방갈로를 비워주고 열쇠를 건물 관리소에 반납해야 했다.

최고장의 그런 내용은 이미 들어본 소리였다. 플래그스태프 하우스에서도, 엘만이 '혁명성 보증'을 철회했을 때 나를 꼭 그렇게 대했다. 나는 아디자에게 상황을 설명했고, 아디자는 눈물을 쏟았다. 난 눈물 한 방울 흘리지 않고 가방을 쌌다. 아이들이 돌아오자 선 채로 간단히 식사를 마친 뒤, 아이들을 트라이엄프에 빼곡히 싣고서 아크라로 향하는 길에 올랐다. 아이들은 질문을 쏟아놓았다. 왜 떠나는가? 어디로 가는가? 친구인 테호다네 식구들이 우리집 문이 닫힌 걸 발견하면 어떻게 할까? 이제 다시는 위네바로 돌아오지 않는 것인가?

로제와 진은 그들의 집에 들이닥친 우리를 보고서도 그다지 놀라지 않았다.

“무슨 일이 있었어요?” 두 사람이 물었다.

나는 진실을 털어놓을 결심이 서지 않았고, 이야기를 꾸며내었다. 나중에 내가 정말로 무슨 일이 벌어졌던 건지 진에게 털어놓기로 결심했을 때, 사실은 둘 다 내 이야기를 믿지 않았노라고 진이 말했다.

“그 일이 당신에게 좋지 않게 끝나리라는 걸 난 처음부터 알고 있었어요!” 로제가 툴툴거렸다.

내심 완전히 놀랍지는 않았다. 위네바의 자리가 내 자리가 아님을 늘 알고 있었고, 마음속 한구석에서는 유예기간이 끝나기를 기다리고 있었다. 아마도 그런 이유에서겠지만, 콰메 아이두가 내 변호사 자격으로 나의 사회권을 위해 싸우려 할 때 반대했다. 군주의 무력행사로 인해 나는 위네바에 발을 들이게 되었다. 그리고 또다른 군주의 무력행사로 인해 나는 그곳에서 내쫓겼다. 반면에 콰메 아이두는 계속해서 길길이 날뛰었다.

“가나는 정글이야! 규정도 없고, 법도 없어! 그런 나라 국민인게 수치스러워.”

"인생은 잔잔히 흐르는 긴 강"
에티엔 샤틸리에*

로제 주누는 내 인생의 산타할아버지 역할을 했노라고 자부해도 된다. 실제로, 산타할아버지였으니까. 위네바에서 해고당한 지 보름도 채 안 되어 그가 나를 자신이 책임자로 있는 가나 언어연구소에 채용해주었다. 그러고는 대번에, 플래그스태프 하우스 주택단지에 있는 주택 한 채가 배정되도록 손을 썼는데, 열두어 칸짜리 목조 전통가옥으로, 집을 둘러싼 정원에 철쭉과 진달래가 흐드러지게 피어 있었다. 아이들이 새로운 거처를 구석구석 돌아보면서 기뻐하던 모습이 기억난다.

---

* Étienne Chatiliez(1952~). 프랑스 영화감독. 〈인생은 잔잔히 흐르는 긴 강〉(1988)은 사회적 · 경제적 형편이 상반된 두 가족의 이야기를 그린 영화다.

"이제 우리 여기서 살아요?"

"위네바 집보다 더 예쁘다!" 아이샤가 결론 짓듯 말했다.

나는 아이들 때문에 괴로웠다. 겉보기에 아이들은 자신의 삶에 닥치는 무수히 많은 변화를 잘 견디는 듯했다. 하지만 정신적 측면에서 아이들이 전혀 고통받지 않는다고 믿기는 힘들었다. 아이의 매끈한 이마 안쪽에서 무슨 일이 벌어지고 있는지 그 누가 자신 있게 말할 수 있겠는가? 아이들은 넷 다 침대에 오줌을 싸서, 아디자가 시트를 빠느라 몇 시간씩 보내곤 했다. 아이들은 자주 악몽을 꾸었다. 드니는 피가 날 때까지 손톱을 물어뜯었다. 그러한 신호들이 모두 염려스럽지 않겠는가? 나는 소아정신과 의사를 맹렬하게 찾다가 결국 콜레 부 병원에서 한 명 발견하였다. 불행히도 의사를 만나려면 여러 달을 기다려야 했고, 결국에는 포기했다.

콰메 아이두가 자신이 거주할 단독주택의 건축이 늦어진다며 짜증을 냈기에 나는 그에게 우리집에 들어와 같이 살자고 제안했다. 그는 시큰둥하게 받아들였는데, 가나 전통으로는 남자가 여자 집에 들어가는 법이 없었기 때문이다. 사랑하는 남자와 아이들에 둘러싸여 있으니, 나는 행복의 절정에 올라야 했으리라.

어쩌랴! 전혀 그렇지가 못했다.

머지않아 우리 사이에 장애물이, 나로서는 예상조차 못했던 장

애물이 생겨났다. 바로 아이들이었다. 콰메는 태어나기도 전에 친부인 장 도미니크에게서 버림받은 드니를 제외하면, 나머지 아이들을 키우는 일은 나의 차지가 아니라는 의사를 단도직입적으로 밝혔다. 딸들에게는 아버지가 있고 그 아이들은 기니의 말랭케족이라는 활발한 공동체에 속해 있는데, 내가 고향 땅에서 이국의 땅으로 퍼 나른 흙처럼 그 아이들을 이방인으로 만든다는 거였다. 한편 그는 아이들이 나를 질식시킨다고 판단해서 나를 해방시켜줄 일련의 규칙들을 만들었다. 우선 지하에 놀이방을 꾸미게 했다. 이제 아이들은 더이상 거실, 응접실, 서재 등 1층의 방들에 접근할 수 없었으니 사실상 아이들은 지하에 갇힌 포로와 다름없었다. 아이들은 부엌에 딸린 방에서 아디자와 함께 식사를 해야 했다. 실비안과 아이샤는 욕실에 와서 내 향수와 크림과 포마드를 만져보기를 무척 좋아했지만 어떤 핑계를 대고서도 우리의 침실이나 욕실에 들어올 수 없었다. 연약한 드니가 여동생들의 간수로 지목되었고, 콰메가 금요일 저녁부터 벌써 나에게 자기와 함께 아주마코에 가야 한다고 요구하는 통에 특히 주말 동안에는 동생들의 학업을 감독하고 놀아줘야 했다.

아주마코는 나의 초기 극작품 중 하나인 『아주마코의 올루웨미의 죽음』에 나와 있다. 나는 그곳의 기이한 건축물들을, 말린 진흙으로 문양을 낸 통나무집들을 좋아했다. 밤이 되면 잉크처럼 검푸른 하늘 아래 여자들이 세 겹 치마를 걷어올리고 마을 광장에서 분노의 여신들처럼 춤을 추었다. 횃불의 불그스름한 빛이 비추는 건물들 전면에 그들의 그림자가 또렷이 드러났다. 콰메의 아버지이자 군주인 퀘쿠 아이두는 아주마코를 이십 년간 통치한 끝에 이제 죽음을 맞을 준비를 하고 있었다. 하루종일, 그리고 저녁나절의 상당 시간 동안 콰메와 왕위를 물려받을 그의 동생이 접견채에서 신하들의 문상을 받았다. 식사 자리에 손님이 삼십여 명을 넘지 않은 적이 없었는데, 그들은 오로지 그들의 모국어로만 말했다. 내가 주위에서 오가는 말을 하나도 알아듣지 못하겠다고 불평하면, 콰메는 어깨를 으쓱하면서 내가 수도 없이 들었던 충고의 새로운 변주를 내놓았다.

"당신이 트위어를 말하는 법을 배우면 되겠네."

다행스럽게도 그에게는 콰미나라는 누이가 한 명 있었고, 그녀가 서툴게나마 영어를 할 줄 알았다. 그녀는 왕족과 혼인을 했는데, 혼인 후 얼마 되지 않아 남편이 죽었다. 자녀가 없는 그녀는 하루종일 아무런 일도 하지 않았다. 하녀 한 명이 그녀를 씻겨주고, 또다른 하녀가 옷을 입혀주고, 세번째 하녀는 그녀를 보석으로 치장해주었다. 그러고 나면 그녀를 탈것에 태워 뜰에 놓인 침상까지 모셔갔고, 그곳에서 네번째 하녀가 그녀에게 부채질을 해주는 동안 미용사가 그녀의 숱 많은 머리를 땋아서 모양을 내었다. 이렇게 치장을 한 뒤 그녀는 수십 명의 청원인에게 입을 맞추라고 손을 내밀었다. 그녀는 시간을 죽이려고 나에게 왕조에 얽힌 전설들을 쏟아내었다.

잔혹함과 잔학행위로 유명한 군주 퀘쿠 아이두는 전통적인 이십 년간의 통치 기간 뒤에도 권력을 놓지 않았다. 대사제들이 그에게 애원해도 소용없었고, 그는 권좌에 집착했다. 이미 아내가 스무 명이 넘게 있는데도 새 아내를 맞아들이며 조상들에게 맞서기로 결심했다. 그는 열한 살짜리 아이에게 눈독을 들였고, 그건 범죄였다. 첫날밤, 어린 배우자에게 손을 대기도 전에 그는 정체불명의 병에 걸려 의사들도 손을 쓰지 못하는 상황에서 끔찍한 고통을 겪다가 죽었다.

하루종일 시간을 보내다가도 문득문득 아이들 생각이 났고, 끔찍한 계모가 된 느낌이 들었다.

여름방학 동안 수많은 사람이 놀러왔다. 전문가들의 확언대로라면 가나가 저개발에서 탈출할 수 있는 유일한 아프리카 국가라는 명성에 끌려 에디와 프랑수아즈 디동이 왔고, 부부생활에 찾아온 새로운 비극에 짓눌려 있던 언니 질레트도 왔다. 정말이지, 형부 장은 제 버릇 개 못 줬다. 부모는 물론이고 본인도 신실한 가톨릭 신자인 그가 '예쁜 눈의 파투'라는 별명을 가진 여자한테 홀딱 빠져버렸다. 그 여자와 이슬람식으로 결혼을 하고는,

자기 가족을 버리고 장관 전용 주거지역에 위치한 호화로운 저택에 살림을 차렸다. 그가 이제는 질레트를 사랑하지도 않는데 이혼을 하지 않았던 건, 고아이고 조국이 없는 그녀를 불쌍하게 여겨서였다. 이렇게 처지가 제각각이지만 그 여자들에게는 하나의 접점이 있었으니, 바로 콰메 아이두를 향한 반감이었다.

"네가 내 아이들을 좋아하지 않는다면, 그건 네가 나 또한 좋아하지 않는다는 거지!" 그가 아이들을 다루는 방식에 기겁을 한 에디가 힘줘 말했다.

질레트는 격렬한 말을 쏟아내며 그를 맹비난했고, 기니에서 가장 심한 욕을 했다.

"반혁명분자야."

세 사람 다 내게 그 가증스러운 관계를 끝내라고 종용했다.

"너 그러다가 후회한다!" 프랑수아즈가 예언했다.

나는 그들의 충고에 따를 수가 없었다. 나는 콰메를 열렬히 사랑했다. 자크 때와는 다르게, 단순한 육체적 정열이 아니었다. 나는 그의 지성에, 그의 어마어마한 교양에 탄복했다. 그가 신처럼 받드는 이는 당연히 J. B. 단쿠아. 그는 콰메 은크루마의 정적을 순교자처럼 숭배했다.

"바로 그분이 우리 나라를 가나라고 다시 명명하자고 제안했지!" 그가 단언했다. "콰메 은크루마가 그의 생각을 훔친 거라고."

그 사람 때문에 나는 단쿠아의 『아칸족의 종교론』(1944) 독서에 매달렸지만, 고백하건대 상당 부분을 이해하지 못했다.

에메 세제르와 네그리튀드 시인들을 발견한 이래 나는 유럽의 문화적 산물을 그다지 신뢰하지 않았다. 그러한 경향은 기니에 체류하는 동안 더 심해졌는데, 나도 모르게 세구 투레와 기니 민주당의 영향을 받았기 때문이었다. 나는 자본주의의 서구가 끊임없이 조장하는 계략과 함정을 경계해야 한다고 생각했다. 콰메 아이두는 생각이 완전히 달랐다. '아프리카인을 위한 아프리카', 에드워드 윌멋 블라이든이 주창했고 내가 그렇게나 감탄했던 그 개념이 콰메 아이두에게는 말도 안 되고 종국에는 위험한 걸로 보였다.

"아프리카는 아프리카를 이해하고 아프리카와 소통하려 하는 사람들 모두의 것이야. 아프리카의 불행 중 하나가 바로 너무 오랫동안 고립된 채로 살아왔다는 것이고."

기억하겠지만, 나는 J. F. 케네디의 암살 소식을 무심하게 받아들였는데, 그는 케네디에게 가장 열렬한 찬사를 보냈다. 그는 케네디의 연설을 외워서 낭송하곤 했다.

얼마나 여러 번 그의 낭송을 들었던가.

"친애하는 세계시민 여러분, 미국이 여러분을 위해 무엇을 할 수 있는지 묻지 말고 우리가 인간의 자유를 위해 다 함께 무엇을 할 수 있는지 물어야 합니다."

그는 간디, 네루, 그리고…… 드골 장군을 찬미했다. 그리고 음악을, 온갖 종류의 음악을 사랑했다. 우리는 심포니, 콘체르토, 레퀴엠뿐만 아니라 하이라이프, 칼립소, 그리고 살사 음악 속에서 잠을 깨고 음식을 먹고 다시 잠이 들었다. 그 시절부터 음악은 내 삶의 일부가 되었다.

또한 그의 태생이 내게 강한 인상을 안겨줬음을 인정해야 한다. 식민화가 진행되기 이전 사회의 상징적이고 복합적인 작동법을 알아내려고 노력한 건 그 사람 때문이었다. R. S. 래트레이*의 저작들 덕분에 오래전 아샨티족이 행했던 끔찍한 인신공양에 대해 알게 됐다. 아샨티제국의 왕, 아샨테헤네가 죽음을 맞이할 때마다 남녀 할 것 없이 수백 명이 죽임을 당하거나 산 채로 함께 파묻혔다. 공포에 질린 내가 콰메에게 그 문제에 대해 질문하자, 그는 아무렇지도 않다는 반응을 보여 당황스러웠다.

"그 문제에 대해 아무것도 이해하지 못하는 영국인처럼 말하지 마. 그들은 노예였고, 죽어서라도 자신들의 군주를 따라가기만을 원했으니까. 그들에게 그건 영예였어. 그리고 행복이었고."

---

* Robert Sutherland Rattray(1881~1938). 옥스퍼드 출신 인류학자로, 아프리카, 특히 아샨티제국 전문가.

그 무시무시한 아샨티족이 그후로 어찌되었는지 더 많이 알고 싶어진 나는, 프랑수아즈 디동에게 아이들을 데리고 아샨티제국의 수도였던 쿠마시에 함께 가보자고 청했다. 그녀는 나에게 정상적인 속도로 운전하겠노라 맹세부터 시켰는데, 내가 모는 차에 아무도 타고 싶어하지 않았기 때문이었고, 심지어 질레트는 내가 무의식적으로 자살하려 한다고까지 단언했다.

아크라에서 빠져나오자마자 우리는 아비장과 뱅제르빌 사이의 숲보다도 더 무성한 숲에 덜컥 걸려들었다. 여러 시간 동안, 우리는 부드럽고도 압박감을 주는 희미한 빛 속을 지나갔다. 특정하기는 불가능했지만, 전조등 불빛에 이끌린 동물들이 거대한 나무줄기들 사이로 불쑥불쑥 나타났다. 또다른 동물들이 낮거나 날카로운 소리로 울거나 짖어댔다. 새들이 모습은 드러내지 않은 채 재잘댔다. 자연의 힘에 압도되어 아이들조차 입을 다물었다. 아샨테헤네 아기에만 프렘페 2세 역시 전통적 권위를 파괴해 나가는 콰메 은크루마와 정적관계였다. 결국, 그는 순전히 의전에 국한된 역할로만 입지가 좁아지고 말았다. 텔레비전에서 종종 본 바로는, 그는 전통복식 차림의 키 크고 앙상한 노인으로, 유명 디자이너들의 옷을 입은 아주 아름답고 젊은 아내보다 머리 하나는 더 컸다. 나는 그들의 대조적인 모습에 매료되었다. 나나 아기에만 프렘페 2세는 쿠마시 중심에 있는, 목조 주랑으로 둘러싸인 우아한 왕궁에서 살았다. 사방에서 찾아온 방문객들이 왕궁의 회랑으로 몰려가는데, 우리는 불행히도 그 대열에 낄 수가 없었다. 아이들 때문에 호위병들이 우리를 막아섰다. 우리는 햇살이 넘쳐흐르는 소도시의 골목골목을 돌아다니다가 싸구려 식당에서 그릴에 구운 닭을 먹었다. 네시쯤 아주 특별한 공연을 보려고 다시 왕궁 앞으로 갔다. 묵직한 켄테를 입고, 땅에 발이 직접 닿는 건 금물이기에 상징적인 거대한 샌들을 신은 나나 아기에만 프렘페 2세가 여느 오후처럼 산책에 나섰다. 그는 동물의 가죽을 깐 장의자 같은 것에 앉아 있고, 하인들이 그 의자를 어깨에 졌다. 왕의 행차 앞뒤로 포진한 궁정인들이 얼굴에 재를 바르고 존경의 표시로 허리를 반으로 굽힌 채 계속해서 의례의 말을 읊조렸고, 그러는 동안 음악가들은 시끄럽게 나팔을 불어대고 곡예사들은 오만 가지 묘기를 선보였다. 외국인들만큼 많은 현지인으로 이루어진 군중은 행렬이 지나가는 길에 운집해 있다가 소리 높여 흠송했다. 그토록 '봉건적'인 과시성 의례를 보고 충격을 받았을 수도 있었으리라. 보통의 인간을 신과 동일시하면서 그렇게 숭배하다니! 하지만 그 반대였다. 다른 시대에서나 일어날 법한 그런 광경을 보면서 나는 눈이 번쩍 뜨였고, 나를 괴롭히던 의문에 대한 답을 찾아냈다. 콰메 은크루마, 아밀카르 카브랄, 세이니, 그리고 어쩌면 세쿠 투레와 혁명주의자들처럼 만인을 위한 정의, 관용, 평등 같은 현대적이고 결국엔 서구적인 개념들로 아프리카와 식민지 이전의 아프리카의 과거에 접근한 사람들은, 아프리카를 이해하지 못했을 뿐만 아니라 아프리카에 커다란 해를 끼쳤다. 아프리카는 자급자족 체제의 복합적인 구조체인 만큼, 아프리카의 추함과 그 안에서 뜻밖에 발견하게 되는 탁월함까지 통째로 고스란히 받아들여야 했다. 받아들이고, 나아가 소중하게 여겨야 했다. 그뒤를 이어 식민화가 일어나면서, 유럽인에 의한 맹목적 경멸과 파괴가 저질러질 시기가 도래할 테니. 네그리튀드 지지자들의 경우, 그들은 과도한 이상화라는 잘못을 저질렀다. 그들은 영원하다고 주장하지만, 이미 지나간 과거의 아름다움만을 간직하기를 원했다. 나는 내 안에 '그러한 각성'이 일어난 것에 너무나 흥분해서 프랑수아즈가 겁에 질려 항의하는데도 불구하고 아크라를 향해 도로를 질주했다. 50킬로미터쯤 내달렸는데, 경찰들이 차를 멈춰 세웠다. 그들 중 둘이 정중하게 차로 다가와 거수경례를 했다.

"이렇게 어린아이들까지 태우고서!" 그들 중 한 명이 질책하는 어조로 외쳤다.

"얼마나 빨리 달렸는지는 아십니까?" 다른 사람이 말했다.

내가 모른다고 하자 그가 꼭 집어 수치를 댔다.

"시속 180마일입니다."

"아스팔트 위에 뭐가 굴러다닐지 알 수 없고, 타이어가 터질 수도 있는 일이죠!" 첫번째 경찰이 한술 더 떴다.

가나 경찰의 평판은 무척 좋지 않았다. 모두 그들이 부패했고, 몇 세디*만 주면 무슨 일이라도 할 거라며 비난했다. 나는 그들에게 뇌물을 찔러주며 그런 말을 직접 확인해볼 엄두도 내지 못했다. 그저 엄청난 액수의 범칙금 납부 고지서를 받아들었고, 벌금을 물었다. 프랑수아즈는 한숨 돌렸는데, 혼이 난 내가 아크라까지 남은 길을 가는 동안 아주 차분하게 차를 몰았기 때문이었다.

그런 운 나쁜 경험을 하고서도, 나는 또 며칠 뒤 프랑수아즈를 구슬려서 아프리카와 서구의 만남이 야기한 폐해를 가늠해보러 다시 길을 떠났다. 옛날에 노예로 팔려가는 불행한 사람들은 케이프코스트, 엘미나, 디스코브, 아노마부, 타코라디 등 해안을 따라 흩어져 있는 요새에 수용되었다. 관광청은 이 거대한 석조 건축물들을 4성급 혹은 5성급 호텔로 개조했다. 관광객들, 특히 아프리카계 미국인들이 몰려들었다. 나는 그러한 상업적 개발 방식에 충격을 받았는데, 그로부터 이십 년 뒤에는 넬슨 만델라가 수감되어 있던 로벤섬의 개발에 똑같이 충격을 받았다. 스웨

* 가나의 화폐 단위.

덴인, 일본인, 온갖 피부색의 미국인들이 그곳에서 카메라 셔터를 눌러댔다.

엘미나에서는 관광버스가 아프리카계 미국인들을 쏟아놓았다. 그들은 선조들이 중간 항로를 항해하기 전 신음을 흘렸던 그 장소에 묵상하러 왔지만, 그들을 맞는 건 무리지어 다니는 아이들의 놀림 소리였다.

"오브루니(외국인들이다)! 오브루니!"

세이디야 하트먼*은 자신의 책 『어머니를 상실하기』(2007)에서 엘미나라는 도시와의 실패한 만남에 대해 한탄하며, 자신의 출신 때문만이 아니라 차림새 때문에 그 어느 때보다 자신이 더욱 이방인처럼 느껴졌다고 털어놓는다. 사실 아프리카계 미국인들은 외양 때문에 튀어 보인다! 그들에게는 어딘가 괴상해 보이는 구석이 있다고까지 말할 수 있겠다! 세이디야 하트먼은 자신의 책에 풍성한 아프로 스타일 머리를 한 사람들이 비닐 옷 때문에 무자비한 태양 아래에서 땀을 비 오듯 흘리며 급하게 걷더라고 묘사했다. 그들은 아이들에게 자석처럼 끌렸다. 식당에 있으

---

* Saidiya Hartman(1961~). 미국 작가, 대학교수. 『어머니를 상실하기』는 대서양 노예무역 근거지를 방문하고 쓴 기행문이다.

면 그들이 우리 테이블에 다가왔다.

"정말 귀엽네!"

"프랑스어를 하네!" 몇몇이 감탄했다.

"나는 영어도 하는데요!" 아이샤가 대꾸했다.

사람들이 웃음을 터뜨렸다.

단의 뱃속에서 맛본 짧은 휴식

여름방학이 끝나고 밀려들던 방문객들의 발길도 끊겼다. 그러자 어떤 당혹스러운 감정이 일었다. 혼자 있고 싶다는 갈망이었다. 긴장을 누그러뜨려주고, 주변 사람들 사이에 너무 심각한 마찰이 일어나지 않게 예방해야 하는 매일의 과제를 수행하다보니 녹초가 되었다. 드니와 실비안은 콰메에게 엄청난 공포를 느꼈고 그와 함께 있으면 완전히 주눅이 들었다. 아이샤는 반항하는 편이어서 불손할 정도였다.

"내 아버지가 아니야. 내 의붓아버지도 아니지, 엄마가 그 사람과 결혼하지 않았으니까!" 아이샤는 아이의 목소리로 가차없이 말했다. "그런데 왜 그 사람이 우리한테 이래라저래라 하지? 무엇보다도, 대체 왜 우리집에 와서 살지?"

콰메는 막내인 레일라만은 예뻐했지만, 레일라는 그를 좋아하기는커녕 그가 다가오기만 하면 울어댔다.

내가 지쳤다는 말에 콰메는 아무 대꾸도 하지 않았다. 그저 짧게 국외 여행을 해보라고만 했다. 아디자는 아주 유능하다. 걱정할 게 뭐 있는가? 아이들과 자신 사이에 아예 충돌이 생기지 않게 자신은 다시 사촌 알렉스의 집에 며칠 가 있을 거란다.

그래서 나는 마지못해, 국책 항공사인 블랙스타라인이 설계한 저가 여행을 가려고, 당시에는 아직 베냉이라고 불리기 전이었던 다호메이행 항공권을 끊었다. 나의 부모는 아프리카인이 겪은 디아스포라의 기원에 대해 한 번도 설명해주지 않아 나는 그 주제에 대해서 몹시 무지했다는 사연을 『울고 웃는 마음』에서 이야기한 적이 있었다. 어쨌든, 네그리튀드를 신봉하는 사람의 자세치고는 역설적으로 보일 수 있겠는데, 내가 천성적으로 과거에 대한 지식보다는 현재, 그리고 특히 미래의 문제로 더 고뇌하는 사람이긴 해도, 루이 베한진이 가족의 역사에 대해 해준 이야기와 가나의 수많은 문화 프로그램들 덕분에 디아스포라 문제에 대해 조금 더 알게 됐다. 여전히 억압당하고 주변부에 머물러 있는 우리 사회는 어떻게 될 것인가? 실제로 우리 사회를 배제한 채 한창 구축되고 있는 세계 속에서, 어떤 자리를 차지하게 될 것인가? 영구히 '하위주체'*로 머물 것인가? 당시에는 내가,

2001년에 노예제를 반인륜적 범죄로 규정한 토비라법을 시행하기 위해 2004년에 창설된 노예제 역사 기억 위원회의 초대 회장이 되리라는 걸 몰랐다. 당시 아크라공항에서 급하게 산 폰족의 신화에 관한 소책자를 읽고 알게 된 내용을 제외하면 나는 다호메이왕국에 대해서 별반 아는 게 없었다.

새벽녘에 아프리카계 미국인으로 가득한 비행기에 탑승했다. 아이들이 그다지 그립지 않아서 놀랐다. 오히려 반대였다. 아이들과 떨어지자 놀라울 정도로 해방감이 들었다. 하지만 고통스러운 자기성찰에 빠져들 틈은 없었다. 비행기가 이륙한 지 몇 분 지나지 않아 왼편에 앉아 있던 젊은 여성이 자기소개를 했다.

"자매님, 난 에이미 에반스라고 해요. 조각가예요."

그러더니 자신의 선조는 다호메이 남부의 소도시, 우이다에서 왔노라고 자랑스럽게 알려왔다.

"어떻게 그렇게 확신하지요?" 내가 신중한 목소리로 물었다.

그녀가 아프리카계 미국인 사이에서 맹위를 떨치고 있는 새로

---

* 이탈리아 철학자 안토니오 그람시의 개념으로, 전통적인 마르크스주의에서 논의되는 산업노동자 계급과는 달리 일관된 정치적 정체성을 결여한 하위계층을 의미한다. 가야트리 스피박은 이 개념을 식민 지배로부터 독립한 뒤 맞이한 자본주의 질서 속에서 이중, 삼중으로 억압받는 제3세계 여성들로 상정했다.

운 유행에 대해서 설명해줬다. 몇백 달러를 들이면, 일류 역사가들로 구성된 협회에서 공인한 가계도를 입수할 수 있다는 것이었다. 나는 내심, 나의 친가와 외가인 부콜롱 가문과 키달 가문을 거슬러올라가 정확하게 내 선조의 뿌리를 찾아낸다 한들, 그로 인해 내 삶이 얼마나 바뀔지 자문했다. 그 질문에 대한 답을 찾아낼 시간이 없었는데, 내 오른쪽에 앉아 있던 마야 글로버가 끼어들었기 때문이었다.

"자매님, 난 마야 글로버예요."

그녀의 말을 들어보면, 양심 없는 역사가들에게 속아넘어간 순진한 사람들이 셀 수 없을 정도였다. 두 여성은 격렬하게 토론했지만 합의에 도달하지 못했다. 그들은 서로 의견이 달랐지만, 비행기에서 내릴 때 우리는 세상에 둘도 없는 친구 사이가 되었고, 관광버스에 나란히 앉아서 코토누호텔로 향했다. 시원한 음료로 간신히 목을 축이자마자 우리는 다시 버스에 올라타 뱀을 모시는 신전이 있는 우이다로 향했다. 공항에서 산 관광안내서를 미리 읽은 덕에 단이라고 불리는 뱀의 중대한 역할에 대해 이미 알고 있었다. 세계를 창조한 두 여신 마우와 리사의 신성한 배설물에서 태어난 단은 세상의 창조에 기여했고 그의 비늘 덕분에 세상의 균형이 유지되었다.

근사한 과일과 채소가 넘쳐나는 시끌벅적한 시장 옆에 흙벽으로 지어진 작은 가옥이 있었다. 그리고 바로 그곳에 거대하고 거무스름하며 니스칠을 한 듯 광택이 흐르는, 열두어 마리에 달하는 왕뱀들이 꿈틀거리고 있었다. 어떤 뱀들은 바닥을 기어다녔다. 또 어떤 뱀들은 서로 뒤엉켜 똬리를 틀고 있었는데, 그들을 섬기는 여성 사제들이 가슴과 발을 드러내놓고 기도를 읊조렸다. 아프리카계 미국인들은 혐오감도 공포도 전혀 느끼지 않는지 두 손으로 덥석 뱀을 잡았고, 그러자 그 끔직스러운 피조물이 졸린 눈을 뜨고서 분홍빛 혓바닥을 날름거렸다. 가냘픈 에이미 에반스가 그 거대한 뱀 한 마리를 잡아서 자신의 몸에 두르려 하는 순간 나는 용기가 팍 꺾였다. 에이미는 입술이 벌벌 떨리고 두 눈에 눈물이 그렁거리는 모습으로 보아 접신 상태에 든 것 같았다.

나는 물러나 밖으로 빠져나왔고, 시장통의 시끄러운 군중 속에 파묻혔다. 그곳에서 그저 탐스러워 보인다는 이유로 처음 보는 과일들을 사면서, 내가 잊고 살았던 기쁨, 해방의 기쁨을 매 순간 맛봤다.

"신전에서 금방 나가더군요!" 다시 나를 마주한 에이미가 질책하는 어조로 말했다. "마법 같았어요!"

마법이라고? 나는 내가 느꼈던 혐오감은 속으로만 간직하고, 다시 버스에 올랐다.

그다음 일정은 범상하지 않은 인물인 사샤 아지나쿠의 집을 돌아보는 거였는데, 그렇게 볼거리가 많지는 않았다. 본명이 프란시스쿠 지 수자인 샤샤 아지나쿠는 브라질인이었고, 공무원 자격으로 다호메이에 왔다. 상주앙 드 아주다 요새에서 노예 출납 장부를 정리하는 직책을 맡고 있었다. 그러다가 게조왕의 신임을 얻고, 총애를 받게 되었다. 인간 가축 매매 독점권을 갖는 총대리인으로 승진한 그는, 처음에는 영국이, 그다음에는 프랑스가 노예무역을 금지했는데도 노예 매매를 계속했다. 1818년 이후에도 그 인물 덕분에, 선창에 인간 가축을 잔뜩 실은 노예선들이 쿠바나 브라질을 향해 항해에 나섰다. 상당히 잘 꾸며놓은 열두어 칸짜리 샤샤의 저택은 안락의자, 장의자, 소파, 다양한 높이의 테이블들, 서랍장, 닫집 달린 침대 등 잡다한 가구들로 가득했다. 거실에는 전신 초상화가 당당히 걸려 있었다. 샤샤는 잘생기지는 않았지만 위압적이었다. 구부러진 거대한 코가 넓적하고 네모진 얼굴 한복판에 뾰족한 봉우리처럼 튀어나와 있었다. 귀까지 내려오는 술이 달린 검은색 빵모자를 쓴 모습이었다. 넓은 뜰에는 음울한 기억이 서린 가건물이, 즉 포로들이 자신들을 유배 보낼 노예선을 기다리며 머물던 창고가 세워져 있었다.

몇 년 뒤 소설 『세구』에 쓸 자료들을 모으던 때, 베냉의 어느 역사학자가 그 집이니 초상화니 가건물이니 하는 그 모든 것이 관광부 장관이 하나에서 열까지 만들어낸 가짜라고 알려줬다.

그렇다 한들! 그때 처음으로, 관광지에 머물면서 상상력이 불타올랐다. 그러한 신화, 전설, 브라질로 팔려갔다가 돈을 주고 자유를 산 뒤 다시 아프리카로 돌아오는 데 성공한 '아구다'와 현지에서 태어난 본토박이들 사이의 알력에 관한 이야기, 그 모든 것이 이십 년 뒤에 쓰게 될 소설 내용에 생생함을 부여했다. 당시 경험이 나의 상상에 미친 영향이 엄청나서, 어쩌면 이야기의 일관성을 해치면서까지 기를 쓰고 소설 주인공 중 한 명인 트라오레 가문의 아들 말로발리가 떠돌다가 다호메이로 흘러들어가게 만들었다.

우리가 묵는 호텔은 바닷가에 있었고, 아주 예쁜 해변이 내다보였다. 저녁이 다가오자 함께 단체 관광을 온 다른 여행객들이 해수욕을 하면서 아이처럼 소리를 질러댔고, 그동안 에이미, 마야, 그리고 나, 이렇게 셋은 술을 잔뜩 마시고 결국 기분이 울적해졌다. 눈물을 글썽이다시피 하면서 각자 자신의 짝에 대해 거센 비난을 해대다가 불만을 세세하게 늘어놓았다. 놀랍게도 나도 어느 결엔가 콰메의 이기주의에 대해 불만을 늘어놓고 있었다. 여태껏 속으로조차 한 번도 시인하지 않았던 사실이었다. 우리는 결국 똑같은 의문에 봉착하게 되었다. 왜 남자들은 그렇게 여자의 삶을 망쳐놓는 걸까?

"흑인 남자들이란!" 마야는 흑인 남자라고 특정하면서 자신도 모르는 사이에 리나와 같은 의견을 피력했다. "그들을 그렇게 키웠으니까 그런 거지. 어머니, 여자 형제, 사회 전체가 그들이 해서는 안 되는 일은 하나도 없다는 듯이 그들을 대우하잖아."

마야는 브루클린에 있는 그 유명한 메드거 에버스 칼리지에서 강의를 했고, 의견을 말할 때 사회학적 무게를 더해 내게 깊은 인상을 안겼다.

그다음날 이른 아침부터, 다호메이 왕들의 옛 거처였던 싱보지왕궁을 보러 아보메로 길을 나섰다. 친숙한 장소에 곧 다시 가 보게 되는 것처럼 가슴이 콩닥콩닥 뛰었다. 그곳에서 자라고 줄줄이 이어진 뜰에서 공을 찼던 루이 베한진이 그곳 이야기를 상세히 해준 적이 있었다. 하지만 왕궁을 보수하는 중이어서 다른 곳은 거의 가보지 못하고 제일 큰 정원에서만 거닐고 사진을 찍었고, 기념품 상점에 들렀다가 흡족하게도 폴 아주메의 역사소설 『도기시미』를 구입할 수 있었다. 그 책을 읽은 덕분에 가장 번성하던 시절의 왕궁을 그려볼 수 있었는데, 그 시절의 왕궁은 우이다의 면적보다도 더 넓게 퍼져 있었으며, 왕궁엔 왕과 왕비들과 자식들과 고관대작들과 활을 더 잘 쏘기 위해서 한쪽 가슴을 절단했던 여전사들 아마조네스와 왕의 군대, 그리고 수많은 사제와 점술가와 음악가와 가수와 장인과 온갖 종류의 하인 등, 약만 명에 달하는 사람들이 살아갔다. 그날 아쉽게도 접근이 금지

됐던 구역에는 왕릉이 모여 있었는데, 왕이 안치된 둥근 가옥 형태의 무덤은 지붕이 어찌나 낮게 내려와 있는지, 안으로 들어가려면 기어들어가는 수밖에 없었다.

점심식사 후 우리는 춤과 음악회를 구경했는데, 내 판단으로는 영혼이라고는 찾아볼 수 없고 그저 관광과 상업적 목적으로 마련된 것이었다. 모자를 쓰고 붉은색 헐렁한 바지를 입은 대여섯 명의 북꾼이 중구난방 각자 북을 쳐대는 동안, 춤꾼들은 정말 제각각으로 동작들을 해 보였다. 형편없는 수준인데도 관중은 만족한 듯 보였다. 손바닥이 부서져라 박수를 치고 발을 구르고 기쁨의 함성을 질렀다.

이 아프리카계 미국인 관광객들에게 아프리카는 무슨 의미였을까? 인종차별주의로 구획되고 공민권 진전이 지지부진한 탓에 옥죄이는 삶을 이어가며 고단한 일상을 살다가 잠시 맛보는 낯선 느낌. 며칠 뒤면 그들은 강렬한 태양에 눈이 부시고 소리와 리듬이 귓전에서 웅웅대고 혀는 익숙하지 않은 맛에 물든 채, 다시 브루클린, 워싱턴 D. C. 혹은 에임스, 아이오와를 향해 떠나가리라. 살짝 야만적이고 그만큼 더욱 유혹적인 이미지들이 머릿속을 떠돌리라. 그들은 노예선 선창 바닥에서 신음했던 선조, 이름 없는 수천의 사람은 짐짓 망각한 채, 작고한 왕들을 둘러싼 호화로움에 대한 추억을 반추하리라. 나는 그들과 교감할 수 없었다. 나에게 아프리카는 일상에서 잠깐 누리는 낯선 느낌도, 일탈도 아니었다. 그곳은 나의 생활 반경으로, 몇 년 전부터 발버둥쳐오고 있었다. 아프리카계 미국인 작가인 폴 마셜의 인터뷰를 읽은 참이었다. 작가는 케냐를 여행하는 동안 아프리카인이 자신을 "자매"라고 부르는 소리를 들으며 얼마나 감동했는지 끊임없이 되뇌었다. 그 정도로 충분하다면야!

시장에 가면 만나는 상인들, 택시 운전사들, 플래그스태프 하우스 모퉁이에 자리잡은 조그만 가판점에서 담배나 새콤한 사탕을 파는 장사꾼들도 나를 그렇게 불렀다. 사실 '자매'라는 호칭은 그저 '아가씨'나 '부인'에 상응하는 예의바른 호칭인 듯했다.

아크라로 돌아가기 전날, 에이미와 마야가 나이트클럽 '뢰유'에 가자고 졸랐고, 전국에서 가장 실력이 좋다는 악단이 그 클럽에서 연주한다고 했다.

"넌 흑인 여자면서 춤추기를 좋아하지 않다니!" 에이미는 기분이 상해 한마디했고, 마야는 나를 연민의 눈길로 바라봤다. "너한테 안된 일이지 뭐! 넌 우리랑 샴페인이나 한잔 마셔."

춤은 이문이 남는 쾌락의 거래이기도 했다. 몇 CFA 프랑*만 내

* 서아프리카 및 중앙아프리카 일부 국가에서 사용하는 화폐 단위.

면 남녀 관광객들이 자신에게 맞는 짝을 구할 수 있었다. 이렇게 잠시 머물다 가는 관광객들에게는 그런 것 역시 아프리카이기 때문이었다. 남자들은 고작 페니스의 크기로만, 여자들은 성적 매력의 강렬함으로만 그 존재가 축소된다. '뢰유'는 상당히 야릇한 장소였다. 보라색 혹은 빨간색 실핏줄 같은 것이 뻗쳐 있는 도자기 재질로 된 눈알 모양의 커다랗고 하얀 구가 천장에 부착되어 있었는데, 그 둥그런 물체로부터 때로는 초록색, 때로는 노란색, 때로는 오렌지색 혹은 푸른색 빛이 쏟아져내리면, 춤추는 남녀는 불안감을 자아내는 외계인처럼 보였다. 우리가 자리에 앉자마자 얇은 천으로 만든 꽉 끼는 바지를 대담하게 입은 수컷 수십 명이 우리를 덮쳤고, 우리는 미처 샴페인 잔을 비울 시간조차 없었다. 이렇게 남자들이 몰려들자 친구들은 기뻐하며 낄낄거리다가 곧 자리에서 일어나 춤을 추러 갔고, 수치심도 없이 그 발정난 몸에 자신의 몸을 비벼댔다. 나는 그들을 따라 할 수가 없었다. 쾌락과 사랑을, 섹스와 마음을 분리하지 못했기 때문이었다. 섹스를 하려면 내가 상대를 사랑하거나 적어도 사랑하고 있다고 생각해야만 한다. 그곳의 남자들에게 끌리지 않았다. 친구들은 저마다 분주했기 때문에 내가 '뢰유'에서 할 일은 전혀 없었다. 다시 호텔로 돌아가는 수밖에 없었다. 몇몇 집요한 남자들의 유혹에 귀를 닫은 채 나이트클럽 출입구로 향했다.

밖으로 나오니, 실내의 광란적 분위기와 완벽한 대조를 이루는 밤이 고요하고 오만하게 스며들었다. 은은하게 철썩이는 바닷소리 말고는 아무런 소리도 들리지 않았다. 멀리서 북을 치는 소리가 들려왔다.

내 여행의 목적은 달성되었는가? 며칠 동안 나의 일상에서 단절된 채 살았다. "내 머릿속을 타인의 머릿속에 비벼대고 갈아"* 댔다. 나는 다시 죄수복을 걸칠 준비가 되었다는 느낌이 들었다.

마야는 그뒤로 다시 보지 못했지만, 1995년 뉴욕에 정착한 뒤 에이미는 다시 만났다. 그녀는 스테이튼 아일랜드에 있는, 어머니가 물려준 집에서 살고 있었다. 다람쥐로 가득한 그녀의 정원에서는 자유의 여신상이 보였다. 우리의 운명은 어느 정도 비슷한 길을 걸었다. 에이미는 졸리바강을 따라 여행하다가 그 지역의 기이한 아름다움에 강렬한 인상을 받았다. 그후로 그녀는 종종 규모가 엄청난 자신의 조각 작품을 통해 그 아름다움을 재현하려고 하였다. 그런 작품들 가운데 '세구'라고 제목을 붙인 작품은 스페인 현대미술관에 당당히 입성했다. 안타깝게도 나는 그 작품을 보지 못했다.

* 몽테스키외가 『에세』에서 여행에 대해 한 말.

다시 아크라에 돌아와 레일라를 불러봤지만, 아이의 모습이 보이지 않았다. 아디자가 설명하기를, 사타구니 부분이 아프다고 아이가 징징거려서 콜레 부 병원에 데려갔더니, 소아과의사가 종기가 생겼다고 진단했단다. 그래서 병원에 입원시키고 수술을 받았고, 일은 모두 순조롭게 진행되었지만, 스물네 시간이 지난 뒤 아이를 퇴원시키려고 가보니, 바로 그날 아침에 전염병이 발생해서 병원에 입원해 있던 아이들을 격리했다는 소식을 듣게 되었다고 했다.

나는 무너졌다.

신은 내가 아이들과 떨어지기를 원하지 않는다는 신호가 아니었을까?

"아이가 나타나면……"*

빅토르 위고

몇 주 후 콜레 부 병원에서 전화가 와서, 딸아이를 찾아가라고 했다. 레일라는 열두어 명 정도 되는 다른 아이들과 함께 뜰에서 줄넘기 놀이를 하고 있다가, 다가가는 나를 반가운 기색 하나 없이 지켜봤다. 레일라는 프랑스어를 완전히 잊어버리고 영어도 대부분 잊어버려서 아크라 지역 언어인 가어만으로 의사 표현을 하였고, 그래서 아디자만이 아이의 말을 이해했다. 그 바람에 둘 사이의 유대관계가 더욱 강해졌고, 나는 질투심에 시들어갔다. 10월에 들어서자 다호메이에서 보낸 휴가는 오래전 추억에 지나지 않게 되었고, 아이들과 콰메 사이의 긴장이 다시금 더욱 심해

* 시집 『가을 잎』(1831)에 수록된 시로, 천진한 아이를 향한 사랑이 녹아 있다.

진 가운데 예상치 못한 방문객을 맞게 되었다. 바로 콩데였다. 확실히, 나의 행동은 이를 데 없이 위선적이었다. 다시는 그와 함께 살지 않으리라고 굳게 마음먹었었다. 그랬다 한들! 그동안 규칙적으로 그에게 나와 아이들의 소식을 전했다. 게다가 형편이 되는 대로 다시 합치자는 말을 절대로 부정하지도 않았다. 어느 날 오후, 옆 사무실에서 엉터리 영어로 더듬거리는, 즉각 알아차릴 수 있는 그의 목소리가 귀에 들리자 나는 내가 꿈을 꾸나 보다 생각했다.

"아내를 찾고 있습니다, 마리즈 콩데라고. 아내가 일하고 있는 곳이 여기가 맞나요?"

나는 교실에서 쏜살같이 달려나갔다. 비서들이 터져나오려는 웃음을 가까스로 참고 있었다. 그가 기니식으로, 검은색 사루엘* 에 목둘레에 수가 놓인 줄무늬 튜닉을 입고 있어서였다. 보통 그 시간대면 한적한 3층의 카페로 그를 데리고 갔다. 그곳에서 진실을 털어놓지 않을 수 없었다. 혼자가 아니라 다른 남자와 함께 살고 있다고. 이제 나의 삶에 그의 자리는 없다고. 내 말을 들으면서 콩데는 아무런 감정도 드러내지 않았고, 그저 이렇게 말했다.

"놀랍지도 않군. 이곳으로 오기 전에 많이 망설였어. 당신을

---

* 허리와 가랑이는 넓고 바짓단 부분은 좁은 이슬람문화 지역의 전통 바지.

너무나 잘 아니까. 당신은 거짓말쟁이야. 거짓말을 너무나 잘하지. 당신은 이제 나를 사랑하지 않아. 심지어 나를 사랑했던 적도 없지."

그 순간 눈에서 눈물이 쏟아졌다. 수치심의 눈물. 회한의 눈물. 나 스스로도 그 점을 인지하고 있었기 때문이었다. 그 남자를 이용해먹고 농락하기까지 했던 것이다. 그는 나를 달래려고도 하지 않고 울게 내버려두었고, 그 끔찍한 기니산 갈색 봉투를 하나 내밀었다.

"자, 받아! 세쿠가 당신에게 보내는 편지야."

가여운 세쿠 카바는 나의 거짓말을 곧이곧대로 믿었고, 우리 가족이 드디어 모여 살게 되었다는 생각에 기뻐하였다.

그 편지에는 이렇게 적혀 있었다. 당신의 경험을 통해 당신이 자신과 아이들을 위한 탄탄한 미래를 구축해나가기를 기원합니다.

"당신을 더 오래 붙잡고 귀찮게 하지 않겠어." 콩데가 자리에서 일어나 가방을 들어올리면서 말했다.

"어디로 갈 건데?" 그의 주머니에 땡전 한푼 없으리라는 생각에 내가 어름거렸다.

그가 의연하게 말을 이어갔다.

"당신의 삶에서 사라져주기 전에 아이들을 한번 안아보고 싶어."

우리는 트라이엄프에 올라탔다.

"예쁜 자동차가 있군!" 그가 긴 다리를 편하게 펴면서 말했다. "이제는 운전할 줄 알아?"

사실 코나크리에서 운전면허 시험을 여러 번 봤지만, 매번 허탕이었다. 번번이 떨어졌다. 운전 강사들은 나에게 너무 긴장한다고 말했다. 그 추억이 떠올라서 나는 다시금 눈물을 쏟았다. 가나 언어연구소는 집에서 제법 먼 곳에 위치했다. 나는 트럭, 버스, 또다른 자가용들을 아슬아슬하게 피하면서, 평소 속도대로 길을 내달렸다. 콩데는 아무 말 없이 내 옆에 바싹 긴장한 채 앉아 있었다.

"당신은 어쩌고 싶은 건데?" 우리가 도착하자 그가 겁에 질린 채 물었다. "나를 죽이고 싶어? 그게 당신이 원하는 거야?"

그 시간에 아이들은 정원에서 놀고 있었다. 콩데를 다시 만난 아이들이 어리둥절해하다가 기쁨을 터뜨리는 광경에, 평소에는 그다지도 감정을 드러내지 않던 아이샤마저도 기뻐하는 모습에 마음이 아팠다. 그러니까 아이들은 아버지를 그토록 그리워했다는 말인가? 아이들은 콩데에게 달려들어 서로 키스를 하겠다고 다투었고, 그의 짤막한 턱수염을 잡아당겼다.

"내가 완전 사랑하는 아빠! 내가 젤 좋아하는 아빠!" 실비가 황홀한 목소리로 흥얼거렸다.

무슨 이유에서였는지는 잊어버렸지만, 콩데는 그날 바로 떠나지 않았다. 일주일이 넘도록 우리와 함께 지냈다. 저녁식사를 마치고 나면, 아이들은 콩데와 드니가 함께 쓰고 있는 침실로 몰려갔고, 밤이 제법 이슥도록 웃고 떠들었다. 서로 무슨 이야기를 하는 걸까? 나는 질투에 시달렸고, 콰메는 짜증에 시달렸다.

"가서 조용히 좀 시켜!" 그가 명령했다.

내가 아이들의 방으로 들어가보면, 아이들은 농담을 주고받고 있었고, 그 모습을 보면서 내 마음은 죄책감으로 가득찼다. 아이들이 그렇게 즐거워하고 편안한 모습을 본 지 오래였다. 그처럼 흥겨운 분위기에 찬물을 끼얹을 엄두가 나지 않아 나는 입술에 경직된 미소를 띤 채 가만히 있었다.

그 시기는 진정한 지옥이었다. 어떤 여자든 간에, 한 지붕 아래 전남편과 애인과 함께 사는 일은 피하라고 권하겠다. 3인의 즐거운 동거생활이 될 수는 없으니까. 콰메는 콩데를 경쟁자로도 조력자로도 보지 않았다. 그를 도도하게 내려다봤다. 콰메는 광대, 상스러운 배우를 마주하고 세련된 영어로 의사 표현을 하는 지식인이자 유수의 대학 옥스퍼드를 졸업한 사람이었다. 또한 평민을 마주한 고귀한 태생의 남자였다. 두 개의 아프리카가 대면했다고 말할 수 있을 것이다. 흥미롭게도, 콩데를 향한 콰메의 경멸이 나에게까지 미쳤으니, 그는 내 결혼생활의 한심스러운 면을 강조했다. 하지만 가장 고통스러웠던 것은 콩데에게 이혼을 요구하라고, 특히 지체 없이 아이들을 돌려주라고 콰메가 고집했다는 점이었다. 돈이 있었던 적이 없었고 늘 수임료를 지불하지 않는 고객들에 대해 불평을 늘어놓던 그가, 내 아이들과 콩데가 기니로 돌아갈 수 있게 항공권을 사주겠다며 나섰다.

"내 거래 은행에 얘기해서 처리하겠어!" 그가 단언했다.

매일 밤 그는 나에게 호통을 쳤다.

"그 사람한테 말했어?"

내가 말하지 못했다고 어물거리면 그는 밤중에 차에 올라타고 어디론가 가버렸다.

마침내 콩데가 엄청난 초과 수하물과 함께 비행기에 올랐다. 커다란 트렁크 안에 세쿠와 그날랑베에게 보내는 연유 통조림, 가루 커피, 차, 정어리, 돼지기름, 마가린, 참치, 고등어, 토마토소스, 비스킷, 쌀, 쿠스쿠스를 잔뜩 넣어주었다. 나는 무진 애를 쓴 끝에 눈물을 흘리지 않고서 그에게 작별을 고할 수 있었다. 우리는 그후로 근 십 년이 흐르고서야 아비장에서 다시 만나게 되었는데, 추방당한 콩데는 그곳으로 망명하여 일자리를 구해야만 했다. 우는 아이들을 최대한 달래가면서 공항에서 돌아와 보니, 콰메가 테라스에서 이제나저제나 나를 기다리고 있었다.

"내 장담하는데, 그 사람한테 말도 못 꺼내보고 그냥 떠나보냈지?" 그가 소리질렀다.

그러더니 늘 그랬듯이 차를 몰고 나가버렸다. 나는 콰메를 무척이나 원망했었지만 이제 와 돌이켜보면 그가 이해된다. 당시 그는 아직 젊은 남자였고, 우리 둘 다 겨우 서른을 넘긴 참이었다. 그는 초짜 변호사였고, 그 직업은 만만치가 않았다. 그로서는 먹여야 할 입을 넷이나 더 달고서 사회생활을 시작하고 싶은 마음이 전혀 없었으리라. 애정 면에서는, 그는 내 마음속에 거대한 자리를 차지하고 있는 아이들에게 질투를 느꼈음이 틀림없다. 하지만 그는 수완도, 교섭 능력도 없어서 그저 나를 끝없이 다그쳤다.

실제로 나도 모르는 새 어떤 생각이 내 머릿속에서 서서히 길을 내어가고 있었다. 관습적인 표현을 빌려, "인생에서 무언가를 이루"고 싶다면, 헤어나오지 못하고 있는 보잘것없는 삶과 끝장을 내고 중단했던 공부를 다시 시작해야 함을 깨달았다. 이런 부양의 의무를 지고서 어떻게 그런 삶을 살아가겠는가? 만약 어머니가 살아 있었다면, 몇 년 뒤 에디가 그렇게 했듯이 나 역시 어머니에게 아이들을 잠시 맡겼으리라. 에디는 자유롭게 유엔 공개 채용 시험을 준비하기 위해서 아들 새리를 과들루프로 보냈다. 난 고아였다. 그 점을 잊지 말자. 그렇다면, 어떠한 도움을 받을 수 있으려나? 당혹스럽게도, 아이샤를 입양하고 싶어했던 주누 부부에게 도움을 요청해볼까 하는 생각이 종종 들었다. 하지만 성깔이 대단한 나의 어린 딸이 너무나 소중하였기에 그러한 생각을 실행에 옮기지는 않았다.

가나에서 체류하던 시기는 확실히 몹시 고통스러웠다. 하지만 바로 그 시기에 창작을 해보려는 마음이 내 안에 처음 생겨났다고 할 수 있다. 나는 가나 언어연구소에서 소위 상급생으로 분류되는 학생들을 대상으로, 수강 인원이 이십여 명 남짓한 강좌를 두 개 맡았다. 그러니까 프랑스어의 초보적 지식을 가르치기보다는, 수강생들에게 번역 기법의 기초를 가르쳐줘야 했다. 나는 그 일에 적합한 자격을 전혀 갖추지 못했고, 탄탄한 실무 능력을 요구하는 그 분야에 전혀 준비가 되어 있지 않았다. 게다가 번역은 나를 녹초가 되게 만들었다. 결국 그런 식으로 텍스트를 다루는 일의 지루함을 이겨내보려고 나만의 애독서에서 발췌문을 뽑아냈고, 그것을 통해 그 책 내용의 아름다움을 학생들이 '느끼게 만드는' 것을 나의 임무로 삼았다. 그렇게 만든 선집이 지금은 한 부도 남아 있지 않다. 내가 기억하기로는, 그 선집에 온갖 종류의 글들을 잡다하게 모아놨던 것 같다. 특히 에메 세제르, 생고르, 아폴리네르, 랭보, 생존 페르스의 시들과 파스칼의 『팡세』, 그리고 상당한 분량의 프란츠 파농의 글과 성서의 발췌문들. 그 선집이 그 자체로 어찌나 로제의 마음을 사로잡았는지, 그는 간행을 결정했다. 그가 선집 출간 기념 파티를 연구소 정원에서 열어주었다. 가나에서는 파티를 열고 술을 마실 수만 있다면 어떤 구실도 환영했기 때문에, 이백여 명의 사람이 잔디밭을 누볐다.

"이제 작가 선생님이야!" 로제가 즐거워했다.

책 표지에 박힌 내 이름을 본 건 그때가 처음이었다. 그렇다고 해서 기쁜 건 전혀 아니었다. 오히려 그 반대였다. 일종의 두려움과 당혹감, 사인회장에 잔뜩 쌓여 있는 나의 소설책들을 마주할 때면 오늘날에도 여전히 느끼는 여러 감정을 자아냈다. 그리고 그 무렵, 왜인지는 모르겠지만 나를 몹시도 대단하게 여기는 리나가 가나 방송국에 나를 추천했다. 그녀의 친구 아토밀스 씨가 그 방송국에서 일했는데, 그녀는 여성 문제를 다루는 주간 방송 프로그램을 기획하고 싶어했다. 독창성이라고는 전혀 없는 기획임은 누구나 짐작하리라! 우려먹고 또 우려먹은 주제니까! 개인의 경력과 남편을 위한 내조와 어머니로서의 의무를 어떻게 병행하는지 유명 여성 인사들을 인터뷰하는 형식이었다. 나를 소개한 리나를 생각해서 그 일을 받아들였다. 나는 라디오 스튜디오 안에서 어머니의 자궁 안에 있을 때처럼 보호받는 느낌이 들었고, 내가 실패한 지점에서 다른 여성들은 어떻게 성공했는지 발견하면서 충족감을, 감히 이렇게 말해도 된다면, 행복감을 느끼게 될 줄은 예상하지 못했다. 극작가인 에푸아 서덜랜드*와의 인터뷰가 특별히 흥미로웠던 기억이 난다. 그 프로그램은 석 달 뒤 예산 부족으로 중단되었다. 하지만 결코 풍미를 잊을 수 없는 음식을 이미 맛본 뒤였다. 그뒤로 나는 여러 해 동안 RFI에서 자클린 소렐이 기획한 '천 개의 태양'이라는 프로그램의 핵심 인물 중 한 명이었다.

그러한 창작성의 발현에 대해 설명해보자면, 한 가지 설명밖에는 떠오르지 않는다. 나도 모르는 사이에 자신감을 회복했다는 것이다. 나는 나의 부족함과 실패에 대한 강박적 사고에 갇혀 더이상 앞으로 나아가지 못하고 있었다. 로제와 진의 애정이 내게는 기댈 수 있는 지주였고, 갱생의 묘약이었다. 나의 지적 자질에 대한 두 사람의 믿음이 어찌나 확고하던지 나 역시 그렇게 믿게 되었다. 게다가 아크라의 넘치는 활기가 내 안에 스며들었다. 가나 언어연구소에서의 내 수업에 학생들이 밀려들었다. 나의 강좌는 생각을 나누는 장이 되기 시작했고, 그후로도 그렇게 자리잡았다.

어느 날 라디오 방송국 뜰에 있는데, 낯선 젊은이 둘이 내게 다가왔다.

---

* Efua Theodora Sutherland(1924~1996). 가나 극작가, 연극 연출가.

"마리즈 콩데 씨시죠?" 두 사람이 내게 물었다. "당신을 만나고 싶었어요. 당신이 진행하는 프로그램을 좋아하거든요."

그런 말을 들은 건 그때가 처음이었다. 몹시 감동받았다.

그 무렵 아주 이상한 경험을 했다. 아이들은 잠이 들고, 콰메가 어디 있는지는 하느님이나 아실 테고, 그렇게 나 홀로 있을 때였다. 집 주위의 정원은 어둠과 침묵 속에 잠겨 있었다. 갑자기 현재가 사라지면서 과들루프와 파리 그리고 기니에서 보낸 과거의 삶에서 솟아난 사건들이 주위를 빙빙 돌다가 강렬하게 나를 사로잡았다. 장 도미니크에게 버림받은 일, 어머니의 죽음, '교사들의 음모' 사건, 그리고 겁에 질린 채 벨뷔중학교 교정에 몰려서 있는 소녀들. 또한 클럽 '자르댕 드 카마옌'*에서 나를 억지로 플로어로 끌고 나가면서 웃는 아밀카르 카브랄의 모습도 떠올랐다. "혁명가들은 양아치처럼 군다고!" 그가 외쳤다.

그러한 순간들에 시간이 파괴할 수 없는 어떤 생명력을 불어넣을 수 있다면 좋을 텐데. 어떻게 그럴 수 있는 걸까? 답을 몰랐다.

그때 처음으로 글을 써보고 싶은 유혹을 느꼈던 것 같다. 하지

---

* 앞서 언급된 '오 자르댕 드 기네'와 동일한 클럽으로 보인다.

만 그러한 느낌들과 감각들을 종이 위에 일단 쏟아놓으려 해봐야 한다는 것은 알지 못했다. 그때 일은 설명할 수 없으며 거의 신비로운 체험으로 남게 되었다.

"궁지에 몰린 기억"

에블린 트루요

삶이 여전히 절뚝거리는 심술쟁이답게 정열의 밤과 의기소침한 나날과 학구적인 시간들을 오가며 흘러가던 어느 날, 그 어떤 순간에도 예상하지 못했던 중요한 사건이 발생했다.

역사에 기록된 날짜로는 1966년 2월 24일 새벽 네시경, 콰메와 나는 굉음 때문에 깨어났다. 대포 소리와 일제사격 소리와 울부짖는 소리. 겁에 질린 아이들이 콰메의 금지령을 어기고 우리 침실로 뛰어들어왔고, 콰메 역시 아이들을 내쫓을 생각이 없었다. 잠시 동안 우리는 아무 말 없이 서로 꼭 부둥켜안고 있었다. 그러다 콰메와 나는 조심스럽게 회랑으로 나가보았다. 귀가 멍멍해질 정도의 굉음이 들린 뒤, 사위가 전처럼 다시 조용해졌다. 하지만 정원의 목련나무들 너머로 보이는 하늘은 주홍빛이었다.

여섯시쯤, 텔레비전에서 군사 쿠데타가 일어나 공화국 대통령이 실각했음을 알렸다. 쿠데타를 일으킨 장본인들인 코토카 대령과 아프리파 사령관이라는 이름을 들어본 건 그때가 처음이었다. 우리는 대경실색한 채, 아주 평범해 보이는 군복 차림의 화면 속 두 젊은 남자를 보았다. 그들은 자신들이 왜 그런 행동을 했는지 설명했다. 이유는 다음 세 마디로 요약되었다. 콰메 은크루마는 독재자였다.

그들은 시민들이 각자 맡은 바 소임을 다해주기를 당부했다. 치안 유지를 위해 등화관제가 선포되었고 초중고와 대학은 모두 문을 닫았다. 여덟시쯤—신이시여! 그런 순간에는 어찌나 시간이 느리게 흐르던지!—탱크 소리가 들려왔다. 종종 우리집에 와서 묵던 콰메의 남동생 쿼베나와 아디자에게 아이들을 맡기고, 콰메와 나는 걸어서 밖을 살피러 나가봤다. 플래그스태프 하우스에서부터는 더이상 나아갈 수가 없었다. 인접 간선도로마다 기뻐하는 군중으로 가득했다. 수많은 남녀가 얼굴에 마구 흰색 칠을 한 모습으로 행렬을 이루고 미친듯이 춤을 춰댔다. 흰색이 승리의 색임은 나중에 알게 되었다. 인파에 휩쓸려 우리는 도심까지 갔다. 이틀 전만 해도 신처럼 대접받던 사람의 동상이 산산조각난 채 땅바닥에 나뒹굴었고, 과격한 사람들이 여전히 잔해를 짓밟고 있었다. 나는 두 눈으로 보고도 믿을 수 없었다. 콰메 은크루마에 대한 반감이 점점 더 거세지고 있다는 것을 모르지는 않았다. 그리하여 코너 크루즈 오브라이언*은 영국의 주요 일간지에, 은크루마가 민중의 복지에는 그다지 관심이 없고, 물질 만능주의적이고 부패한 위선자들에게 둘러싸여 있으며, 기본권을, 특히 표현의 자유를 존중하지 않는다고 비난했다. 은크루마가 선임한 장관 중 한 명인 크로보 에두세이는 온통 도금칠된 침대를 구입하지 않았던가? 종교와 전통적인 권력 면에서 은크루마가 추진하는 개혁이 지나치게 과격하다고 비난하는 사람들이 점점 더 불어났다. 특히 알제리 민족해방전선의 투사들처럼 정당한 전투에 뛰어든 반식민주의 투사들뿐만 아니라, 옳든 그르든 "꼭두각시" 혹은 "제국주의의 하인들"이라고 칭해가며 민주적으로 선출된 정권들에 반기를 드는 사람들까지 모두 와서 머물 수 있는 은총의 항구로 가나를 변모시킨다고 비난했다. 정말이지 나는 그 지점에 대해 별 의견이 없었다. 하지만 가나에 정치범 수용소가 없다는 것이 내게는 중요해 보였다. 민중은 부족한 게 없었고, 꾸준히 나아지고 있는 생활수준은 사하라 이남 아프리카 국가들 중 가장 높은 축에 끼는 걸로 보였다. 그런데 대

* Conor Cruise O'Brien(1917~2008). 가나대학교 부총장을 역임한 아일랜드 외교관, 정치인, 역사가.

체 왜 이토록 기뻐하는 걸까? 예전에 내게 커다란 충격을 주었던 루이 베한진의 말이 떠올랐다.

"민중이 혁명을 일으킬 준비가 저절로 되어 있다고 믿는 건 착각이에요. 강다짐을 해야 합니다."

우리는 로제와 진의 집에 들렀고, 빌라에는 늘 보던 작가와 예술가들로 가득했는데, 이번에는 슬픔에 잠긴 분위기였다. 처음에는 놀랐지만, 곧 이해가 되었다. 갑자기 나를 압도한 감정은 불안과 두려움이었다. 로제처럼 계속 콰메 은크루마를 비판해왔던 이 사람들 모두 코토카와 아프리파라는 낯선 인물들의 수중에 들어간 나라의 앞날을 걱정했다. 이러니저러니 해도, 오사게포가 그렇게 폭력적인 방식으로 실각해서는 안 되었다. 실제로, 전적으로 만족감을 표현한 사람은 콰메 아이두뿐이었다.

"드디어 이 나라가 다시 태어나겠군!" 그가 반색했다. "이제 불관용과 정실 인사도 끝이야."

아무도 응수하지 않았다. 주누 부부가 콰메 아이두를 높이 산 적은 한 번도 없었고, 그렇다는 것을 나는 느낌으로 알았다. 하지만 두 사람은 나를 배려하며 감정을 속으로만 간직해왔다. 이후 로제가 백혈병으로 이른 죽음을 맞기 직전에 스위스로 병문안을 간 적이 있었는데, 로제는 그제야 이렇게 털어놓았다.

"당신이 그런 인간과 함께 있는 걸 보면서 진과 나는 속이 상했어요. 당신이 자만심에 가득찬 그 부르주아에게서 무엇을 발견했을지 궁금했죠. 그래요, 잘생기기는 했지. 하지만 그게 다일까요?"

나라고 별수 있겠는가! 사람들은 자신의 출신성분을 결코 부인할 수 없는 법! 나는 나 자신이 오만한 프티부르주아들 사이에서 나왔음을 잊을 수가 없었다. 그리고 어쩌면 나는 내 친구들이 생각했던 만큼 영리하지 않았을지도 모른다. 그게 아니라면 내 인생이 그렇게 엉망진창일 수는 없지 않았겠는가?

저녁이 될 무렵, 텔레비전에서 콰메 은크루마가 코나크리로 망명했고, 세쿠 투레가 그에게 기니를 공동으로 통치하자는 제안을 했다는 소식이 흘러나왔다.

"그 문제에 대해서 국민들의 의사를 물어봤을까?" 콰메 아이두가 의도적으로 도발적인 질문을 던졌다.

이번에도 역시 아무도 그에게 답하지 않았다. 어쨌든 그가 한 골 넣었음은 인정하자.

2월 26일, 학교는 여전히 휴교 상태라 회랑에 누워서 아이들에게 에니드 블라이튼의 소설을 읽어주고 있었는데, 경찰차 두 대와 영구차 같기도 하고 용달차 같기도 한 특이한 모습 때문에 사람들이 '검은 성모'라고 부르는 호송차 한 대가 뜰로 들어와서 화들짝 놀랐다. 쾅 소리가 나게 차문을 닫는 소리가 들리더니 열두어 명의 경찰이 내게로 몰려왔다. 그들 중 대장으로 보이는 뚱뚱하고 땅딸막하고 납작한 제모를 쓴 남자가 서류철을 열어젖히고 안에서 인쇄물을 한 장 꺼내더니 딱딱한 어투로 물었다.

"19XX년 2월 11일생, 기니 국적의 마리즈 콩데가 본인입니까?"

나는 과들루프에서 태어났고, 따라서 나는 프랑스 국적이라고 고쳐주려다가, 내가 기니 여권을 갖고 있음이 퍼뜩 생각났다. 그래서 고개를 끄덕였다.

"가나공화국 임시정부의 이름으로 당신을 체포합니다!" 경감이 말을 이었다.

"무슨 이유죠?" 나는 어리둥절하여 더듬거리며 물었다.

그는 아무런 대답 없이 부하들에게 손짓을 했고, 그들은 말이 떨어지자마자 부랴부랴 내 손에 수갑을 채우고 내 발에 족쇄를 채우더니 거칠게 호송차로 끌고 갔다. 그러자 아이들이 울부짖기 시작했고, 이렇게 완벽한 불협화음 속에서 경찰차들이 출발했다.

"가서 콰메에게 내가 체포됐다고 말해!" 깜짝 놀란 아디자가 회랑으로 나온 덕분에, 나는 그 틈에 그녀에게 소리쳤다.

『에레마코농』부터 『물이 차오르기를 기다리며』까지 내가 쓴 소설 여러 편에서, 주인공 중 한 명은 체포되어 호송차를 타고 간다. 사실, 그러한 기억은 잊을 수 없다. 그 기억은 여전히 나를 좇아다닌다. 사람들은 갑자기 삶이 끝나버렸고, 빛이라고는 철창 사이로 들어오는 희미한 빛뿐인 그 좁은 공간을 절대로 벗어나지 못하리라 생각한다. 그리고 이제는 미래도 없고 자유도 햇빛도 끝장났으며, 산 채로 관 속에 갇혀 어딘지도 모르는 곳으로 끌려간다고 생각한다. 그 순간 사람들이 겪는 감정은 두려움이 아니라 인격의 붕괴, 더이상 이 세상에 속하지 않는다는 확신이다. 호송차에 실려서 가는 길은 끝도 없이 이어지는 것만 같았다. 두 명의 경찰관이 나를 거칠게 끌어내렸고, 나는 내가 모르는 지역에 와 있음을 알아차렸다. 사람들은 나를 갓 지어진 콘크리트 건물로, 그러니까 앨버트 루툴리 수용소로 밀고 갔다. 사내아이들이 온갖 종류의 쓰레기가 굴러다니는 울퉁불퉁한 길바닥에서 아무런 근심 걱정 없이 공을 차고 있었다. 아이들을 향해 외치고 싶었다.

"어떻게 좀 해봐! 너희는 지금 나에게 무슨 일이 벌어지고 있는지 보이지 않니?"

경찰들이 나를 수용소 안뜰로 밀어넣은 뒤 줄줄이 이어지는 계단을 올라가게 했는데, 발에 족쇄를 차고 있어서 몹시 힘들었다. 그러고 나서 창문 없는 독방 안으로 들어갔고, 나는 그곳에 놓인 간이침대에 앉았다. 나는 기진한 채 여러 시간 동안 깜깜한 어둠 속에 가만히 있었다. 오줌을 지릴 판이었는데 문이 열리더니 여성 둘이 들어왔고, 놀라울 정도로 쾌활하고 자애로운 그 두 여성이 내 손목과 발목을 풀어주었다.

"이러니까 훨씬 낫지, 안 그래요?" 두 여성 중 한 명이 나에게 미소를 지었다.

두 여성은 검은색 바탕 여기저기에 커다란 흰색 얼룩무늬가 있는 희한한 제복을 입고 있었다. 두 여성은 여성의 사회적 지위 향상을 위해 특별히 창설한 여성 교도관 조직 소속이었고, 보통은 '암표범'이라고 불린다는 것을 알게 되었다. 나를 악취가 풍기는 변소까지 데려간 여성 교도관이 나의 죄목이 무엇인지 설명해줬다. 내가 최근에 적성국 기니로 망명한 콰메 은크루마에게 매수된 정보원이라는 것이었다. 나는 그런 말도 안 되는 소리를 듣고도 웃고 싶은 마음이 들지 않았다. 사람은 불행에 빠지면 웃음도 유머감각도 잃는다. 어떻게인지는 모르겠지만, 내가 아이 넷을 두고 잡혀 왔다는 소식이 수용소 안을 이미 한 바퀴 돌았다. 그리하여 나는 곧 모든 '암표범'들의 편애를 받게 되었다. 식사 수레를 끌고 다니는 여자가 내게 2인분을 주었지만, 손도 대지 못했다. 정치범 수용소에서 보낸 나흘 낮과 밤 동안, 불합리한 점들을 수도 없이 깨달았다. 그게 가나였다. 돈이면 그곳에서 모든 것을 살 수 있었다. 몇 세디, 몇 페세와*면 신선한 과일 바구니가 아침식사를 장식했다. 지폐 몇 장을 더하면, 점심식사로 맛있는 잎채소 소스가 제공되었다. 심지어 현지에서 생산된 위스키 대용품이 아니라, 진짜 스코틀랜드산 위스키를 손에 넣을 수도 있었다. 비록 내게는 땡전 한푼 없었지만 간수들은 당장이라도 돈을 꾸어줄 기세였고, 내가 아무것도 원하지 않자 몹시 애석해했다. 나는 마실 수도, 먹을 수도 없었다. 콰메와 아이들 가운데 어느 쪽이 더 그리운지 알 수 없었다. 가끔은 그들을 다시는 보지 못하리라는 확신이 들었다. 또 어떤 순간에는 다시 희망을 품어보기도 했다. 임시정부가 나를 정보원으로 오인할 정도로 어리석을 리는 없었으니까. 나흘째 되던 날 아침, 절망의 바닥에 닿았을 때 병사들이 감방 안으로 들어왔다. 그들 중 한 명이 석방이라고 알렸다. "내 변호사"가 면회실에서 나를 기다리고 있다고 말했다.

한꺼번에 여러 계단을 뛰어내려가다가 목이 부러질 뻔했다. 콰메가 위풍당당한 검은색 법복을 입고서 나를 기다리고 있었다. 그는 두 눈이 벌건 게 한없이 슬퍼 보였고 나를 기운 없이 껴안았다. 왜 이렇게 활기가 없지? 석방된 게 아닌가? 이제 집으로

* 가나의 화폐 단위로, 1세디는 100페세와.

돌아가는 게 아닌가? 우리의 삶이 다시 시작되는 게 아닌가?

수용소 안뜰에 모여서 내가 마치 스타라도 되는 것처럼 환호를 보내는 '암표범'들에게 화답할 수가 없었던 건, 콰메가 내 팔을 잡고 급하게 차로 데리고 갔기 때문이었다. 그가 차 안에서 상황을 설명해줬다.

"기니와의 연관성 때문에 첩보활동을 한다는 혐의를 받고 있어."

"알아, 알고 있어. 하지만 터무니없어!" 내가 외쳤다. "말이 되는 소리여야지."

"그렇겠지! 하지만 그것 때문에 당신은 가나에서 추방된다고!"

추방이라니!

"스물네 시간 내에 아크라를 떠나야 해. 그게 내가 얻어낼 수 있는 전부였어."

"말도 안 돼!"

갑자기 그가 눈물을 쏟았다. 혼란스러운 나의 기억 속에 뒤죽박죽 쌓인 장면 중에서 나는 특히 그 장면을 아낀다. 그 오만하고 까다로운 콰메 아이두가, 옥스퍼드에서 교육받은 배리스터 앳로(법정 변호사)로서 흠잡을 데 없이 완벽한 자신의 영국식 억양과 왕족 태생임을 그렇게나 자랑스러워하는 그가, 내가 떠나게 되자 운전대에 얼굴을 파묻고 어깨가 들썩일 정도로 오열하며 뜨거운 눈물을 쏟던 모습. 어머니가 아이를 달래듯이 나는 그를 두 팔로 안았다. 놀랍고 또 놀라운 점은, 나는 눈물 한 방울 내비치지 않았다는 것이다. 내가 고통을 느꼈는지 모르겠다. 어안이 벙벙해서, '추방되다'라는 그 야만스러운 네 음절의 의미를 이해하려고 애썼지만 성공하지 못했다. 내 정신은 곱아서 둔해진 것 같았다.

그뒤의 얼마 안 되는 시간은 기니를 떠날 때와 흡사했다. 집은 사람들로 북적였다. 이웃에 살지만 거의 알지 못하는 사람들과 한두 번 스쳤던 콰메의 친구들, 친척들, 아디자의 가족이 밀려들었다. 하지만 이번에는, 이렇게 사람들이 대거 우리집을 방문하는 의미가 궁금하지 않았다. 이미 알고 있었으니까. 그 의미를 특히 군사 쿠데타와 군사정권의 결정에 대한 부정으로 간주해서는 안 되었다. 나라는 사람을 향한 애정의 표현으로 간주해서는 더더욱 안 되었다. 그것은 어떤 상황이 되면 아프리카 사회에서 행해지는 의례 같은 것이었다. 누군가 고국을 떠나거나 이승을 떠날 경우. 누군가 혼인을 할 경우. 아이가 태어날 때. 사람들은 어두운색 옷을 입었고, 몇몇 사람은 아예 검은색 옷을 꺼내 입고 슬프고 경직된 얼굴을 하고 있었다. 그들은 내게 선물을 주었다. 아이들을 위한 의복들. 하이라이프 음반들. 무늬를 넣고 짠 파뉴들. 콰메의 사촌들인 알렉스와 이리나 보아두는 포르쉐를 몰고 왔다. 이리나는 등허리가 훤히 드러난 괴상망측한 붉은색 원피스를 입고 있었다. 알렉스는 샴페인 병을 흔들었다. 그는 자신의 잔을 치켜들면서 건배사를 대신해 이렇게 말했다.

"콰메는 이 나라에서 가장 뛰어난 변호사예요. 당신을 곤경에서 꺼내줄 겁니다. 곧 다시 가나로 돌아와서 우리와 함께하게 될 거예요."

어떻게 보자면, 콰메는 자신의 능력을 입증한 셈이었다. 나는 나흘 동안 억류된 뒤에 풀려났지만, 로제와 진 주누, 리나 타바르, 방콜레 아크파타, 엘 두체……는 자신들의 운명이 판가름 나기를 기다리면서 감옥에서 썩어갔다. 그들은 그곳에서 오랜 시간을 보내고 나서야 마침내 유형을 가게 되었다. 좌중의 박수갈채를 받으며 알렉스는 전통대로 땅에 헌주를 하려고 정원으로 내려갔다.

블랙스타라인 항공사의 비행기는 아침 일곱시에 이륙했다. 내가 보기에 상징적으로 중요한, 예기지 못한 사건이 벌어져서 정신이 팔리지 않았더라면, 콰메를 다시 만날 수 있을지 알지 못한 채 그와 이별해야 하는 고통에 아마 돌아버렸으리라. 아크라를 서둘러 떠나야 했기에 우리는 급하게 가방을 싸야 했다. 아이들은 저마다, 심지어 레일라까지도, 잡다하게 배낭과 바구니와 가방에 꾸린 짐 무게에 허리가 휠 지경이었다. 나는 그중에서 부피가 상당한 검은 가죽 서류가방을 드니에게 맡겼다. 드니는 좌석에 앉자마자 가방이 없음을 깨달았다. 나는 드니를 데리고 급하게 비행기에서 내려 방금 떠나온 대합실로 뛰어갔다. 좌석 밑까지 살펴보았지만 아무래도 가방은 보이지 않았다. 청소부들이 쓰레기통에 버렸을까? 우리는 쓰레기통을 뒤졌다. 헛수고였다. 정직하지 못한 직원이나 승객이 가방을 훔쳤을까? 내가 공항 책임자에게 민원을 제기하려 하자, 직원들이 이제는 그럴 시간이 없음을 일깨워줬다. 비행기를 놓칠 위험이 있었다. 실제로 드니와 나는 가까스로 비행기에 다시 올라탈 수 있었고, 승무원들은 곧장 문을 닫았다. 그 서류가방에 사진 앨범이 들어 있음을 안다면 나의 감정을 더 잘 이해하리라. 돌아가신 부모님과 나와 형제자매들의 연령별 스냅사진들. 부모님은 당신들의 출세를 충실하게 증언하는 사진을 몹시 좋아했다. 필름에는 카키색 군복 재질 천으로 만든 제복을 입은 운전사가 모는 그들의 자가용과 점점 더 으리으리해지는 집, 점점 더 화려해지는 어머니의 보석들이 고스란히 담겼다. 나는 『울고 웃는 마음』에, 다른 사진들과 마찬가지로 잃어버렸지만 내 추억 속에 그대로 남아 있는 사진 한 장에 대해 묘사한다.

"언니 오빠들이 일렬로 서 있다. 콧수염을 기른 아버지는 털을 안에 댄 외투를 입고 있다. 어머니는 진주알처럼 고른 이를 내보이며 활짝 웃고 있고, 회색 벨벳 모자 아래 아몬드 모양의 두 눈은 웃느라 실눈이 되어 있다. 어머니의 다리 사이에는 말라깽이에 토라지고 짜증이 잔뜩 난 표정의 내가 있는데, 청소년기가 끝날 때까지 한결같이 유지하게 될 그 표정 때문에 못생겨 보인다."

나는 무너졌다. 그렇게, 아프리카는 나를 내치는 것에서 그치지 않았다. 아프리카는 나를 벌거벗겼다. 내게서 나의 남자를 앗아가기만 한 게 아니었다. 나의 과거, 한마디로 내 삶의 자취들을 파기했고, 나의 정체성을 파괴했다.

이제 나는 아무것도 아니었다.

"……이 지구. 이 왕국. 이 영국"

윌리엄 셰익스피어, 『리처드 2세』

만약 누군가 내가 몇 년 뒤에 영국 남자와 결혼하고 결국 그의 나라를 사랑하게 되리라고 예언했더라면, 그 말을 악취미에 가까운 농담으로 여겼으리라. 런던에 내리자마자 나는 그 도시를 온 힘을 다해 증오했으니까. 태양은 진정 게으름뱅이 왕처럼 처신하여, 정오가 훨씬 지난 다음에야 몸을 일으켰고, 묵직한 회색빛 휘장 너머로 어렴풋이 모습을 내비쳤다. 오후 네시부터 이미 캄캄한 밤이었고, 사람들은 뼛속까지 얼릴 듯 파고드는 추위 속에서 길을 재촉했다.

가나에서 살 때는 천박하게 들떠 있는 가나를 그렇게 좋아하지 않았다. 아주마코를 제외하면, 내가 그곳에 대해 쓴 적은 한 번도 없었다. 그럼에도 불구하고 이별은 가장 잔인한 것이었다.

마치 어머니를 두 번 잃는 듯했다. 헛것이 보였다. 눈을 감으면 눈꺼풀 밑에서 눈부신 햇살이 어른거렸고, 햇살 내음이 콧속에 가득했다. 마치 케이프코스트 요새의 안뜰이나 쿠마시의 아샨테헤네왕궁의 창 아래에 있거나, 혹은 아크라의 그랜드호텔 테라스에서 술을 한잔 마시고 있는 것만 같았다. 아침에 눈을 떠 런던의 볼품없는 길이 길게 이어진 풍경을 보기가, 도시 노동자들이 밀려드는 전철을 마주하기가 두려웠다. 콰메가 그리웠다는 말은 완곡한 표현이다. 당시에는 메일도 문자메시지도 페이스북도 트위터도 존재하지 않았다. 전화 연결마저도 너무 비싸고 힘들었다. 매일, 아니, 하루에도 여러 번 그에게 편지를 쓰면서 빈약한 말들로 나의 고통에 맞서 싸우고 내가 빠져든 공허를 메우려고 애썼다. 두툼한 편지를 부치려고 우체국에 갔더니, 은발의 자매 둘이 돌돌 말린 모양의 감초 젤리에 수예용품까지 팔고 있었다. 두 여자는 내 편지를 취급하면서 인상을 썼다.

"정말 무겁네요! 특급? 눈 튀어나오게 비쌀 텐데."

시들어가는 사람이 나 혼자는 아니었다. 아디자의 부재를 견디지 못한 레일라는 음식을 거부하며 밤이고 낮이고 아디자를 찾아댔다. 그 애처로운 앳된 목소리에 이미 너무나도 괴로운 마음이 찢겨나갔다.

"디자! 디자 데려와!"

아이샤를 비롯해 다른 아이들 역시 침울했고 활기가 없었다.

틀림없이 사람들은 내가 왜 영국으로 향했는지 궁금해하리라. 개인의 선택은 아니었다. 기니로 되돌려보내지는 것은 내가 거부하였고, 가나의 법은 내가 프랑스로 추방되는 것을 허용하지 않았기 때문에 다른 해결책이 없었다. 영국에서 선량한 사마리아인이 되어준 사람들은 월터와 도러시였다. 콰메의 친구인 그들은 예사롭지 않은 부부였다. 영국 귀족들 중 일부가 그렇듯 여성스러운 월터는 유명한 기자였고, 자신이 오랜 기간 살았던 나이지리아에 관해 많은 글을 썼다. 특히, 자신이 쓴 책에서 나이지리아에서의 전쟁 발발 가능성을 예측했고, 실제로 비아프라전쟁이 1967년에 발생하여 수년간 그 지역에 커다란 상처를 입혔다. 도러시는 갈색 머리에, 관능적이며, 열정으로 가득했다. 그들은 공항으로 우리를 데리러 와주었고, 우리를 차에 태우고 어떤 빌라로 갔는데, 그 빌라는 잠시 본국으로 휴가를 떠난 나이지리아 외교관 지메타 씨의 소유였다. 그렇게 생긴 동네는 본 적이 없었는데, 그 동네에는 혼동할 정도로 서로 꼭 닮은 벽돌집들이 줄줄이 늘어서 있었으며, 벽돌집 내부는 물론 널찍하고 편안했지만 외관은 무시무시할 정도로 음울한 인상을 안겨주었다. 유머감각이 뛰어난 영국인들은 그러한 획일성을 가장 먼저 조롱했다. 이런 우스개 이야기가 있다. 어떤 남자가 퇴근하여 귀가한 뒤, 거실에 앉아 텔레비전 연속극 〈코로네이션 스트리트〉를 시청하고 나서, 식탁으로 자리를 옮겨 늘 보던 일간지에 눈길을 고정한 채 식사를 했다. 그러고는 자리에 눕고 나서야, 잠자리를 하려던 여인이 자기 아내가 아님을 알아차렸다. 그는 그저 집을 착각한 것이었다.

앞집에는 인도 여성 판디트 씨가 살고 있었다. 매일 오후 네시만 되면 길을 건너와 나와 함께 "어 나이스 컵 오브 티", 그러니까 맛있는 차 한 잔을 마셨는데, 차는 기니의 캥켈리바처럼 만병통치 음료다. 그녀는 매번 그 틈을 타 나에게 경고해주었다. "조심해요! 대비하고 있어야 해! 영국인들은 우리를 증오하고 경멸하거든!" 그녀는 힘주어 말하곤 했다.

인종차별은 그녀에게는 마르지 않는 화젯거리였다. 그녀는 그 문제에 대해서라면 몇 시간이고 떠들 수 있었을 텐데, 나는 그녀의 이야기를 거의 듣지 않았다. 월터와 도러시로 말할 것 같으면, 두 사람은 골더스 그린에 커다란 저택을 소유하고 있었다. 그들은 그곳에서 인습과는 가장 거리가 먼 방식으로 아이 다섯을 키웠다. 예를 들어, 두 사람은 벌거벗은 채 돌아다녔고 어쩌면 아이들 앞에서 사랑을 나누었을 수도 있다. 두 사람의 교육 방식이 마뜩잖을 사람들도 있겠지만, 나는 두 사람에게 평생 고마운 마음을 품고 있다. 두 사람은 나이지리아 출신 가사도우미

에스터의 도움을 받아가며, 내가 조금도 제대로 돌볼 수 없었던 나의 아이들에게 단 몇 주 만에 미소와 놀이 욕구를 되돌려주었다. 그렇게나 폭력적인 방식으로 이주했음에도, 그들 덕분에 황폐화된 결과는 생기지 않았다. 레일라는 더이상 아디자를 찾지 않았다. 드니는 내가 편지를 읽고 또 읽고 나면 나에게 정중하게 묻기도 했다.

"아이두 씨는 어떻대요?"

언론계에 인맥이 어마어마한 월터의 제안에 따라 한 무리의 기자들과 초간단 면접을 본 뒤, 상당한 급여를 받는 조건으로 그 유명한 부시 하우스에 위치한 BBC 방송국에 일자리를 구했다. 그곳에서는 아프리카 쪽으로 방송을 내보내고 있었다. 지메타 씨가 나이지리아에서 돌아온 뒤, 나는 하이게이트라는 쾌적한 전원풍 동네에 위치한 아파트로 이사할 수 있었다. 직장과 주거! 어느새 내 주위로 생활이 자리잡아가고 있었다.

아무 의욕이 없던 나는 새로 입주한 아파트 창문에 커튼 대신 기니산 파뉴를 간단하게 걸어놓았다. 즉각 관리사무소에서 입주자들의 탄원서가 동봉된 협박조의 편지가 날아들었다. 건물의 가치를 떨어뜨리는 그런 요란한 옷들을 치우라는 내용이었다. 또한 쓰레기통을 갖다놓으라고 마련한 장소에 쓰레기통을 제대로 갖다놓지 않았다고, 그리고 우리 층 복도에 악취가 풍기는 오물들을 여기저기 떨어뜨려놓았다고 비난받았다. 담배도 피우지 않는 내가 내 아이들이 더럽힌다던 공동 놀이방의 카펫과 그곳에 깔린 펠트를 태워먹은 장본인으로 지목당했다. 실제로 나는 클래식음악만 듣는데도, 내가 듣는 "야만스러운" 음악이 이웃에게 방해가 되었단다. 그리하여 관리사무소는 나의 퇴거 절차를 시작할 수밖에 없는 곤란한 처지에 놓이게 되었다는 것이다.

역설적으로, 그렇게 부당한 괴롭힘을 당하는 바람에 나는 무기력 상태에서 빠져나오게 되었다. 영국은 무슨 짓이든 할 수 있고 허용되는 가나가 아니었다. '마그나카르타'* 이래로, 영국은 시민을 보호하는 법을 갖추고 있었다. 나는 변호사를 고용했고, 변호사가 나의 퇴거를 막아냈다. 유일한 타협은 알록달록한 파뉴 대신 셀프리지스 백화점에서 구입한 점잖은 색깔인 와인색 커튼으로 바꿔 단 것이었다. 그후로 입주자들은 나를 건드리지 않았다. 하지만 그들은 나를 페스트에 걸린 사람처럼 취급했다. 아침저녁으로 마주쳐도 아무도 인사를 건네지 않았다. 내가 엘리베이터 안으로 들어서면 다들 표정이 굳어지면서 입을 다물어 버렸다. 우리집 우체통이 수도 없이 털렸고, 내게 온 편지들이

* 13세기 초 영국에서 선포된 헌장으로, 영국 헌법의 근거가 된 최초의 문서.

여기저기 나뒹굴었다. 이 이야기에, 학교에서 어떤 대우를 받는지 아이들이 해준 끔찍한 이야기들을 덧붙이겠다.

"아무도 우리 옆에 안 앉으려고 해!"

"우리한테서 나쁜 냄새가 난대!"

"우리를 '원숭이'라고 불러!"

레일라는 아침에 집을 나서는 순간부터 울부짖기 시작하여 하이게이트공원을 가로질러가는 내내 그랬다.

아, 그랬다! 삶에서는 쓴맛이 났다! 다행히도 내게 어느 정도 기운을 불어넣어주는 나의 일이 있었다. 나는 늘 가르치는 일을 싫어했는데, 처음으로 내 일을 좋아하게 되었다. "저널리즘이 갈 수 없는 곳은 없다." 알퐁스 알레가 말했다. "단 거기에서 빠져나오기만 한다면."

부시 하우스의 프로그램들은 능력 있는 아프리카의 언론인들이, 특히 세네갈의 조제프 세인과 카메룬의 프랑수아 이투아가 주관했다. 우리의 임무는 청취자들이 영국 문화생활 가운데 몇몇 요소에 관심을 갖게 하는 것이었다. '스윙잉 런던'*에는 온갖 분야, 온갖 피부색, 온갖 국적의 예술가들이 넘쳐나 우리로선 선택의 폭이 넓었다. 그리하여 처음으로, 당시에는 아직 사용되지 않

* 1960년대 자유롭고 활기찬 런던의 모습을 가리키는 말.

던 표현이지만, '문화 다양성'을 접하게 되었다. 나는 남아프리카 공화국의 당시 최정상급 소설가 및 시인들, 알렉스 라 구마와 데니스 브루투스를 인터뷰했다. 월레 소잉카의 극작품들을 부분적으로 알고 있었는데, 그와 함께 눈부신 저녁나절을 보내기도 했다. 그때부터 우리 사이에 우정이 싹텄고, 그뒤로 드물게나마 만남이 거듭되면서, 특히 내가 하버드에서 학생들을 가르치던 시기에 우리의 우정은 도타워졌다. 우리는 같은 해에 태어났음을 알게 됐고, 서로 '오빠' '동생'이라 부르기로 했다. 레게 열풍이 전 세계를 휩쓸 무렵이었고, 나는 관객으로 꽉 찬 소호 지구의 콘서트홀에서 새로운 음악에 심취한 사람들과 다붙어 앉았다. 월터와 도러시가 주최하는 연회들 또한 세계주의적 색채로 물든 사건들이었다. 그곳에서는 인도 풍자화가와 일본 무용수와 바틱 기법으로 그림을 그리는 인도네시아 화가들이 서로 어울렸다. 가이아나 소설가 잔 커루 역시 가나에서 살았던 적이 있었지만, 가는 길이 달라 서로 마주친 적이 없었다. 그의 소설 『모스크바는 나의 메카가 아니다』(1964)는 대화마다 등장하는 주제였다. 소설에 더하여, 그는 아밀카르 카브랄을 연상시키는 장광설을 열정적으로 늘어놓았다.

"'아프리카 사회주의'는 말도 안 되는 소리입니다!" 그가 회의적인 사람들에게 둘러싸여서 우렁차게 주장했다. "사회주의란 아주 정교한 정치적 구축물로서, 특권 타파와 계급 없는 사회의 도래를 추구하지요. 그런데 전통적인 아프리카는 차이에 의해서만, 합의된 불평등에 의해서만 작동했답니다."

나는 9월에 런던대학에 개설된 아프리카에 관한 두 개의 강좌에 등록했는데, 각각 식민주의에 관한 역사 강좌와 개발에 관한 사회학 강좌였다. 둘 다 똑같이 지겨웠다. 학계에서 최고 권위자로 알려진(하지만 기니에서라면, 사람들이 경멸을 담아 반혁명주의자들이라고 불렀을) 두 교수의 입에 오른 아프리카는 생동감과 생기로 가득한 특성을 모두 상실한 채였다. 아프리카는 두 교수가 저마다 자기 좋을 대로 주물러대는 무기력하고 나약한 재료가 되었다. 바로 그 무렵, 당시 프랑스에서 격렬한 토론의 대상이 된 주장을 듣게 되었는데, 내게는 그다지 설득력이 없었던 그 주장대로라면, 결국 사하라 이남 아프리카에는 아랍인들에 의한 노예제가 유럽인들에 의한 노예제보다도 훨씬 더 해로웠다. 런던대학에 실망한 나는 런던 스쿨오브이코노믹스에 등록하려고 하였다. 불행히도, 당시 나의 학력 수준 때문에 내게는 '개발도상국' 분과에 개설된 강의를 청강할 수 있는 자격밖에 주어지지 않았다. 신기하게도, 종종 따분하지만 사실과 수치와 통계에 근거한 그 수업들이 진실을 찾는 나에게는 훨씬 더 만족스러웠고, 더 잘 맞았다. 침묵을 지킬 수밖에 없고 발표를 할 수 없다는 점이 몹시도 아쉬웠다. 영문학 강의도 듣고 싶어 몸이 근질거렸다. 하지만 이미 꽉 찬 나의 시간표로는 그러기가 힘들다는 것을 깨달을 정도의 상식은 있었다.

그런데 부시 하우스에서 내 눈에 보이는 대로 영국 사회를 묘사하는 주간 시평을 써달라는 의뢰가 들어왔다. 예상 못한 영광이었다! 영국인들이 그들의 펫을, 그러니까 그들이 동류인 인간보다도 더 사랑하는 듯한 반려동물을 어떻게 애지중지하는지 썼던 시평 하나가 기억난다. 당시 나는 아프리카의 문화와 정치에 대한 의견을 들려달라며 학회나 난상토론에 초대받는 일이 갈수록 잦아졌다. 그런 행사는 '아프리카 하우스'에서 열렸다. 그 건물에는 영화관과 학회장뿐만 아니라, 파뉴와 벽걸이 천과 가면과 구슬 목걸이를 파는 상점도 있었다. 마음 아팠던 건, 나의 개인적 견해들에 사람들이 불쾌해하고 충격을 받는다는 것이었다. 한번은 분노한 청중과 맞서야만 했다. 가벼운 농담이라고 생각해서, 아프리카는 나를 딸로 여긴 적이 한 번도 없고 기껏해야 태도가 살짝 이상한 사촌으로 취급했노라는 말을 해서였다. 나는 직접 대가를 치르면서 깨달았는데, 어떤 주제들은 극단적으로 진지하게만 접근해야 했다. 그런 주제들일 경우, 누구도 유머와 풍자를 용인하지 않았는데, 나에게 내가 직접 겪은 너무나도 가혹하고 너무나도 충격적인 일들을 이야기하면서 신세한탄에 빠지지 않을 수 있는 유일한 방법은 유머와 풍자뿐이었다. 내가 발언할 때마다 분노의 함성이 터져나왔다고 해서 신중하게 입을 다물게 되지는 않았다. 오히려 반대였다. 더 세게 나갔다. 동시에 역설적으로, 내 이름 주위에 형성되어가는 평판 때문에 괴로웠다. 그런데 월터와 도러시는 오히려 그런 평판을 달가워했다. 두 사람은 매번 파티가 시작되기 전, 내가 손님 중 한 명과 어떤 식으로든 요란하게 부딪치게 될 거라는 기대감에 잔뜩 들뜬 모습이었다.

"당신은 타고난 도발자야."

그 말에 정신이 멍해졌다. 진실이란 도발적인 걸까? 어머니의 생일에 어머니에 대한 평소 나의 생각을 곧이곧대로 말해버린 그 유명한 사건 이래로 그 사실을 잊고 있었다. 기니, 가나, 아프리카의 미래에 대한 토론을 구실삼아 수많은 사람이 찾아왔는데, 실제로는 내 입에서 튀어나오는 파격적인 말을 들으려고 온 거였다. 아마 아타 아이두는 영국을 좋아하지 않았는데도 나와 함께 며칠을 보내려고 찾아왔다. 그녀는 캐나다에서 오는 길이었는데, 로제 주누가 캐나다 맥길대학에서 주요 직책을 맡고 있었다.

"두 사람 다 몬트리올에서 즐겁지가 않아." 그녀가 말했다. "가나를 그리워하고 있지."

우리 모두 마찬가지였다. 로제는 훗날 그의 목숨을 앗아갈 병을 앓기 시작했고, 그래서 그녀는 걱정하고 있었다.

"열이 계속 난다고! 40도도 훌쩍 넘어! 말라리아가 그렇게 끈질긴 걸까?"

응석받이 아이 같았던 그 극작가는 단단한 페미니스트로 변해 있었다. 그녀는 '아프리카 하우스'에서, 그때까지만 해도 만인이 입에 올리는 주제는 아니었던 아프리카 발전을 위한 여성의 역할에 대해 열정적인 강연을 하였다.

우리 두 사람은 의견을 나누다가도 종종 독설이 난무하는 진짜 말싸움을 벌였다.

"아프리카는 네 말처럼 외지인에게 폐쇄적인 곳도 아니고 불가해한 곳도 아니야!" 그녀가 나를 호되게 나무랐다. "아프리카에는 규칙과 전통과 규범이 있고, 그것들을 파악하기란 쉽지. 네가 거기서 완전히 다른 것을 찾아서 그러는 거야."

"그 말인즉슨?"

그녀가 자신의 대답에 좀더 힘을 싣기 위해서 몸을 앞으로 숙였다.

"네가 꿈꾸는 존재가 되도록 해줄, 너를 돋보이게 하는 땅. 그리고 그런 측면에서 아무도 너를 도울 수 없어."

오늘날 돌이켜보면 나는 그녀의 말이 옳았다고 생각하는 편이다.

어느 날, 구호단체를 이끌던 데니스 듀어든이 아주 젊은 과들루프 청년을 데리고 왔는데, 석사과정에 있다는 그 청년의 이름은 다니엘 막시맹*이었다. 그 무렵 시작된 우리의 우정은 프레장스 아프리켄 출판사에서 같이 일하게 되면서 더욱 단단해졌다. 둘 다 에메 세제르를 좋아해 잘 통했다. 그럼에도 불구하고 우리는 종종 서로 의견이 갈렸다. 그에게 에메 세제르는 네그리튀드를 상징하는 "근원적 검둥이"였다. 그는 나의 유보적인 태도를, 결국 내가 프란츠 파농을 더 높이 친다는 사실을 참지 못했다.

중요한, 차라리 중차대하다고 말해야 할까, 그런 사실 하나. 내가 글을 쓰기 시작했다는 것. 글쓰기는 아주 자연스럽게 시작되었다. 그 획기적 사건을 둘러싼 특별한 정황은 전혀 없다. 어느 저녁, 식사를 마치고 아이들이 모두 잠든 시간에, 여러 해 동안 간직해온 녹색 레밍턴 타자기를, 후에 두 권짜리 『세구』를 집필하면서도 사용했던 그 타자기를 내 앞으로 끌어당겼다. 한 손가락으로 타자를 치기 시작했고, 내가 쓰던 건 평소처럼 인터뷰

---

* Daniel Maximin(1947~). 과들루프 출신 소설가, 시인, 에세이스트.

나 기사나 부시 하우스에 보낼 시평이 아니었다. 창에 옆구리가 찔려 상처에서 부글부글 끓는 핏줄기가 뿜어져나오고, 그 핏줄기에 잊고 있던 추억과 꿈과 인상과 감각이 뒤죽박죽 실려나오는 것만 같았다. 글쓰기를 멈췄을 때는 새벽 세시가 되어 있었다. 일종의 두려운 감정을 품고 쓴 글을 다시 읽어보았다. 아직 형식을 갖추지 못한 그 글에 나와, 나의 어머니와, 내가 '만딩고족 마라부*'라는 별명을 붙여줬던 아버지에 대해 이야기했다. 그것이 『에레마코농』이라는 작품의 초고였고, 그뒤로 10/18 출판사의 '타자의 목소리' 총서를 책임지던 스타니슬라스 아도테비(또 한 사람의 선한 사마리아인!)를 만나기 전까지 여러 해에 걸쳐서 그 원고를 손질했다. 실제로 나는 스스로 발견도 명명도 하지 못한 한 가지 요소를 찾고 있었다. 아무도 내게 가르쳐준 적은 없지만 느낌으로 알았는데, 이야기 속 사건들은 반드시 주관성의 필터를 통해서 소개된다는 것이었다. 그리고 그 필터는 작가의 감수성으로 이루어진다. 서사가 다양해지더라도, 한 권 또 한 권 책을 계속 써나가더라도 대체로 그 필터는 동일하다. 화자와 작가를 구분하려고 기를 쓰는 문학 전공 교수들은 달가워하지 않겠지만, 그것이 작가의 한결같은 목소리다. 내가 가르치는 학생들은

* 이슬람교의 성자, 원로, 마술사를 가리키는 말.

그 사실을 잘 이해했기에, 그 문제를 연구 주제로 삼는다.

이 모든 상황에서 콰메는 어찌됐는지 내게 물으리라.

나는 그를 내 안에 품고 있었다. 서로 이야기를 나눌 수도 없고 안을 수도, 만질 수도 없는 고통에도 불구하고 이렇게 떨어져 있는 동안 어떤 면에서는 서로 가까웠다. 분노가 치밀던 어느 날, 그가 보내온 열정적인 편지들을 태워버렸는데, 그게 지금은 몹시 후회가 된다. 당시 우리 사이에는 아무런 장벽이 없었다. 아이도, 정치적 견해도. 그의 편지에는 꾸준히 한 가지 이야기가 반복됐다. 내가 복권되어 가나로 돌아올 거라는 장담이었다. 그는 전력을 다해 그 일에 매달렸다. 그때까지는 내 삶을 정리하라고 애원했다. 아이들은 반드시 콩데에게 돌려보내야 한다, 그러고 나면 직접 내 이혼 문제를 처리하겠다, 여섯 달 정도면 내가 자유의 몸이 되어 자신과 재혼할 수 있을 거다, 라고 확언했다. 콰메 아이두 부인이라고 불리고 싶은 마음이 없었을까? 난 이제 아크라에서 사는 일은 절대 없으리라 확신했다. 콰메에 대한 생각은 독실한 신자가 저세상에 대해 갖는 믿음과 비슷해졌다. 그것은 희망이었다. 그 희망 덕분에, 여전히 컴컴한 아침 여섯시에 일어나서 옷을 입고 뻗대는 아이들을 학교에 데려다주고 하이게이트부터 근 한 시간 걸리는 출근길을 버텨내고 부시 하우스에 도착한 뒤, 동료들과 함께 일을 하고 월터와 도러시가 여는 최신식 파티에 참석하여 즐기는 척하고, 간단히 말해, 그토록 음울하고 고독한 삶을 꾸려가면서 앞으로 나아갈 용기가 생겼다. 하지만 희망은 보장이 아니다. 언젠가 그를 되찾게 되리라는 확신은 전혀 없었다.

내가 내린 끔찍한 결정을 설명해주는 건 바로 그런 나의 정신 상태, 상대적으로 젊은 나이지만, 애정 생활은 끝이 났다는 음울하고 혼란스러운 확신이었다.

개학이 다가왔고, 햇살은 영국의 납빛 하늘을 뚫고 내리비쳤다. 사랑받지 못하는 아이, 늘 배제당하는 아이였던 드니가 이선 브롬버거라는 소년과 둘도 없는 친구가 되었다. 두 아이는 만화책을 바꿔 읽고 싱글 레코드판도 바꿔 들었다. 학교가 끝나면 몇 시간이고 드니의 방에 틀어박혔고, 여동생들은 절대 그 방에 들어갈 수 없었다. 토요일이면 자전거에 올라타 햄스테드 히스 공원으로 향했다. 일요일이면 '더 영 뮤직 러버스'라는 동호회 활동에 참여했다. 여러 해 뒤, 드니는 이선이 자신이 처음으로 사랑했던 동성 친구라고 털어놓았다. 물론 당시에는 두 아이의 관계가 지나칠 정도로 돈독해서 놀라기는 했지만, 아무런 눈치도 채지 못했다. 이선은 어머니가 세번째 동생을 낳다가 사망하는 바람에 최근에 어머니를 잃었고, 나는 진중하고 예의바른 그 아이에게 애정을 품었다. 그 아이는 나에게 연신 장담했다.

"틀림없이 저희 아버지와 서로 잘 맞으실 거예요."

부모끼리 서로 알고 지내라고 이선은 차를 한잔하자며 나를 자기 집에 초대했다. 우리의 아들들과 마찬가지로 애런 브롬버거와 나는 즉각 굉장히 가까워졌다. 부인과의사인 그는 몇 블록 떨어진 곳에 위치한 빅토리아시대풍의 예쁜 주택에 진료실을 갖고 있었다. 그는 흑백 혼혈처럼 피부색이 가무스름했고, 사랑하던 나오미를 최근에 여읜 뒤라 굉장히 침울했다. 내가 처음으로 어울려 지낸 유대인은 아니었다. 페늘롱고등학교에 다닐 때 유대인 급우들이 많았으니까. 하지만 유대인이라는 말을 들어도 대단한 것이 떠오르지는 않았다. 제2차세계대전 당시 레오폴 세다르 생고르가 독일군 포로였다는 사실을 모르지 않았다. 나의 오빠 한 명도 독일 포로수용소에서 죽었다. 그럼에도 불구하고 나치의 만행에 마음이 흔들렸던 적이 없었다. 창피하지만, 고백컨대 안네 프랑크가 쓴 『안네의 일기』를 읽어보지 않았고, 프리모 레비니 엘리 위젤*이니 하는 이름도 들어본 적이 없었다. 유대인 활동가와 교류하는 건 그때가 처음이었다. 역사의 한 페이지가 통째로 내 앞에 드러났다. 강제수용소, 나치의 유대인 학살

* 홀로코스트 문학의 대표 작가들.

계획, 이스라엘 국가의 탄생, 팔레스타인과의 갈등. 유대 '인종'과 흑인 '인종' 사이에 명백하게 운명의 유사성이 있는 것 같아 보여 즉각 충격을 받았다. 양쪽 모두 전 세계적으로 야유와 괴롭힘을 당했다. 그러한 운명의 유사성은 그후로도 계속해서 나의 관심사가 되었다. 그러다가 『나, 티투바, 세일럼의 검은 마녀』에 그러한 유사성을 드러낸다. 그 작품을 읽은 사람들은, 바베이도스 출신으로 미국의 청교도 사회로 강제 이주당하며 세일럼의 마녀 사건이라는 집단히스테리의 기원에 놓인 노예 티투바라는 인물을 중심으로 소설이 구성되어 있음을 안다. 풍성한 패러디와 풍자가 빚어내는 소설의 도발적 의미가 미국에서는 앤절라 데이비스*의 아름다운 서문에 살짝 가려졌다. 그녀가 써준 글은 내 취향에 살짝 지나치다 싶게 진지하고 심각했다. 특히 그녀는 어떤 민족들이나 개인들이 역사의 장에서 배제되고 침묵을 강요당했음에 강조점을 두었다. 난, 꾸밈과는 거리가 먼 노파의 이미지를 끊어내고 싶어서, 티투바를 매력적인 흑인 여성으로 만들었다. 티투바는 감옥에서 너세니얼 호손이 쓴 『주홍 글자』의 주인공 헤스터 프린을 만나고, 자신은 남자를 굉장히 좋아하기에 누구도 자신을 페미니스트로 만들지는 못할 거라고 속마

* Angela Davis(1944~). 미국 흑인과 여성 해방운동을 펼친 활동가이자 작가.

음을 털어놓는다. 그녀는 기형에 꼽추인 유대인 주인 벤자민 코헨 알베제두의 애인이 된다. 두 사람은 잠자리에 들면 달콤한 말을 나누는 게 아니라 각자 자신의 민족이 겪은 고통의 음울한 대차대조표 작성에 몰두한다. 흑인의 경우에는 노예제, 플랜테이션 농장에서 당하는 체벌. 유대인의 경우에는 유대인 박해와 게토. 결국 두 사람은 결코 결론에 도달하지 못한다. 누가 반인류 범죄의 주된 희생자인가? 나는 오늘날에도 여전히 다른 많은 사람과 마찬가지로, 불행한 팔레스타인 민족에 대한 연민과 스스로를 지켜내려는 그들의 분투와 이스라엘이 종종 보여주는 공격적인 얼굴 사이에서 갈팡질팡한다. 그러한 관심사를 반영하기 위해서 『물이 차오르기를 기다리며』에 일부러 만들어 넣은 푸아드라는 인물은 이렇게 말한다.

"나는 팔레스타인 사람이에요. 하지만 그건 두려움을 불러일으키는 정체성이죠. 그 말은 너무나 많은 고통과 절망과 모욕을 담아내니까요. 우리를 사랑하려면 장 주네 정도는 되어야 할 겁니다. 다르게 말해보자면, 세상은 우리에게 등을 돌리죠."

애런과 나는 서로 자기 이야기도 많이 했다. 그의 부모는 히틀러가 등장하면서 나치 독일을 피해 달아나야만 했고, 그의 아버지는 격찬을 듣던 콘서트 피아니스트였지만 입이 건 학생들에게 초라한 음악 수업을 해주면서 시들어갔다. 그의 어머니는 가사 도우미 일을 시작했다. 주의할 것! 유대인 가정에서는 절대로 일하지 않았다! 우리는 우리의 사라진 사랑을, 그러니까 나오미와 콰메를 계속 떠올렸고, 서글프게도 둘 다 아이들은 우리가 몹시 사랑하기는 하지만 종종 행복을 파묻어버리는 존재들이라고 확신했다. 그러다가 피임에 관한 이야기를 나누게 되었고, 그는 자신이 하는 수술, 그러니까 나팔관 결찰술에 관해 말해주었다. 이 모든 일이 피임약과 사후피임약, 한마디로 원하지 않는 임신과 출산으로부터 여성을 보호해주는 그 모든 발명품이 나오기 이전 시대에 있었던 일임은 아무리 힘주어 말해도 충분하지 않으리라. 내 젊은 시절에는, 여자들의 커다란 골칫거리중 하나가 감당해야 할 결과를 만들지 않고 섹스를 하는 거였다. 재빨리 그에게 수술을 해달라고 졸랐다. 더는 아이를 낳고 싶지 않았다. 그는 단호하게 거부했는데, 내가 너무 젊다는 구실을 댔다!

"당신 아이들을 받아줄 뿐만 아니라, 자기 아이들을 더 낳아달라고 할 남자를 만나지 않을 거라고 누가 장담하겠어요?"

하지만 여러 달에 걸친 공략 끝에 그는 굴복하고 말았다.

수술은 한 시간이 걸렸고 전신마취를 해야 했다. 눈을 떴을 때 한없이 불행하게 느껴졌다. 왜 나는 이렇게 내 몸에 손상을 입혔나? 이제 나는 뱃속 태아의 움직임을 더이상 느끼지 못하는 건가? 내가 품은 미지의 어린것과 말없는 오랜 대화를 더는 나누지 못하는 건가? 이제는 갓난아기에게서 풍기는 형언할 수 없는 배냇냄새를 맡으며, 그 앞 못 보는 서툰 존재를 가슴에 꼭 껴안아 보지 못하는 건가? 이제는 그 아기가 따뜻하고 탐욕스러운 작은 입으로 내 젖을 찾을 일이 없는 건가? 아기 예수를 안은 성모, 피에타, 아기 예수 등 젊어서부터 주입당했던 모성과 관련된 진부한 이미지들이 머릿속에서 몽땅 줄지어 지나갔다. 그 순간이 지나자마자, 믿을 수 없을 정도의 안도감을 느꼈다. 끝났다! 성관계를 할 때마다 느꼈던 두려움과 고뇌는 이제 끝났다! 손닿는 곳에 남자가 있었더라면 그 남자를 당장 내 위로 끌어당겼으리라. 이제 사랑이 훨씬 더 산뜻한 맛을 띠게 되었으니까.

하지만 내 고통은 아직 끝이 아니었다.

사나흘 정도 입원해 있다가 집으로 돌아와보니 내게 온 우편물 사이에 가나 정부에서 온 공식 서한이 있었다. 무거운 예감에 마음 졸이면서 떨리는 손으로 봉투를 열었다. 코토카와 아프리파 대령의 서명이 되어 있는 서한이었다. 나는 편지를 읽고 또 읽고서야 의미를 깨달았다. 나의 변호를 맡은 콰메 아이두 변호사가 나에 대한 추방 판결이 오판이었음을 보여주는 증거들을 제출했다고 알리는 편지였다. 이제 내가 비밀 정보원이 아님은 확실해졌다. 게다가 나는 과거 콰메 은크루마 정부에게 몹시 부당한 대우를 받았다. 따라서 손해배상금 1만 세디가 지급되었다. (그 돈을 한푼도 만져보지 못했음은 말할 필요도 없으리라.) 나는 자유의 몸으로서, 원한다면 가나로 돌아가도 되었다.

그때 나의 감정들을 어떻게 표현할 수 있을까? 처음에는 전혀 행복감이 들지 않았다. 오히려 반대였다. 아프리카가 다시금 나를 함정에, 이전에 내가 걸려들었던 함정보다 훨씬 끔찍한 함정에 빠트렸다는 확신이 섰다. 아프리카는 내게 콰메를 돌려줬지만, 나는 이제 여자가 아니었다. 텅 빈 껍데기였다. 겉모습만 여자. 내가 어찌 그 사람 앞에 나타날 수 있겠는가? 당연히, 우리가 정상적으로 결혼을 통해 삶을 꾸린다면, 그는 후사를 요구할 터였다. 내가 더이상 그의 요구를 들어줄 수 없다는 걸 알면, 그가 어떤 반응을 보이겠는가?

그러다가 격렬한 기쁨이 나를 덮쳤다. 그런 궤변 따위는 집어치워! 이제 내 남자를 되찾게 되었다. 즉각 월터와 도러시에게 전화했더니, 두 사람은 그 소식을 냉담하게 받아들였다. 두 사람은 급하게 하이게이트로 달려왔고, 영국을 떠나지 말라고 충고했다.

"당신은 이제 런던에서 이름이 나기 시작했어. 그리고 가나는 망했어." 월터가 말했다. "조만간 새로운 쿠데타가 또다시 발생할 거라고 장담할 수 있다니까."

그는 틀리지 않았다. 새로운 쿠데타가 1972년 온 나라를 뒤흔들었다. 그리고 또다른 쿠데타들이 각각 1979년, 1981년, 1982년, 그리고 1983년에 일어난다. 1992년에 제리 롤링스가 민주적 절차에 의해 합법적 대통령으로 선출될 때까지, 다섯 개의 군사정부와 세 개의 문민정부가 연이어 들어섰다.

"콰메하고는 행복하지 못할 거야." 도러시가 예언하듯 말했다. "너무 이기적이야. 너무 잇속만 차리고. 자기만 생각하잖아. 게다가 상습적인 바람둥이라고."

나도 마음 한구석에서는 콰메가 엄밀한 의미로 한 여자에게만 충실한 남자가 아님을 알고 있었다. 그는 종종 밤에 혼자서 외출했다. 여자 목소리로 걸려오는 전화가 빈번했다. 더 심각한 건, 아주마코에서 전통에 따라서 적통 공주와 결혼을 하였고, 그 공주와 가끔 밤을 보냈다는 것이었다. 콰미나가 내게 그 공주를 조심하라고 당부했다. 나를 독살할 수 있기 때문이었다. 하지만 그 모든 것은 중요하지 않았고, 내 눈에는 그로 인해 범상치 않은 매력이 그에게 더해질 뿐이었다. 나는 내가 그의 마음속에 특별한 자리를 차지하고 있다고 확신했다. 고뇌에 찬 하룻밤을 보내고 나니, 결심이 섰다. 떠나리라. 하지만 아이들은 어찌할까? 아이들을 모두 데리고 가나로 돌아간다는 것은 말도 안 되었다.

그리하여 바로 그다음날부터 문제를 해결하기 위해 두서없는 행동을 이어나가기 시작했다. 드니와, 가능하다면 실비까지도 받아줄 수 있는 파리 근교의 기숙학교 목록을 작성했다. 기숙학교들은 모두 방학 때뿐만이 아니라 주말마다 어린 기숙학생을 맡아줄 현지의 보호자를 요구했다. 그래서 여러 해 전부터 더이상 내게 아무런 기별도 없던 에나 언니에게, 언니가 아무것도 해준 적이 없는 불행한 조카들을 도와달라는 내용의 비장한 편지를 보냈다. 며칠 뒤, 그 편지는 "수취인 불명" 사유로 반송되었다. 질레트 언니에게 급하게 물어보니, 에나 언니는 레만호 근처에서 은퇴 생활을 즐기고 있는 반려자를 따라갔다고 했다. 동시에 장이 라이베리아 주재 기니 대사로 임명되었다는 소식을 전해줬다. 질레트 언니는 아이들을 데리고 코나크리에 남았고, 좋아하던 시아버지가 최근에 세상을 떠 사무치게 외로움을 느꼈다.

"그이는 '예쁜 눈의 파투'를 데리고 몬로비아로 간대." 언니가 씁쓸한 어조로 자세히 이야기했다. "그 여자는 이제 '대사 각하'라는 호칭을 듣게 되겠지."

아프리카의 부르주아와 성대하게 결혼식을 올렸던 질레트도, 땡전 한푼 없는 배우와 도둑 결혼을 했던 나도, 둘 다 비슷하게 결혼생활이 실패로 끝나고 말았다! 서글퍼라! 질레트는 편지 말미에 콰메 곁으로, 가나로 돌아가지 말라고 간청했다. 과장하기 좋아하는 평소 말투로 언니는 이렇게 단언했다.

"그 남자가 결국엔 너를 죽이고 말 거야!"

아이들 문제가 해결되지 않았기 때문에 나는 계속 머뭇거렸다. 때로는 온갖 음울한 경고의 말에도 불구하고, 행복감에 젖어 떠나는 쪽으로 결심이 섰다. 때로는 의기소침해져서 남는 쪽으로 마음이 기울었다. 그러는 동안, 내가 망설이는 이유를 전혀 이해하지 못한 콰메가 진정한 최후통첩을 보내왔다. 그의 편지에는 이렇게 적혀 있었다. "그토록 많은 시련이 지나고 우리의 행복이 드디어 태어나."

런던에서의 마지막 밤을 위해 월터, 도러시, 그리고 그들의 친구 중 한 명인 극작가 조앤 리틀우드와 저녁식사를 했다. 그녀의 작품 『아 신이시여! 전쟁은 얼마나 근사한지!』가 런던에서 대단한 성공을 거두었고, 불과 얼마 전 파리에서도 무대에 올려졌다.

"왜 파리에 살지 않죠?" 프랑스의 수도에 매혹당한 조앤 리틀우드가 물었다. "사회복지 제도가 우리보다 훨씬 나으니 아이들과 당신은 훨씬 더 안전할 텐데요."

"마리즈는 다른 사람들처럼 하는 게 하나도 없다고." 월터가 말을 잘랐다.

어떻게 설명해야 할지 알 수 없었다. 파리와 나의 관계는 정말로 복잡했다. 파리는 나의 어머니에게 빛의 도시, 세계의 수도였을지 몰라도 내게는 아니었다. 그곳은 나의 타자성을 폭력적으로 발견했던 곳이었다. 그곳에서 나만의 방식으로, 프란츠 파농이 『검은 피부 하얀 가면』에서 기술하는 "흑인이라는 생생한 체험"을 했다. 청소년 시절 전철과 버스에서 파리 사람들은 내 얼굴을 상스럽게 뚫어져라 바라보면서 들리든 말든 전혀 신경쓰지 않고 품평을 해댔다.

"귀엽네, 저 어린 검둥이 계집애!"

아이들은 내가 옆에 가서 앉으면 소스라쳤다.

"엄마, 저 사람 얼굴이 온통 까매!"

한번은 반 친구 집에 저녁식사 초대를 받아 갔더니, 그 친구의 어린 조카가 나를 보자마자 공포에 질려 악을 쓰며 울어댔고, 내가 가까이 다가가려 할수록 울음은 더욱 통제가 되지 않았다. 아무리 되뇌어도 성에 차지 않겠지만, 이런 경험들을 긍정적으로 승화시키고 나의 뿌리가 아프리카에 있다는 사실에 자부심을 갖기 위해서는 에메 세제르를 발견해야만 했다. 하지만 특히, 장도미니크와의 연애가 어떤 결과를 낳았는지 따져보는 일은 어찌해도 멈춰지지 않았다. 바로 그곳 파리에서 나는 상처 입고 모욕을 당했다. 마음과 자존심이 상해 고통스러웠다. 나는 낙오자가, 불가촉민이 되고 말았다.

“과거의 물을 다시 맛보기를, 나타나엘,
절대로 바라지 마라”
앙드레 지드, 『지상의 양식』

혼란에 빠진 내게 월터와 도러시가 드니와 실비를 맡아주겠다고 제안했다.

“일 년만이야.” 도러시가 분명히 말했다. “그 정도면 콰메가 어떤 남자인지 깨닫고 우리가 당신을 두 팔 벌려 맞아줄 이곳으로 다시 돌아오기에 충분한 시간일 거야. 오, 하느님! 이게 무슨 낭비인지!”

실비는 런던에 남게 되자 기뻐했다. 그애는 무조건 귀여워 해주는 월터와 도러시를 좋아했고, 독특한 성격의 아이샤보다는 두 사람의 딸인 하비와 기가 막히게 마음이 잘 맞았다. 반면에 드니는 음울한 생각을 곱씹고 있는 게 뻔했다. 드니는 자신이 사랑하는 이선이 어머니를 잃은 운명과 자신의 운명을 동일시하다시피 했다.

"엄마가 행복하기를 바라요." 드니가 용기를 내어 되뇌었다.

애런 브롬버거는 몹시 애석해하며 자신을 탓했다.

"당신이 졸라댄다고 넘어가서 그런 수술을 해줬다니, 내가 정말로 잘못했군. 미리 경고했죠, 돌이킬 수 없다고! 이렇게 새로운 삶을 향해서 떠나가는데."

새로운 삶이라고?

콰메는 정말로 일을 훌륭하게 해냈다. 쿠데타가 일어나고 추방당한 지 고작 일 년이 조금 더 지난 1967년 9월 10일, 나는 다시 아크라로 돌아갔다. 아이들이 아직 어린 만큼 콰메의 마음도 누그러들기를 바라면서, 갓 여섯 살과 네 살이 된 아이샤와 레일라를 데리고 갔다. 한심한 계산이었다. 그 사실을 즉각 깨달았다.

"안녕하세요, 아이두 아저씨!" 아이샤가 꾀바르게 뽀뽀해달라고 뺨을 내밀면서 인사를 건넸다.

그는 한참을 망설이다가 아이에게 뽀뽀를 해주었다. 그러면서 나를 올려다보는데, 그 눈에 분노와 고통이 뒤섞여 있었다. 이제 나이가 들어서 거리를 두고 생각해보니, 그 순간 그가 나에게 품고 있던 사랑을 나 스스로 말살한 것임을 이해하겠다. 그는 내 모습을 있는 그대로 받아들였던 콩데처럼 너그러운 성격이 아니었다. 그는 내가 자신의 기를 꺾어놓고 싶어한다고 믿었고, 나의 이중적인 태도를 용서하지 않았다. 그는 도시를 가로질러가는 내내 완벽한 침묵을 지켰다. 그 무시무시한 침묵을 깨기 위해서, 나는 억지로 자연스러운 목소리를 꾸며내어 몇 가지 질문을 던졌다.

"장관들 재판은 시작했어?"

"아직."

"코도 애디슨은 여전히 감옥에 있고?"

"그래!"

그러고 나니 더이상 할말이 없었다.

그는 은티리에 거주했는데, 은티리는 초현대적인 저택들이 들어선 야단스러운 신시가지로, 부동산업자들이 노력해봐도 보기 좋은 푸른빛으로 만들 수는 없었던 진흙탕 같은 바다 옆에 위치했다. 사설경호업체 직원들이 무기를 쥐고 해안을 순찰했다. 예전에는 그다지도 안전했던 아크라가 강도들의 소굴로 바뀌었기 때문이었다. 이제는 입헌인민당의 기관지가 유일한 언론이 아니어서, 무슨 일이든지 저지를 준비가 된 강도 무리가 자행한 가장 대담하고 가장 화려한 강도 행각이 다양한 신문에 앞다퉈 보도되었다. 대낮에 집주인들이 직장에 가 있는 동안 집들이 털렸고,

가구를 몽땅 이삿짐 트럭에 싣고 달아났다. 다음날 아이샤와 레일라의 손을 잡고 시내를 한 바퀴 돌았지만, 알아보기 힘들 정도로 변해 있었다. 뭐라 이름 붙이기 힘든 우울함이 도시를 짓누르고 있었다. 확성기를 통해 흘러나오던 하이라이프 음악도 사라졌다! 예전에는 남녀 할 것 없이 악페테시나 현지에서 생산된 진을 취하도록 마셔대던 술집들이 텅 비었다. 광장에는 산책하는 사람들이 드물게 지나갔다. 나는 예전에 강의를 하던 언어연구소 주변을 배회했다. 그 맵시 있는 벽돌 건물이 텅 비어 있었다. 몇 안 되는 학생들이 회랑에서 멍하니 시간을 흘려보내고 있었다. 로제가 소장으로 있던 시절에 스페인어를 가르치던 아지에뒤 현 연구소장이 깜짝 놀라서 내 얼굴을 찬찬히 들여다봤다.

"어떻게 여기에! 기니로 추방당한 게 아니었나요?"

"그 문제는 해결됐어요!" 내가 어름거렸다. "학생들은 다 어디 갔나요?"

그가 어깨를 으쓱했다.

"떠났지요! 언어를 배우려는 사람은 이제 아무도 없어요. 은크루마의 엉뚱한 생각이었으니까! 요새는 돈 되는 직업만 원한답니다. 무역이라든가 경영이라든가……"

점심때 콰메에게 물었다.

"새로 들어선 정권이 이 나라에 긍정적인 걸 뭘 가져다줬어?"
"표현의 자유!" 그가 과장되게 대답했다.
"그게 다야?"
"어떻게 그게 다라고 하지?" 기분이 상한 그가 외쳤다. "이제 일간지가 적어도 십여 가지는 생겼지. 야당 쪽 건 치지 않아도. 선거는 6월에 치러질 예정이고."

나는 확신이 들지 않았다. 텔레비전에서는 예능 프로그램이나 엄청난 인기를 끌었던 〈아내는 요술쟁이〉 같은 재미없는 미국 드라마가 식민주의의 폐해에 대한 콰메 은크루마의 길고 긴 담화를 대체했다. 이것이 진보인가? 그 질문은 속으로만 간직했다. 콰메는 거기에 답할 생각이 없었으니까.

우리가 도착하고 나서 일주일이 지난 뒤, 수소문 끝에 우리가 있는 곳을 알아낸 아디자가 아침식사 시간에 찾아왔다. 얼마 전 결혼한 아디자는 임신중이었다. 전기공인 그녀의 남편은 실업 상태였는데, 콰메 은크루마 치하에서 기획되었던 대규모 공사들이 전부 중단되었기 때문이었다. 아디자를 잊지 않은 레일라가 그녀의 품으로 뛰어들었고, 그녀와 멀리 떨어져서 얼마나 힘든 일들을 겪었는지 주절주절 그녀의 귀에 대고 중얼거려가면서 열렬한 뽀뽀 세례를 퍼부었다. 나는 깜짝 놀랐고, 한번 더 질투로 굳어버렸다. 레일라는 나에게 그러한 애정을 보여준 적이 없었다. 자신을 이 나라에서 저 나라로, 이 집에서 저 집으로 끌고 다니고, 그사이에 끔찍한 영국 체류 경험을 안긴 어머니에 대해 아이는 어떤 감정을 느끼고 있을까? 한마디로, 자라던 곳에서 뿌리째 뽑혀나와 그렇게나 일찍 유배와 인종차별이라는 끔찍한 경험을 하게 만든 장본인인 어머니에 대해? 아디자가 돌아가고 나서 나는 아이를 두 팔로 끌어안았다. 나 때문에 아이가 겪었던 고통에 대해서 용서를 구할 수 있었다면 좋았으리라. 아이는 내 눈물의 의미도 두서없는 내 말의 의미도 이해하지 못했음이 역력했고, 그저 약간 귀찮아하면서 내 키스에 똑같이 답했다.

그런 모든 일에도 기분이 나아지지 않았다. 이 귀환이, 짐작하다시피, 상상하던 것과는 완전히 달랐으니까. 콰메는 저녁식사를 끝내기 무섭게 밤마다 외출을 했다. 밤에 너무 늦게 돌아와서 그때면 나는 이미 잠든 뒤였다. 그래서 우리는 드물게 잠자리를 했다. 어쩌면 그게 더 나았는지도 모른다. 섹스할 때마다 그가 조심하는 모습을 보면 죄책감의 깊은 구렁에 빠져 사실대로 털어놓고 싶은 유혹에 시달렸다. 이제 그는 나이지리아의 거대한 석유 회사에서 일했고, 자신의 새로운 직책을 구실삼아 늘 출장을, 주로 라고스로 출장을 떠났다.

"필요한 것 뭐 없어?" 그는 여러 날 동안 집을 비우기 전에 물었다.

한번은 그가 일주일이 넘게 집에 들어오지 않았고, 불안해진 나는 결국 그의 사무실에 가보았는데, 그 규모에 깜짝 놀랐다. 예전과는 완전히 달라져 있었다! 다른 변호사 두 명이 떡하니 자리를 차지하고 있고, 직원은 모두 십여 명에 달했다. 그 사람들 전부 호기심이 가득해서 나를 뜯어보았다. 내가 수많은 수군거림의 중심에 있음을 깨달았다. 물질적인 측면에서 가장 힘들었다. 콰메는 마치 내게 아이 둘이 딸려 있지 않다는 듯이 행동했다. 나는 아이들의 교복과 급식비와 통학버스비를 어떻게 지불해야 할지 몰랐다. 당시는 내가 가장 좋아하는 작가 명단 맨 윗부분에 자리잡게 될 버지니아 울프의 『자기만의 방』을 아직 읽어보지 못한 때였다. 하지만 여자가 금전적으로 남자에게 의존해서는 절대로 안 된다는 사실을 아주 빠르게 깨쳤다. 여러 궁리 끝에 가나 방송국을 찾아가 용감하게 문을 두드렸고, 아토밀스 씨가 두 팔 벌려 나를 맞아줬다. 그녀는 요직을 맡고 있었고, 내가 런던에 관해 쓴 시평들을 알고 있었고, 그 글이 지적이고 유머로 가득하다고 평가했다.

"대체 왜 이곳으로 다시 왔어요?" 그녀가 외쳤다. "콰메 은크루마가 쫓겨난 뒤 이 나라는 죽었는데. 그가 정권을 잡았을 때는 적어도 먹거리가 풍부했고, 전 세계 관광객들이 넘쳐났지요. 요즘은 황무지야!"

정권이 교체되고 이른바 혁명이 발발한 여러 국가에서 사후에 그와 비슷한 견해들이 들려왔다. 그러한 견해에는 행복을 바라면서도 항상 속아넘어가는 우리 민중의 절망이 담겨 있다.

다른 영어권 국가들로 내보낼, 문화생활에 관한 주간 시평을 쓰기로 아토밀스 씨와 합의를 봤다. 이 일은 진정한 골칫거리였는데, 가나에서는 정말이지 아무런 일도 일어나지 않았기 때문이다. 결국 음악가를 대상으로 인물 탐구 기사를 써보기로 했다. 오로지 음악만이 힘겨운 삶을 살아가는 중이니까. 예전에 그렇게 득시글거렸던 소설가들, 극작가들은 입을 다물고 있었다.

아크라에 두번째 머물면서 그처럼 실망스러운 나날을 보내는 동안, 거의 직업인의 자세로 글을 쓰기 시작했는데, 그렇다고 해서 언젠가 나의 책을 출간하리라는 터무니없는 희망을 품지는 않았다. 그저 몇 시간씩 글을 썼다는 소리다. 콰메가 사무실로 출근하고 아이들이 학교에 가고 나면, 사실상 텅 빈 하루가 내 앞에 고스란히 펼쳐졌다. 나의 충직한 레밍턴 타자기와 여분의 싸구려 종이가 든 상자를 갖고 2층 발코니에 자리잡았다. 콰메의 턴테이블 위에 엘피판을 쟁여 들고 가 가까운 곳에 두었다. 그 시절에는 기기 성능이 향상되어서 음반을 뒤집어 양면을 다 들을 수 있었다. 음악은 아름다움으로 충만한 환경을 조성해줘서, 창작력 발휘에 도움이 되었다. 내게 음악은 지성이라는 빽빽한 톱니바퀴에 조화미라는 윤활유를 칠해준 셈이었다. 음악은 우울한 금전적 골칫거리를 잊게 해주었다. 지금도 그렇지만 이전에도 작품 속 대화를 구성하는 데 어려움이 많았다. 대화를 몽땅 덜어내야만 하는지 자문했고, 몇몇 소설에서는 실제로 그러기도 했다. 『에레마코농』을 집필하면서는 수도 없이 대화를 써봤다가 포기하고, 베로니카라는 여주인공의 규정하기 힘든 개성에 잘 맞고 편리해 보이는 전략을 채택했다. 질문만 제기하고 그에 대한 답은 종종 혼란스러운 내적 독백으로 대체하기.

콰메와 나는 그럭저럭 표면적으로는 행복해 보이는 순간을 보냈다.

가끔씩 그를 따라서 아주마코에 갔다. 그의 아버지는 이미 세상을 뜨고 없었다. 그의 누이 콰미나 역시 심장발작으로 죽었다. 그의 남동생이 왕좌에 올라 왕국을 통치하고 있었다. 그리하여 콰메는 자문위원 직책만을 맡았다. 우리는 왕궁의 두번째 정원에 있는 우리의 침실 밖으로 거의 나가지 않았다. 저녁이면 중앙 광장에서 열리는 음악회에 갔다. 하인들이 우리에게 전통 의자를 가져다줬다. 그리고 밤공기가 선선했던 터라 그들이 우리 어깨에 두꺼운 털가죽 숄을 둘러줬다. 나는 별들이 촘촘히 박힌 하늘을 올려다보며 삶을 다시 시작할 수 있기를 열렬히 소원했다. 아! 두 손에 새로운 카드들을 잔뜩 쥐고서 어머니의 뱃속에서 다시 나올 수 있다면! 만약 신이 저 거대한 어둠 너머에 모습을 감추고 있다면, 다른 사람들에게는 허용하는 단순한 행복을 왜 내게는 베풀지 않을까? 왜 내게는 온갖 시련을 안겨주는가? 나를 어디로 데리고 가려는 걸까?

한번은, 콰메가 자기 친구가 라고스에서 결혼식을 올린다며 같이 가서 주말을 보내자고 했다. 우리는 식에 참석하지 않았다. 나는 처음 가본 그 혼란스러운 도시에서 대단한 것을 보지 못했다. 갱단이 이제는 기억도 나지 않는 뭔가 끔찍스러운 범죄를 저질렀던 터라 군인들이 여러 지역을 통째로 봉쇄한 상태였다. 경찰차들이 사이렌을 시끄럽게 울려대면서 여기저기 돌아다녔다. 우리는 바닷가의 5성급 호텔에 틀어박혀서 마흔여덟 시간 내내 사랑을 나누었다. 호텔 옆에 작은 서점이 있어서, 거기서 월레 소잉카의 최신작을 샀다.

"런던에서 알게 된 사람이야!" 나는 약간의 향수에 젖어 말했다.

놀랍게도, 망각이 추억을 윤색했는지, 런던에서의 삶이 점점 더 자주 찾아와 나의 뇌리를 어지럽히던 터였다.

콰메는 가끔 집에서 손님을 치르기도 했다. 손님들은 점잔 빼는 동료 변호사들과 지나치게 치장한 그들의 아내, 콰메의 사촌들, 역시 늘 자유분방한 알렉스와 이리나 보아두 부부였고, 이리나의 여동생이자 그녀처럼 모델인, 놀랄 정도로 내게 적대적인 야스미나도 따라왔다. 그런 파티는 예전에 리나와 가보았던 시끌벅적하고 유쾌한 하우스파티와는 공통점이 하나도 없었다. 흰색 제복을 입은 하인들이 샴페인과 프티푸르*를 돌렸다. 켄테를 입은 사람은 없었고 모두 조르지오 아르마니 야잠野蠶 실크 정장을 입었다. 파뉴나 머릿수건도 찾아볼 수 없었다. 파리나 런던에서 입수한 드레스들만 보였다. 자국어도 들리지 않았다. 오로지 가장 영국적인 영어, 가장 순수한 영어로만 말했다. 위대한 검둥이라도 인정하지 않을 수 없었을 이런 모임에 들어오려고 그렇게 긴긴 길을 거쳐왔던 건지 자문하게 되었다. 내가 훗날 미국에서 학생들을 가르칠 때 탐독하게 될 V. S. 나이폴과, 인도 연구자 호미 바바의 표현대로, "흉내쟁이들"이었다. 쿠데타가 일어난 건 그들이 아카풀코로 휴가를 떠나고 아우디 콰트로를 구입할 수 있게 해주기 위해서였다. 누가 아직도 아프리카 민중을 걱정

* 달거나 짠 한입 크기의 과자나 케이크.

하는가? 아무도 없었다.

그런데 걱정한 적이 있기는 했던가? 자기 모습에 도취된 콰메 은크루마는 국가를 그저 자신의 모습이 비치는 거울로 바꾸고 싶어했던 것은 아니었을까?

오사게포는 절대 죽지 않는다.

"애정의 종말"
그레이엄 그린

집행유예 상태에 놓인 느낌이었다. 모든 건 끝이 나게 되어 있었다.

언제? 어떻게?

나는 잠에서 깨면 악몽이 펼쳐지리라는 것을 알고 잠에 집착하는 사람과 다르지 않았다.

성탄절이 다가오고 있었고, 아크라는 내가 예전에 알던 쾌활하고 예쁘게 치장한 도시로 조금은 되돌아왔다. 플래그스태프하우스 앞에는 캐나다에서 비행기로 공수해온 전나무가 세워졌다. 어느 밤, 기쁨의 함성을 내지르는 군중이 지켜보는 가운데, 미국에서 이식된 관습을 흉내내어 넥타이를 맨 장관과 금박 장식이 달린 드레스를 입은 그의 아내가 와서 크리스마스트리에

점등을 했다. 그러더니 초등학생들로 이루어진 합창단이 독일어 성가를 줄줄이 불렀고, 〈오 탄넨바움〉으로 끝을 맺었다. 집에서는 필라오* 나뭇가지 하나를 사서 장식했는데, 당시 내 형편에서는 그 정도가 할 수 있는 전부였다. 매일 저녁식사 전에 우리는 이웃들을 찾아가서 다 함께 아카펠라로 성가를 불렀고, 그러고 나면 이웃들이 작은 잔에 '에그노그'를 따라 짭짤한 비스킷을 곁들여 내왔다. 하지만 나의 마음은 거기에 있지 않았다. 아이샤가 산타할아버지에게 보내는 편지를 중간에 가로채서 읽어보았는데, 선물로 드니와 실비를 가나로 데려올 수 있게 비행기표 두 장을 달라며 또 이렇게 적어놓았다. "그러지 않으면 저는 엄마와 아이두 씨와 함께 성탄절을 보내게 될 텐데, 그건 너무 슬플 거예요." 도러시가 막 보내온 편지에 따르면, 드니는 이선 브롬버거와 사이가 틀어져서 이제 서로 말도 나누지 않는다고 했다. 서로 그렇게 좋아하던 두 아이 사이에 무슨 일이 있었던 걸까?

주위의 울적함과는 상반되게, 나는 어릴 때처럼 따뜻하고 떠들썩한 잔치 분위기가 나는 성탄절을 다시 맛보았다. 어릴 적에 부모님은 집에 아무도 초대하지 않았다. 여덟 명의 자녀로 충분

---

* 쉬오크 또는 아이언우드라고 불리는 카수아리나과 나무.

하고도 남았으니까. 게다가 그들에게는 친구가 없었고, 특히 어머니는 내가 본 바로는 언제나 늘 혼자서 삶을 살아냈다. 성탄절이 유일하게 전통요리를 장만하는 날이었다. 부족한 것이 아무것도 없었다. 산처럼 쌓아놓은 윤기 흐르고 보랏빛이 도는 순대도. 예쁘게 칼집을 내 통째 구운 햄도. 비둘기콩들도. 관용적인 표현을 따라, 아름다운 검둥이 여성의 치아처럼 새하얀 얌도. 어머니는 샴페인을 더 좋아했다면, 아버지는 럼주를 잔뜩 마시고 결국에는 음정도 맞지 않게 〈숲속에 파로가〉를 불러대어 오빠들이 배를 잡고 웃어댔다. 내가 가족과 함께 생피에르 에 생폴 성당의 자정미사에 가기에는 너무 어렸을 때라서, 어느 저녁, 부모님은 자신들의 침실 옆 작은방에 있는 내 침대에 나를 재워놓고 집을 나섰다. 왜인지 모르겠는데, 나는 잠에서 깼다. 주위의 고요가 평소와 다른 듯했다. 보통 집안에는 어머니가 듣는 음악소리와 형제자매들이 싸우는 소리로 가득했으니까. 호기심이 생긴 나는 부모님의 침실로 들어가봤다. 텅 비어 있었다. 점점 더 호기심이 끓어올라서, 손으로 더듬어가며 3층으로 통하는 계단을 올라갔다. "더듬어가며"라고 말했는데, 당시 내 키로는 전등 스위치에 손이 닿질 않아서 어둠 속에서 길을 찾아야 했기 때문이었다. 집안에 사람이 한 명도 없음을 확인한 뒤 다시 거실로 내려와서 소파 위에 몸을 웅크렸고, 그로부터 두 시간 뒤 부모님이 나를 발견했을 때, 나는 여전히 깨어 있는 상태였고 두 눈은 말똥했다.

"겁도 안 났어?" 어머니가 뽀뽀를 퍼부으면서 자꾸 물었다.

아버지는 거창한 말을 쓰기를 좋아했는데, 기회는 이때다 여겼다.

"이 어린것이 주맹증이로군!" 아버지가 말했다.

아무도 그 낯선 말이 무슨 의미인지 알지 못했기에, 아버지가 설명을 해줬다.

"주맹증이라 함은, 밝은 곳보다 어두운 곳에서 앞이 잘 보인다는 말이다."

집주인과 하인들에게서 불가촉민 취급을 당하는 두 딸을 데리고, 절대로 익숙해지지 않는 이 적대적인 저택에서 살게 된 지금의 나는 그 시절로부터 얼마나 멀어졌는가.

가나로 말하자면, 외국에서 빌려온 요란한 새 옷에 파묻혀 숨가빠하고 있었다.

어느 오후, 아토밀스 씨가 나를 데리고 자신의 단골 '점쟁이'를 보러 갔다. 아토밀스 씨는 나의 유일한 친구였다. 그녀는 선한 만큼 아름답기도 했다. 그녀는 나의 운명에 몹시 마음을 써서, 내게 현실을 직시하라고 밀어붙였다.

"당신 연애는 망했어! 충고하는데, 콰메가 당신과 아이들을 내쫓기 전에 먼저 선수를 치고 떠나요." 그녀가 되풀이해 말했다. "당신은 이곳 남자들이 어떤 짓을 저지를 수 있는지 몰라. 당신은 그저 그러고 있지. 거기에 눌러앉아서는. 지금 눌러앉아 있는 거라고요."

그 충고를 따랐더라면 치유하는 데 몇 년이나 걸린 상처를 입지 않을 수 있었을 텐데. 영국에서의 체류는 몹시 힘든 점이 있었지만, 그래도 긍정적인 요소도 많았다고 이제는 솔직하게 인정할 수 있었다. 그곳에서 다양한 국적의 친구들을 많이 사귀었다. 수많은 모임에서 좋은 평판과 관심을 얻었다. 그런데도 나는, 다시 유럽으로 돌아갈 수도 있다는 가능성은 고려하지 않았다. 하지만 한 가지 생각이 계속해서 스멀스멀 피어올랐다. 지금이 바로, 특히나 온갖 고통으로 가득한 아프리카 대장정에 끝을 내야 할 때가 아닐까? 다른 곳으로 가서 정착할 결심을 해야 하는 게 아닐까?

디비아, 마라부, 캥부아제, '점술가' 등 그들이 어떤 이름으로 불리든지, 그들은 아프리카 사회와 전 세계로 흩어진 아프리카 이민자들에게 중요한 인물들이다. 미래를 본다고 여겨질 뿐만 아니라 운명의 고약한 장난을 좌절시킬 수 있으니까. 나는 타고난 회의주의로 인해 그들의 도움을 받기를 꺼렸지만, 내 주변의 누구도 나처럼 회의를 품지 않았다. '점술가'를 열렬히 신봉하던 에디는 내게 그에 얽힌 이야기를 들려줬고, 내가 그 이야기를 토대로 써낸 단편소설이 미국에서 『다크 매터스』(1995)라는 공동 작품집에 실렸다. 에디가 오트기네 지방의 은제레코레에 살고 있을 때 보석이 몽땅 사라진 일이 있었다. 가족의 추억이 담긴 물품들이었기에 더욱더 속이 상했다. 어머니가 준 둥근 금구슬을 엮은 금목걸이와 싹양배추 모양 구슬을 엮은 금목걸이, 첫영성체를 기념하는 팔찌, 어떤 선조가 지녔던 카메오* 브로치 등. 에디는 그 지역에서 명성이 자자한 마라부를 만나러 달려갔다.

"걱정할 것 없소!" 마라부가 믿음직한 어조로 충고했다. "사흘 뒤면 보석들이 돌아올 겁니다."

그는 복채를 거절한 대신, 그만한 액수를 고아원에 기부하라고 당부했다. 그가 예언했던 대로, 사흘 뒤에 보석함이 부엌 식탁 위에 다시 모습을 드러냈다. 이 일을 어쩌나! '이 기적'이 안겨준 기쁨과 흥분에 푹 잠긴 에디는 만나는 사람마다 붙잡고 그 이야기를 해주느라 마라부의 처방인 기부를 잊고 말았다. 일주일 뒤, 보석이 다시 사라졌다. 급하게 마라부에게 달려갔지만, 그는 그녀를 만나주려고 하지 않았다.

* 마노, 호박 등에 돋을새김을 한 장신구.

까다로운 이혼 절차를, 내가 알기로는 세번째 이혼 절차를 밟고 있는 아토밀스 씨는 거의 매일 충고가 필요했다. 그녀가 말하길 아크라에서 최고라는 그녀의 단골 '점술가'는 아상퐁에 살고 있었는데, 여기저기 쓰레기가 쌓여 있고 보도가 움푹 팬 서민 지역이었다. 거대한 팻말이 시선을 끄는 그의 집은 아녀자들이 버글거리는 정원 안쪽에 있었다. 얼굴에 살이 없는 호리호리한 체구의 키가 작은 남자였다. 그는 묘하게 빛이 꺼진 듯한 두 눈으로 나를 한참 응시하더니, 아토밀스 씨의 귀에 대고 몇 마디 중얼거렸다.

"뭐래요?" 내가 살짝 초조해하며 물었다.

"곧 먼길을 떠날 거라는 사실을 알고 있는지 묻는데."

"먼길을요?" 왜인지는 모르겠으나 내가 겁에 질려 되뇌었다. "곧 죽는다는 의미인가요?"

아토밀스 씨가 내 질문을 통역해줬고, 디비아는 자신의 눈에 무엇이 '보이는지' 설명해줬다.

"그런 게 아니래요." 그녀가 말했다. "앞으로 살날이 잔뜩 남았대. 그저, 당신이 곧 이 나라를 떠날 거라네요."

내가 얼이 빠져서 그를 바라보자, 그가 선반에서 거무튀튀한 뿌리들과 혼탁한 액체가 든 병을 하나 갖고 오더니 내게 내밀었다.

"큰 스푼으로 하루에 세 번 먹으라네." 아토밀스 씨가 처방대로 명령했다.

만약 내가 그 탕약을 삼켰더라면, 내 삶은 다르게 흘러갔을까?

아이샤와 레일라가 아직 학교에서 돌아오지 않아 텅 비어 있던 은티리의 집으로 돌아왔다. 이 모든 일이 앞으로 얼마 동안이나 지속되려나? 콰메는 속옷을 갈아입고 서류를 챙기고 하인들에게 보수를 지불하기 위해서만 잠깐씩 얼굴을 비쳤다. 나는 한 번쯤은 진지한 대화를 나눠봐야겠다고 되뇌었다. 하지만 겁이 났고 그럴 용기가 없었다.

어느 아침, 글을 쓰려고 그다지 열의 없이 테라스에 자리를 잡자마자 그가 나타났다. 그 당장에는 별다른 생각이 들지 않았다. 뜻밖의 시간에 나타난 그의 모습을 보면서 때가 됐음을 알았다. 내가 틀리지 않았다. 그는 나를 보지도 않고서 단조로운 목소리로, 마치 미리 외운 글을 낭송하듯이 아이들과 나를 위해 항공권 석 장을 샀노라고 알렸다. 자신의 형편으로는 우리가 살던 런던으로 보내줄 수는 없어서 아크라-다카르 노선 항공권을 사는 데 그쳤단다. 다카르는 프랑스어권 도시였고, 그곳에는 내 친구들이 많다는 것을 그도 알고 있었다. 그가 덧붙였다.

"난 결혼할 거야."

"누구랑?" 목이 멘 나는 가까스로 소리를 내 물었다.

"야스미나, 이리나 동생."

알아차렸어야 했는데.

"당신은 아이들과 절대로 떨어지지 못할 거야." 그가 고통스러운 어조로 말을 맺었다. "그 사실을 받아들이기로 했어."

관대한 나의 기억은 그다음에 벌어졌던 일을 대부분 삭제했다. 이번에도 역시 작별인사를 위해 수많은 이가 나를 찾아왔던 건 기억한다. 아토밀스 씨, 성실한 아디자와 그녀의 남편, 보아두 부부. 하지만 내가 어떻게 가나를 떠났는지, 어떻게 세네갈에 도착했는지는 더는 기억나지 않는다.

3부

"살려고 해야 한다"

폴 발레리

어느 아침 눈을 떠보니 발코니로 둘러싸인 목조가옥 2층의 침대에 누워 있었다. 주변이 온통 땅콩밭인 그 집은 에디의 소유였고, 에디는 이제 조산사를 그만두고 유엔 공무원으로 일했다. 간호사 두 명의 도움을 받아 중앙 모자보건소의 운영을 책임질 뿐만 아니라, 털털거리는 소형트럭의 운전대를 잡고서 주변 마을들을 순회하며 백신을 접종하고 니바킨*을 나눠줬다. 그때는 아직 후천성 면역 결핍증의 시대가 오기 전이었다. 그래서 콘돔을 나눠주지는 않았다. 에디는 끊임없이 툴툴거렸다.

"유엔이 여기서 하는 일은 대양에 물 한 방울 떨어뜨리는 정도

---

* 말라리아 치료제.

지. 세네갈이 국가 차원에서 진정한 공공 보건 프로그램을 실천해야 한다고. 그런데 모두 관심도 없어!"

성탄절 당일이었다.

아이샤와 레일라는 우리집이 있는 길 끝에 위치한 정말 작은 학교에 다녔는데, 그날은 학교에서 열리는 축제에 참석하려고 일찌감치 집을 나서고 없었다.

여러 달 전부터 비가 한 방울도 내리지 않았다. 땅이 갈라졌다. 대기 중에는 나무 탄내가 떠돌았다. 침대에서부터 뜨거운 열기가 몰려드는 게 느껴졌다. 일어나서 씻고, 간소하게 옷을 챙겨 입고, 어린 하녀 파투가 늘 그렇듯이 졸고 있는 부엌으로 급하게 내려갔다. 아이들 때문에 지역에서 난 밤으로 속을 채운 닭 요리를 만드는 수고를 했다. 에디가 티에스까지 차를 몰고 가서 마르티니크 출신 남자가 운영하는 반찬 가게에서 돼지 피를 넣은(성탄절을 기념하기는 해도 세네갈은 이슬람 국가이니 난리가 날 일이었다) 순대와 게살 파테를 사다놓았다. 마음이 다른 데에 가 있어도 잔치를 벌일 수는 있다. 하지만 당시는 전혀 그럴 수 없었다.

오전이 끝나갈 무렵, 모두가 집으로 돌아왔다. 우선 딸아이들이 돌아왔고, 그다음에는 차고 노릇을 하는 보기 흉한 양철 막사 안으로 에디의 소형트럭이 들어왔다. 서로 선물을 나눴다. 아이들이 으레 주는 그림 선물 말고도, 에디가 꼭 주고 싶어했던 겔랑 향수 '샬리마르'를 받았다. 그녀가 무슨 이야기를 해주고 싶어하는지 알았다. "절망하지 마. 삶을 다시 시작해야지." 나는 눈물을 글썽였다. 그녀가 없었다면 난 어떻게 됐을까?

일곱시쯤 우리는 아이들을 나이든 관리인에게 맡기고 성당으로 갔다. 내장 탈출증에 걸리고 붉은 셰시아*를 쓴 그 관리인은 내 책마다 등장한다. 미사는 이제 자정에 열리지 않았는데, 세계 어디나 마찬가지로 이 소도시에도 폭력이 자리잡았기 때문이었다. 집에 사람이 없는 틈을 타 불량배들이 집을 털었다. 어둠이 깔리기 시작하자, 사람들이 맨 꼭대기에 십자가가 올려져 있는 네모난 콘크리트 건물을 향해 무리 지어 걸어갔다. 입구에 구유가 놓여 있었다. 거의 실물 크기의 소와 당나귀가 장밋빛 뺨에 푸른 눈의 아기 인형을 굽어보고 있었다.

'흑인 아기 인형을 찾을 수 없었을까?' 나도 모르게 그런 생각이 들었다. 신자들은 그런 무신경함에 아랑곳없이 헌금통으로 놓아둔 커다란 항아리에 돈을 넣었다. 코피테시오 신부는 토고인이었는데, 성가대를 몹시 자랑스러워했다. 그리고 정말로, 레오폴 세다르 생고르가 말했듯이, 그 "이교도의 목소리"로 성탄

* 챙이 없고 술이 달린 원통형 펠트 모자.

의 기적을 노래하는 합창 소리는 아름다웠다. 개인적으로 수년 전부터 성당에 발을 들이지 않았기에 미사에 따라간 것은 오로지 에디를 기쁘게 해주기 위해서였다. 그래서 내 입에서 성가 가사가 술술 나오는 소리를 듣고 스스로 깜짝 놀랐으니, 이는 내가 나 자신의 일부를 완전히 제거하지 못했음을 보여주는 증거였다. 게다가 사라졌다고 생각했던 그 일부가 점점 더 빈번하게 가슴 한복판까지 치고 올라왔다. 영성체 시간이 되어서 사람들이 줄줄이 제단으로 올라가자, 나도 그 물결에 휩쓸리고 싶은 말도 안 되는 욕구를 느꼈다.

어떤 면에서는 홈볼*이 아주 마음에 들었다. 최근 몇 년간 파란을 겪은 뒤라, 마치 어머니 뱃속으로 돌아가 평화에 잠긴 듯했다. 에디가 속삭였다.

"너 때문에 엄청 겁먹었었다고." 그녀가 되풀이해 말했다. "어느 날 네가 엄청 진지하게, 이름이 뭐랬더라, 하여간에 그 영국 시인처럼 오븐에 머리를 집어넣어버리는 게 더 낫지 않겠느냐고 물어봤었잖아."

"미국 사람이야!" 내가 기계적으로 바로잡았다. "실비아 플라스는 미국 사람이야."

* 세네갈 서부의 소도시.

하지만 세상으로부터 단절된 곳에, 모든 것을 막아주는 안전한 곳에 있다는 느낌은 가짜였다. 홈볼에서마저도 시련은 나를 내버려두지 않았다. 우리의 사랑하는 친구 이반이 암으로 몇 주 만에 세상을 떴다는 소식을 에디와 함께 듣고 내가 심한 충격으로 말을 잃고 멍해진 곳도 바로 그곳이었으니까. 그러는 사이 질레트에게서 편지 한 통이 왔고, 대사로 파견되었던 장이 갑작스레 직위 해제조치를 당했다고 알려왔다. 외세와 한통속이 되어 음모를 꾸몄다는 혐의를 받고 부아로 수용소에 투옥되었다는 것이다. 그가 언젠가는 거기서 나올 수 있을는지 그 누가 알겠는가?

정말로, 우리는 그후로 그를 두 번 다시 보지 못했다. 타살당한 그는 공동 묘혈에 던져졌고, 그 바람에 질레트는 남편의 신원을 확인할 수 없었다. 질레트는 정절을 지켜 남편을 추모하고 기니를 떠나고 싶어하지 않았기에 여생을 기니에서 보냈다. 『남편 잡아먹은 여자 이야기』*에서 로젤리가 "내 나라는 남편이 있는 곳이야"라는 말을 하는데, 그 문장은 질레트에게서 빌려온 것이다.

나는 기운을 차리자마자 타자기 앞에 앉았다. 나도 모르게 내

---

* 마리즈 콩데가 2005년에 발표한 소설.

안에서 어떤 빗장이 풀려버렸고, 작가가 되기로 결심이 섰다. 로제 도르생빌처럼 계속해서 종이에 까맣게 글자를 쳐내려갔다. 어떻게 그런 결심이 섰는지 모르겠다. 물론 의심이 들기도 했다. 가끔 그런 결심이 우스꽝스럽게 여겨졌다. 사유라는 형체도 없는 것으로 아이 넷을 먹여 살릴 생각이라니. 또 어떤 순간에는, 그러한 결심이 오만해 보였다. 찬미하던 작가들의 경이로운 모임에 감히 끼어들려 하는 나는 누구인가? 하지만 대체로 나는 굳건히 버텼다. 스스로 생각해봐도 놀랍게도, 개인적인 문제를 쓸 생각은 전혀 없었다. 가령, 최근에 나를 뒤흔들었던 쓰나미 같은 연애를 회상한다든가 하는. 부끄러워서? 더 원대한 야심 때문에? 그리하여 이 회고록을 쓰기 이전에는 콰메에 대해 한 번도 말한 적이 없었다. 그는 나의 어떤 소설들 속에서 마초적 기질, 오만함, 공감 능력 결여 등 그의 몇몇 특색을 등장인물들에게 빌려주면서 그들의 모습으로 위장한 채 은밀히 움직인다. 반대로, 세월이 흐르면서 어떤 정치적 사건들은 뇌리에 질기게 들러붙었다. 그래서 기니에서 발생했던 교사들의 음모 사건으로 나는 계속 되돌아갔다.

에디는 글을 쓰라고 열심히 격려하는 몇 안 되는 사람 중 한 명이었다. 하지만 내가 쓴 글을 읽고서 만족하지 못했다.

"네가 본 모든 것, 우리가 본 그 모든 것을 이야기하면, 틀림없이 독자들이 관심을 가질 거야!" 그녀가 장담했다.

"넌 생각이 너무 많아." 그녀가 불만을 말했다. "개인적인 사유가 너무 많아. 사람들이 네게 바라는 건 이야기라고! 중요한 건, 그게 다야!"

주현절인 1월 6일, 렌트한 고물 자동차를 타고 드니를 마중하러 다카르로 갔다. 드니는 더는 런던에서 지낼 수가 없었다. 도러시가 불가사의한 편지를 보냈는데, 드니가 월터에게 극도로 버릇없이 굴었다는 거였다. 도러시는 계속 그 일에 대해 자세히 이야기해주려 하지 않았다. 월터가 아들들 앞에서도 습관적으로 벌거벗은 채 돌아다니자, 드니가 월터를 "더러운 호모 새끼" 취급했다고 내게 털어놓은 사람은 실비였다.

드니가 요프국제공항 홀에 나타났고, 그는 자기 아버지를 너무나 닮은, 하지만 앞으로 점점 더 뜸해질 그 빛나는 미소를 내게 지어 보였다. 드니는 벌써 거의 청년티가 났고, 그애의 볼에 입을 맞추느라 내가 몸을 굽힐 필요가 없었다. 공항으로 달려가는 내내 잘 참았는데, 아이를 보자 걷잡을 수 없이 울음이 터져 나는 더듬거리며 말했다.

"나를 원망하지 마! 원망하지 말렴!"

아이는 벌써 남자다워 보이는 팔로 내 어깨를 감싸며 꼭 껴안아줬다.

"원망이라뇨!" 아이가 외쳤다. "내가 어떻게 엄마를 원망하겠어요? 도대체 무엇 때문에? 누군가 고통을 받았다면, 그건 엄마인데! 사랑해요, 엄마!"

드니가 해준 "사랑해요, 엄마"라는 그 말을, 나는 그애가 1997년 에이즈로 그토록 잔혹하고 그토록 부당한 죽음을 맞는 날까지, 마음속에 꼭 품고서 긴장과 부딪침과 불화와 얼마 못 가는 화해로 뒤엉킨 그 모든 세월을 건너갔다. 세상을 뜰 당시 드니는 마흔한 살이었다. 장래성이 엿보이는 소설 세 편을 쓰고 나서였다. 작가가 될 참이었는데. 자식들 중 문학에 관심을 보이던 유일한 아이였다.

가족 구성원이 다시 얼추 모이자, 이제 에디를 떠날 때라는 생각이 들었다. 그동안 친구의 후한 인심을 남용한 셈이었으니까. 다카르에 정착하기로 결정했다. 그리고 그곳에서 소중한 옛친구들을 다시 만났다. 생고르의 정권에게서 대놓고 집요하게 공격받던 우스만 셈벤은 첫 장편영화 〈흑인 소녀〉(1966)를 준비중이었다. 나는 그를 따라서 여러 마을에 갔고, 그는 그곳에서 개인적인 인맥을 동원해 자신의 전작 두 편을 상영할 수 있었다. 그가 마을에 도착하면, 매번 축제였다. 사람들은 중앙 광장에 어두운 밤이 내려 상영을 시작할 수 있기만 기다렸다. 마을 사람들이 거대한 화면 앞에, 어떤 이는 짚자리에, 또 어떤 이는 의자에, 또 어떤 이는 흙바닥에 앉아 있었다. 마을의 유력인사들은 영상이 나타나기를 기다리면서 가느다란 나무막대를 점잖게 씹었다. 맨 앞줄 흙바닥에 그냥 앉은 아이들은 얌전히 기다렸다. 우선, 그리오들이 발라퐁 연주를 곁들여 노래를 했다. 곡예사들은 능숙하게 손을 놀리고 몸을 움직여 곡예를 펼쳤다. 이윽고 침묵이 찾아들었다. 상영이 끝나자, 근처 중학교의 젊은 교사가 사회를 보는 토론회가 이어졌다. 우스만 셈벤은 지치는 법 없이 온갖 질문에 너그럽게 답했다. 여느 때처럼 나는 주위에서 벌어지는 일들을 하나도 이해하지 못했다. 모든 대화가 지역어인 월로프어로 오갔기 때문이었다. 하지만 밤의 어둠에 감싸이고 흥에 겨운 그 모든 사람 사이에 섞여서 온기를 느끼고 있노라면 마음이 편안했다.

로제 도르생빌을 다시 만나게 되어 무척 행복했다. 서신을 통해 계속 소식을 주고받았던 터라, 그는 나의 연애가 실패로 끝난 것을 알고 있었다. 장 브리에르와 마찬가지로, 그는 백만장자가 된 프랑수아 뒤발리에가 권태를 느끼고 대통령직에서 곧 물러나리라, 그리고 물러나면서 통치권을 비만인 그의 아들 장클로드에게 넘기리라 예견했다. 로제는 단언했다.

"그놈은 정신지체야! 얼간이지! 다들 알고 있다고! 아이티, 거기야말로 정말이지 셰익스피어 작품이 따로 없다니까."

로제와 장 브리에르가 아이티의 희망이자 억압받는 자들의 옹호자로 평가받는다는 어느 언론인에 대해 이야기할 때마다 나는 가슴이 조여들었다. 그건 바로 장 도미니크였으니까.

"그 사람은 흑백 혼혈이야." 장 브리에르가 자세히 말했다. "우리 나라에서 피부색이 얼마나 중요한지 알지. 하지만 그 사람은 자기 계급의 특권에 철저하게 등을 돌려."

나는 소리지르고 싶었다.

"저런, 난 그 사람을 알아. 개자식이지! 내 인생을 망쳐놨다고!"

그뒤로도, 활동가들이 장 도미니크에 대해 찬사를 늘어놓는 모임에 끼는 일이 아주 빈번하게 있었다. 장은 니카라과와 미국으로 두 차례 망명했고 아리스티드*를 지지했지만, 그 환속한 사제가 다른 통치자들과 마찬가지로 독재자가 되자 무시무시한 반대파로 돌아섰으며, 그러다 결국에는 암살당하면서 하나의 전범이 되었다. 그에 대한 생각을 속으로만 간직하려고 나는 무던히 애썼다. 내가 참을성을 잃어버린 것은 2003년 조너선 데미 감독의 영화 〈농학자〉에 좌파 언론이 박수갈채를 보냈을 때였다. 딸

* Jean-Bertrand Aristide(1953~). 아이티에서 민주적 방식으로 선출된 최초의 대통령. 군사 쿠데타로 인해 수차례 실각을 거듭하며 1991년부터 1996년까지, 2001년부터 2004년까지 대통령을 역임했다.

들은 자기 이부형제의 아버지가 어떤 사람인지 보려고 영화관으로 달려갔고, 영화를 보고 나오면서 완전히 설복되어, 내가 장 도미니크의 정치적 역량을 제대로 알아봤던 것인지 대놓고 의견들을 나누었다.

격분한 나는 내가 '오피니언' 면에 종종 기고해오던 아주 유명한 일간지에 공개서한을 보냈다. 공개서한에서, 여성에게 비난받아 마땅한 행동을 한 남자가 영웅으로 추앙받을 수는 없다고 주장했다. 하루나 이틀 뒤 편집장이 전화를 걸어와, 신문사에서 나의 글을 싣지 않기로 했다고 당혹스러운 목소리로 알렸다. 공개서한에 기술된 사실들은 사생활의 영역이다. 따라서 신문사는 명예훼손으로 고소를 당할 수도 있다!

"복수하고 싶다면 책을 쓰세요!"

나는 어안이 벙벙했다. 내게 책은 개인이나 삶에 복수하기 위한 수단이 아니다. 내게 문학은 나의 두려움과 나의 고뇌를 표현하는 장소, 강박적인 고민거리로부터 벗어나려는 시도를 하는 장소다. 예를 들어, 쓰기 가장 고통스러웠던 작품 『빅투아르, 맛과 말』을 쓸 때, 나는 나의 어머니라는 인물이 표상하는 수수께끼를 풀려고 애를 썼다. 대체 왜 감수성이 풍부하고 몹시도 선하고 관대한 여성이 그토록 불쾌한 행동을 했는가? 어머니는 주위 사람 모두에게 끝없이 독화살을 쏘아댔다. 나의 생각을 깊이 밀고 나가 그 글을 쓴 덕분에 어머니와 외할머니 사이의 복합적인 관계가 그러한 모순의 원인이었음을 이해할 수 있었다. 어머니는 외할머니를 사랑했지만, 무식하고 문맹인 외할머니를 부끄러워하기도 했다. 어머니는 매 순간 '나쁜 딸'이었던 자신을 자책했다.

로제 도르생빌은 내가 『에레마코농』의 완성본을 읽어보라고 준 첫번째 인물이었다. 이틀 뒤 그가 내게 가차없는 평결을 내렸다.

"너무 과장됐어! 사람들이 당신을 여주인공 베로니카 메르시에와 혼동할까봐 걱정되지 않아?"

나는 깜짝 놀라 그를 바라봤다. 그가 진실을 예견했다고는 생각하지도 못했다. 1976년, 그 소설이 출간되자 언론인과 독자들은 성급하게 마리즈 콩데와 베로니카 메르시에가 동일인이라고 생각했다. 나는 쏟아지는 비난에 시달렸다. 심지어 나의 부도덕함과 우유부단함을 질책받기까지 했다. 특히나 작가가 여성일 경우, 자신의 평판을 보호하기 위해 덕성의 귀감들만 묘사해야 함을 그제야 알게 되었다.

안 아룅델과도 재회했다. 그녀는 아무 가치 없는 고물들만 잔뜩 들어 있을 거라고 생각했던 트렁크 안에서 네네 칼리가 쓴 시들이 적힌 공책 여러 권을 발견했다고 전했다. 이미 출판사 십여 군데에 보내봤지만, 소득이 없었다.

"알겠지만, 너무 급진적이라서." 그녀가 단언했다. "그 사람이 쓴 시는 용암이거든."

안 아룅델은 여러 가지 이유로 『에레마코농』을 전혀 좋게 평가하지 않았다.

"사건들이 그런 식으로 벌어지지는 않았는데." 그녀가 나를 질책했다.

대부분의 사람들에게 그렇듯 그녀에게도 문학은 스냅사진, 현실 복제로서의 가치 말고 다른 가치는 거의 없다. 사람들은 상상의 지대한 역할을 모른다. 내가 쓴 '교사들의 음모' 사건은 우리가 겪은 그대로가 아니었다. 나는 『에레마코농』에 기니공화국 대통령 관저에서 말림와나-세쿠 투레와 잠깐 만났던 추억과, 벨뷔 중학교 학생들의 행동과, 아크라에서 쿠데타가 발생했을 때 느꼈던 공포를 뒤섞어놓았다.

그사이 안의 어머니가 돌아가셔서 안은 과들루프로 돌아가 누아르무티에에 정착했고, 내게 더는 아무런 소식도 전하지 않았다. 문학과 친교는 늘 사이가 좋은 건 아니다. 내가 알기로, 네네칼리의 시들은 그후로도 영영 출판되지 못했다. 그 시들이 너무 격렬했나? 안의 생각이 옳았을까?

다카르 신문 〈르 솔레유〉에 실린 조그마한 구인광고를 보고 최근 설립된 국제개발연구소에서 번역가를 찾고 있음을 알게 되었다. 가나에서의 경력 덕분에 어렵지 않게 채용이 되었다. 급여를 유엔 공무원 수준에 맞춰주는 바람에, 전반적으로 비참한 주민들의 처지에 비하니 내 봉급이 과하게 느껴졌다. 그렇다고 마다하는 기색을 내비친 건 아니었다. 나의 급여로 푸조 404를 사서 다시 전처럼 질주하고, 부르주아 주택지구인 푸앵 E에 위치한 거대한 저택으로 이사할 수 있었다.

이웃집에는 바 씨가 살았는데, 너그럽고 다정한 여성이었고, 나와는 이렇게까지 다를 수 있나 싶을 만큼 아주 달랐다. 변호사의 아내였지만 거의 교육을 받지 못했는데, 너무 일찍 결혼했기 때문이었고, 그후로 자녀 출산 말고 다른 일을 하지 못했다. 도합 열두 명. 내 눈에 바 씨는 내가 되어주지 못했던 어머니, 모성이 내포하는 가장 고귀한 측면에서 모성을 상징하는 것 같았다.

"엄마 노릇이라는 게, 풀타임 직업이죠." 그녀가 내게 되뇌었다. "그것 말고 다른 건 될 수가 없다니까."

그녀의 이야기에 귀를 기울이면서, 콩데와 헤어지고 이 나라에서 저 나라로 옮겨다니고 아버지 노릇을 거부하는 애인들을 만났던 일들이 점점 더 수치스러워졌다. 나는 그녀가 좋았다. 동시에 내 아이들이 그녀에게 쏟는 사랑을 보며 괴로웠다. 드니는 바 씨를 "최고 엄마"라고 불렀다.

직업적 측면에서는, 얼마 안 가 실망이 쌓여갔다. 개발연구소에 다니면서 곧 사람들을 모두 잃고 말았다. 이미 말했다시피, 번역은 내 취향이 전혀 아니었다. 그리하여 내 글을 손보느라 지쳐버린 나이 지긋하고 좀스러운 프랑스인 감수자와 다투기 시작했다. 그런가 하면, 동료들은 나의 지각과 결근에 대해, 그리고 나에 대한 그들의 견해가 옳든 그르든 간에, 내가 예의 없고 잘난척한다며 화를 냈다. 요컨대 석 달짜리 나의 수습직 계약은 갱신되지 못했다. 그로 인해 과하게 괴로워하지는 않았다. 한번 더 모욕을 당하든 말든 개의치 않았으니까. 하지만 내게 딸린 그 모든 입을 먹여 살려야 했는데, 바 씨나 에디에게 계속해서 돈을 꿀 수는 없는 노릇이었다. 그래서 교직 역시 내가 좋아하는 일은 아니었지만 적어도 썩 괜찮게 해왔으니 교직으로 돌아가는 게 현명하다고 생각했다. 세네갈의 샤를 드골 드생루이 고등학교에 어렵지 않게 자리를 하나 얻었다. 불행히도, 세네갈 공무원 봉급은 형편없어서 굶어죽을 판이었다. 에디는 프랑스 대외협력부 소속으로 자리를 구하면 이보다 나은 대우를 받으니 그렇게 계약을 맺어보라고 충고했다. 그 말은 내가 프랑스 국적을 회복해야 한다는 의미였다. 처음에는 단호하게 거절했다. 기니 여권은 내게 환멸만 안겨주었다. 예컨대 가나로부터의 추방. 그럼에도 불구하고, '위대한 검둥이'로부터의 자유와 독립의 표상처럼 나는 그 여권에 매달리게 되었다. 결국 에디의 충고를 따랐다. 너무나 잘 알고 있는 돈 걱정에 다시 시달리고 싶지 않아서였다. 하지만 프랑스 대사관에 끝도 없이 계속 찾아가야 하고, 에디가 단언한 대로 우둔하고 인종차별주의자인 말단 관리로부터 모욕을 당해야 하고, 내 상황에 대해서 똑같은 설명을 골백번 되풀이해야 하리라고는 예상하지 못했다.

"과들루프에서 태어났다면서 왜 기니 여권을 갖고 있죠?"

"기니인과 결혼하면서 부여받은 거예요."

"기니 여권을 취득하면서 서면으로 프랑스 국적을 포기하셨나요?"

"아닙니다!"

"입증하셔야 합니다."

낙심할 참이었는데, 세쿠 카바가 그들이 요구한 '프랑스 국적 불포기 증명서'라는 소중한 서류를 때맞춰 보내줬다. 나는 방금 발급된 서류에 수결하면서, 이렇게 다시 프랑스 국적을 회복하고 말았으니 결국 실패했다는 감정이 드는 것은 막을 수 없었다.

9월 중순에 실비가 런던에서 돌아왔다. 실비는 영어로만 의사표현을 했다. 영국 체류 이야기를 기피하는 드니와는 딴판으로, 실비는 도러시, 월터 부부와 함께한 런던 생활에 얽힌 재미있는 일화들을 끝없이 쏟아냈다. 실비는 공주였고 여동생들, 특히 아이샤를 "숲속을 뛰어다니는" 무지한 검둥이처럼 취급했다. 그리하여 그렇지 않아도 늘 순탄하지 않았던 아이샤와의 관계가 진정한 갈등 국면으로 들어서고 말았다. 두 아이는 정말로 별것 아닌 일로도 다퉜다. 나는 애써, 터울이 얼마 안 나는 자매 사이에 피할 수 없이 생겨나는 경쟁심 때문에 갈등이 생긴다고 여겨버렸다. 그래도 사랑하는 어린 딸들이 서로 맹렬히 물어뜯는 모습을 보면 마음이 아팠다. 마음 아프지만, 바 씨에게 비통한 작별인사를 건네고 빌라는 주인에게 돌려주고 근사한 자동차는 팔아치웠다. 그러고는 생루이행 기차에 올랐다. 사실을 털어놓자면, 내 마음속 깊은 곳에서는, 콰메와 헤어진 뒤로 내가 꾸려가야 하는 생활이, 따라서 아이들이 내게 안겨주는 부담이 점점 더 무겁게 내리눌렀다. 운명이 휘두르는 이루 말할 수 없는 불공정의 피해자가 된 느낌이 들었다. 왜 이렇게 불행들이 나를 연달아 덮치는가? 나는 성마르고 공격적이 되었으며, 모순되는 감정들 사이에서 갈팡질팡했다.

"도대체 왜 그러는데?" 나는 더이상 예전의 내가 아니었고, 에디는 그런 나를 보고 불평했다. "참아줄 수가 없네."

생루이까지 가는 데, 불편하고 찌는 듯이 더운 열차를 타고 종일이 걸렸다. 열차가 지나치는 마을들마다 어찌나 빈곤한지 말문이 막혔다. 기니의 빈곤보다 더한 게 아닐까? 열차가 멈춰 서면 정신없이 바쁜 안전요원이 매번 마구 채찍을 휘두르는데도, 걸인들이 열차로 밀려들며 열차 안까지 끔찍한 냄새를 풍겼다. 최악의 식민 시절을 겪고 있는 것만 같았다.

프랑스 남자들과 결혼한 흑백 혼혈 여인 '시냐르'들의 도시 생루이의 매력은 잘 알려져 있다. 1996년 개봉된 멋진 영화 〈강의 변덕〉에 출연한 프랑스 조브다의 연기는 모두의 기억 속에 남아 있고, 그 영화에 감독인 베르나르 기로도 출연했다. 그러니 여기에서 그 도시에 대한 이야기는 하지 않겠다. 그저, 내가 살아본 그 어느 곳과도 닮은 구석이 없는 그 노후한 도시를 좋아했다는 것만 말해둔다. 서늘한 밤기운이 내릴 무렵, 붉은색과 황금색으로 물든 하늘 아래 아이들을 데리고 산책을 할 때면, 은다르투트 같은 먼 곳까지도 갔다. 그곳의 평화로움에 휩싸이면 끈질긴 희망이 다시 내 안에서 움텄다. 삶의 고통도 가라앉고 마침내 평온을 맞게 되리라는 확신이 들었다.

하지만 겉모습과 달리, 생루이는 클로슈메를르*나 다름없었다. 샤를 드골 고등학교는 그 지역 여러 마을에서 온 학생 수백

* 가브리엘 슈발리에가 1934년에 발표한 소설의 제목이기도 한 가상의 지명이나, 오늘날에는 '어처구니없는 갈등으로 갈기갈기 찢긴 지역'을 가리킨다.

여 명을 모아놓은 거대한 병영이었다. 교원들은 특별한 부류였다. 공공연하게 "아프리카 프랑을 벌려고" 온 프랑스인들이 대부분이었다. 현지에서 그들은 "쩨쩨한 백인"으로 불렸고, 장 샤트네*는 제법 많이 팔린 저서에 "어느 날엔가는 그들 모두 잡아먹히리라"고 예견했다. 그 프랑스인들은 현지인 교원, 그러니까 학위가 피부색만큼이나 부당하게 평가절하되어 동일 직무를 담당하면서도 자신들의 삼분의 일밖에 안 되는 봉급을 받는 아프리카인들에 대한 경멸을 숨기지 않았다. 그 무리에는 프랑스 여자와 결혼한 한 줌의 앤틸리스제도 출신 남자들도 있었다. 육감적인 금발 여자와 결혼한 흑백 혼혈 남자를 알아봤는데, 아리라는 이름의 그 남자는 푸앵트아피트르의 카르노고등학교에서 나와 함께 철학 수업을 듣던 사람이었다. 그는 자신의 출신을 상기시키고 싶어하지 않는 기색이 역력했고, 거만하게 나를 모른 체했다. 몇 년이 흐른 뒤 과들루프로 돌아가 정착했을 때, 친구 집에 저녁 초대를 받아 갔다가 우연히 그 사람 옆에 앉게 되었다. 나는 조롱하듯 이전의 그의 태도를 상기시켰다. 그는 열을 내며 변명했다.

---

* Jean Chatenet(1932~2017). 프랑스 소설가, 라디오 및 텔레비전 프로듀서. 1970년 소설 『쩨쩨한 백인들, 당신들 모두 잡아먹히리라』를 발표했다.

"그야 당신이 모두를 겁먹게 했으니까 그랬지. 당신이 아주 고약하게 굴었거든. 당신이 어디서 왔는지 아무도 몰랐지. 영어권에서? 아니면 프랑스어권에서? 남편은 없는데 피부색이 제각각인 아이들은 주렁주렁 달고 있었고."

피부색이 제각각이라고? 과장하기는! 흑백 혼혈인 아이는 드니 한 명뿐이었다!

샤를 드골 고등학교 교무실에서는 두 부류의 교사들이 맞붙어 내전이 벌어졌다. 프랑스 교사들은 창가에 놓인 편안한 의자에 앉았고, 아프리카 교사들은 앉을 만한 곳이면 아무데나 앉았다. 프랑스 교사들은 웃어대면서 커다란 목소리로 서로 대화를 나눴고, 재미있는 일화들을 앞다퉈 쏟아냈다. 아프리카 교사들은 침묵을 지키거나 자신들의 언어로 소곤거렸다. 아리가 말한 그 이유들 때문인지는 모르겠지만, 누구도 나와 어울리려 하지 않았다. 나는 보통 구석에 혼자 선 채로 종이 울려 교실로 들어갈 순간을 기다렸다. 너무 가난해서 자전거도 살 수 없었던 나는 다른 돈 없는 아프리카 교사들처럼 하루에 네 차례 페데르브 다리를 걸어서 건넜다. 반면에 대외협력부 소속 교사들은 자가용을 몰고 줄줄이 지나가면서도, 누구 하나 멈춰 서지 않고 우리를 지나쳤다. 내 마음속에서 원한이 점점 부풀어올랐다. 하지만 대외협력부 소속 프랑스 교사들과 아프리카 교사들 양쪽 모두에서 내

쳐졌기 때문에, 나는 그 무리 밖에서 교류할 사람들을 찾게 되었다. 딸들이 중간에서 나를 모로코 공동체에 소개했다.

생루이에는 오래되고 규모가 큰 모로코인 공동체가 있었는데, 페데르브 총독* 시절부터 생루이에 정착한 상인들의 후손이었다. 처음에 우리는 이슬람 종교 축제 이드 알아드하**를 맞아 희생양을 나눠 먹자고 초대받았고, 그뒤로는 주말마다 메슈이***나 쿠스쿠스를 맛보라고 초대받았다. 나는 익살스럽고 소란스러운 십여 명의 손님 사이에 끼여 땅바닥에 편 짚자리 위에 앉았다. 손으로 먹는 법을 배웠는데, 기니에서는 계속 거부했던 일이었다. 나는 모로코인들을 따라 박하 잎 띄운 녹차를 네 잔 마셨다. 몇 시간이나 계속되는 그런 모임에서 여자들은 준비한 맛있는 음식을 내놓는 일만 했다. 여자들은 입도 뻥끗 못하고 듣기만 했다. 그래도 그들의 넘치는 미소에 내 마음은 훈훈해졌다. 그제야 비로소 나는 감정이 반드시 말을 통해서만 전달되는 것이 아님을 깨달았다.

---

* Louis Léon César Faidherbe(1818~1889). 프랑스 군인, 정치인. 1854년부터 1861년까지, 1863년부터 1865년까지 두 차례 세네갈 총독을 지냈다.

** 아들을 번제로 바치려 한 아브라함을 기리기 위해 메카 순례 마지막날 치르는 희생제. 제물로 올렸던 양을 가족, 이웃, 가난한 사람들과 나눠 먹으며 공동체의 결속을 다지는 이슬람 최대 명절.

*** 양고기 바비큐.

바로 그러한 식사 자리에서 나의 고독을 치유해줄 사람을 알게 되었다. 모하메드는 형 만수르와 함께 일했다. 서른 살이 넘도록 나는, 사르트르와 보부아르가 말한 '우연적' 사랑은 해본 적이 없었다.* 나의 연애에는 늘 비극의 폭력성이 있었다. 모하메드는 젊었고, 그의 미소는 소년의 미소처럼 환하고 매혹적이었다. 그가 어떤 욕망을 품고 있는지 알고서 나는 어안이 벙벙했다. 극심한 모욕과 상처를 입은 지 얼마 되지 않았기에 나는 내가 아직도 여자인지, 남자를 유혹하고 욕망을 자극할 수 있는지 궁금했다. 그래서 어떤 면에서는 몹시 새로운 유형의 그 연애관계에 정신없이 빠져들었다. 육체적 만족감을 되찾았다. 그동안 키스와 포옹의 맛을 잊고 살아왔는데. 누군가 나를 감싸주는 느낌, 보호받는다는 달콤한 감정을 다시 맛봤다. 모하메드는 배려심이 넘쳤으니까. 그는 르노 4L을 몰았는데, 나를 위해 언제든 수고를 마다하지 않았다. 그뒤로는, 쨍쨍 내리쬐는 햇볕 아래서 땀을 흘려가며 하루에 네 차례 페데르브 다리를 걸어서 건널 필요가 없어졌다. 이제는 시장에서 너무 무거워서 주저앉고 싶어지는 바구니를 들고 오지 않아도 되었다. 또한 모하메드는 늘 나

* 사르트르는 보부아르에게 자신들의 필연적 사랑이 서로가 만나게 될 수많은 우연적 사랑을 금해서는 안 된다며 개방결혼을 제안했다.

를 위해 안내자 노릇을 해줄 태세가 되어 있었다. 우리는 생루이 주변 지역을 돌아다녔다. 모리타니 국경 지역에 있는 리샤르톨까지 차를 몰고 갔다. 거기 장미셸 클로드 리샤르라는 프랑스 식물학자가 19세기에 세네갈 강변에 만든 시험 수목원이 있었다. 리샤르는 3000종이 넘는 식물을 들여왔고, 오늘날 모두 토착화되었다. 예를 들자면, 바나나, 카사바, 오렌지, 사탕수수와 커피.

이 상대적인 안락함에 그늘이 드리우기까지 정말로 얼마 안 걸렸다. 바로 드니라는 그림자였다. 드니는 늘 뚱해 있다가 아주 드물게 모하메드에게 말을 붙였는데, 조롱과 경멸을 넘나들며 예의를 지키는 둥 마는 둥 했다. 소금과 대추야자 상인인 만수르의 회계장부 정리 업무를 맡고 있는 모하메드가 교육을 많이 받지 않았다는 것은 사실이다. 내게는 그런 면이 잘 맞았다. '지식인'에 옴팡지게 데어 그 부류 전체가 원망스러웠으니까. 모하메드는 페스와 마라케시 혹은 이스탄불에서 겪었던 일들을 이야기해주어 나를 즐겁게 해줬고, 꿈꾸게 해줬다. 아랍인 거주 지역, 아랍 전통시장, 도자기 타일로 벽을 장식한 왕궁, 백 년도 넘은 모스크에 관한 이야기를. 뛰어난 지성과 고약한 성격을 드러내기 시작한 드니는 짓궂은 질문을 퍼부었고, 그 가여운 사람은 대답을 할 수 없었다. 가령, 술탄이 코르시카로, 그다음에는 마다가스카르로 망명한 사실이나 그가 돌아온 이유와 프랑스와 맺은 관계에 관한 것들.

"난 드니를 원망하지 않아!" 모하메드가 단언했다. "질투하는 거야. 나도 그랬었어. 어머니가 자신을 때리고 자신이 보는 앞에서 하녀들과 불륜을 저지르던 아버지와 이혼하고서 새로 재혼한 남자를 견디지 못했어."

그리하여 그는 드니에게 더욱더 다정하게 굴었고, 드니는 더욱더 무례하게 굴었다. 드니가 유난히 가증스럽게 굴던 날, 용기를 그러모아서 드니의 행동을 꾸짖었다.

"그 남자는 엄마랑 수준이 안 맞아요!" 그애가 열을 내며 말했다. "양아치라니까."

"그런 말을 자신 있게 할 정도로 그 사람에 대해 뭘 알고 있는데?" 내가 조용히 물었다.

내가 힘주어 말해도 소용없었다. 드니는 내게 더는 아무런 이야기도 하지 않으려 했다.

우리가 거주하는 건물 3층에는 영국 여성 네 명과 불타오르는 듯한 적갈색 머리의 아일랜드 여성 한 명이 살았다. 그 여성들은 유엔 소속으로, 초등학교에서 가르쳤다. 우리는 금방 친구가 되었다. 우리가 런던에서 일 년 넘게 머무른 지 얼마 되지 않아서였기 때문만이 아니라, 딸아이들, 특히 실비에게는(드니는 영어를 완벽하게 습득한 적이 없었다) 영어가 유일한 진짜 언어이기 때문이었다. 우리는 자주 모여서 차를 마시고 스콘이나 머핀을 먹었다. 그 여성들에게 아프리카는 아무런 혜택도 누리지 못하는 아이들의 땅이었고, 그들은 그런 아이들을 보듬어줄 꿈을 꾸었다. 그들은 오후 티타임에 아이들을 모아놓고 자기네 나라의 놀이와 동요를 가르쳐줬다.

"바, 바, 블랙 십(음매, 음매, 검은 양아)

해브 유 애니 울(양털이 좀 있니)?

예스, 서. 예스, 서. 스리 백즈 풀(네, 주인님, 네, 주인님 세 자루 가득이요)."

나는 아일랜드인인 앤과 특히 친했다. 우리는 같이 오랜 시간 산책을 했고, 앤은 내게 이제 너무 먼 곳인 카올라크에서 교편을 잡고 있는 친구 리처드 필콕스에 대해 이야기했다. 생루이에서는 예술적 즐거움을 누릴 기회가 전혀 없지는 않았다. 우리는 야외에서 수도 없이 열리는 전통음악 콘서트를 보러 갔다. 시청 강당에서 코트디부아르 작가 베르나르 다디에의 작품을 공연했는데, 그 작품에 로제 도르생빌의 친구들인 아이티 출신 대배우 자클린과 뤼시앵 르무안이 출연했다. 독립기념일 기념으로 미국문화원에서 〈바람과 함께 사라지다〉를 틀어줘서 기쁘게 다시 보았다. 딸아이들이 줄거리의 뜨거운 낭만성에 홀딱 넘어갔다면, 드니는 아둔하게 표현된 더빙 목소리 때문에 더더욱 초라해 보이는 영화 속 흑인 이미지를 매섭게 지적했다. 드니가 그처럼 비판적이고 명철하며, 자신의 태도가 불러일으킬 문제들을 예견하면서도 똑 부러지게 의견을 개진하는 모습을 보면서 기뻤다. 한마디로, 불완전하고 소박하며 아슬아슬하게 유지되는 일종의 행복이 자리잡았다.

하지만 글을 쓰겠다는 나의 계획은 폐기되지 않았다. 오히려 그와는 거리가 멀었다. 모하메드와 밤을 보내기를 거절하는 일이 잦았고, 모하메드는 왜 내가 혼자 방에 틀어박혀서 타자기를 두드리는 걸 더 좋아하는지 이해하지 못했다. 나는『에레마코농』이라는 소설이 될 원고를 끊임없이 수정했다. 나도 모르는 새 글의 성격이 바뀌었다. 이제는 더이상 개인적 경험에서 영감을 길어올린 단순한 이야기가 아니었다. 야심이 어느새 더 커져버렸다. 내 소설의 주인공들에게서 그저 주변에 있을 법한 인간 전형에 결부될 만한 특성들을 지워나가기 시작했다. 여주인공 베로니카의 선택에 보다 폭넓은 상징적 함의를 부여하고 싶었다. "선조들과 함께하는 검둥이" 이브라히마 소리와 군인 살리우는 서로 전쟁을 치르는 중인 두 아프리카, 그러니까 독재자들의 아프리카와 애국자들의 아프리카를 상징하게 되었다. 한마디로, 세쿠 투레의 아프리카와 아밀카르 카브랄의 아프리카를. 사람들의 오해를 사서 종종 비난받던 문장, 이브라히마 소리의 애인인 베로니카의 말에는 그러한 야심이 번뜩인다.

"나는 선조들을 속였어. 암살자들에게서 나의 구원을 찾았으니까."

아크라에 있을 때 주누의 집에서 종종 봤던, 리처드 라이트의 미망인 엘렌 라이트가 파리에서 문학 에이전시 일을 한다는 사실을 알고서 온갖 수단을 다 동원해서 그녀의 주소를 입수했다. 내 원고를 읽어봐달라고, 만약 그녀가 수락한다면 적당한 출판사를 찾아달라고 부탁할 생각이었다. 하지만 주소를 손에 넣고 나자 공포에 사로잡혀서 아무런 시도도 하지 못했다.

마리아마 바는 누벨 에디시옹 아프리켄 출판사에서 일하는 부모가 자신의 글을 빼앗다시피 가져가지 않았더라면 『이토록 긴 편지』를 출간하지 못했을 거라는 이야기를 해줬다. 내 친구 스타니슬라스 아도테비가 강권하지 않았더라면 『에레마코농』 역시 결코 빛을 보지 못했으리라 확신한다. 크리스티앙 부르주아가 운영하는 10/18 출판사에서 '타자의 목소리' 총서를 이끌던 스타니슬라스 아도테비는 『에레마코농』에 푹 빠졌다.

그즈음 공식 서한을 한 통 받았다. 무게가 나가는 그런 묵직한 갈색 봉투는 경계해야 한다는 걸 일찍이 배워 알고 있었다. 그런 서한이 긍정적인 뭔가를 예고하는 법은 절대로 없었다. 그런 편지를 처음 받고 아프리카에서의 나의 경력이 시작되었다. 두번째 편지는 나를 위네바에서 쫓아냈다. 그보다 더 중요했던 세번째 편지는 나를 다시 가나로 돌아오게 부추겼고, 그 결과는 알다시피 처참했다. 이번에 온 편지는 프랑스 대외협력부에서 온 것이었다. 파리의 대회협력부에서 공식 서한을 통해 나의 지원을 수락했음을 알렸다. 문제는 시네살룸 지방에 위치한 카올라크의 가스통 베르제 고등학교로 발령이 났다는 거였다. 1월 5일로 예정된 개학날에 맞춰 출근해야 했다. 처음엔 그 제안을 거절하고 싶은 충동이 일었다. 그 제안을 받아들이면 모하메드와 헤어져야 하고, 특히 정처 없이 떠도는 생활을 이어가야 함을 의미했다. 또 한번 아이들은 친구를 잃게 될 테고, 그들의 일상이 흔들리게 되리라. 한편, 협력부에서 제안하는 급여가 내가 여기서 받고 있는 급여보다 세 배가 더 많다는 사실에 전혀 동요되지 않을 수 있을까? 모하메드와 모로코인 친구들은 나를 주저앉히려고 그들이 할 수 있는 온갖 시도를 다 하였다. 그들의 말을 들어보면, 카올라크는 파리와 온갖 병이 들끓는 끔찍한 벽지, 세네갈에서 가장 숨막히는 장소였다. 평균기온이 낮이고 밤이고 45도까지 치솟았다. 그들은 물속의 불소 성분 때문에 아이들의 이가 검게 변한다고도 했다.

아일랜드인인 앤은 인생은 정말이지 뭐 하나 제대로 돌아가는 게 없다고 평했다. 카올라크에 발령을 받은 사람이 왜 그녀 자신이 아닌 걸까?

마침내, 모하메드가 형 만수르에게서 소형트럭을 빌렸고, 차에 아이들을 태우고 여행 가방을 잔뜩 싣고서, 카올라크까지 456킬로미터에 달하는 길을 떠났다. 나는 울적했다. 아직 해가 뜨지 않아 소도시는 여전히 잠든 상태였다. 채소를 재배하는 농부들이 안개에 잠긴 페데르브 다리를 따라서 수레를 밀며 나아갔다. 이것이 아프리카에서의 나의 마지막 여정일 터였다.

내일은 또 무엇을 준비해놓고 있을까?

우리는 오후가 시작될 무렵 카올라크에 도착했고, 트럭에서 내렸다. 어김없이 우리를 마중나온 파리들이 사방에서 붕붕거렸다. 파리들이 입술과 눈과 뺨에 앉았고, 콧구멍으로 들어왔다. 열기는 이제껏 겪어봤던 것과는 차원이 달랐고, 옷이 몸에 쩍 들러붙었다. 주택 공사에서는 꼬치 요리 전문 음식점 위에 나란히 위치한, 어둡고 환기가 되지 않는 방을 몇 개 배정해줬다. 딸아이들을 데리고 초등학교에 입학 절차를 밟으러 갔는데, 조립식 자재로 지어놓은 날림 건물들이 늘어선 모습을 보고, 실비는 절대로 그곳에 발을 들여놓지 않겠노라고 단호하게 선언했다.

놀라워라! 구운 닭과 감자이니 소박하기는 했지만, 파리호텔에서 내놓는 식사는 맛이 있었다. 옆 테이블에 앉아 있던 두 명의 프랑스 여성이 아이들에게 관심을 갖기 시작했다.

“정말 귀엽네요!” 그들이 말했다. “이애들은 전부 당신 자녀들인가요?”

그러더니 우리 테이블로 의자를 끌고 와서는 함께 커피를 마셨다. 둘 다 세계보건기구 소속 의사였다.

“곧 알게 될 거예요. 보기보다는 괜찮아요!” 두 여성이 내게 안심이 되는 말을 해줬다. “다카르에서도 그리 멀지 않고, 아주 쾌적한 소도시인 감비아의 배서스트와는 특히 가깝죠. 그리고 흥미로운 지역이에요. 염전이 있거든요. 맞아요, 거기는 무척 덥죠!”

하지만 내가 십자가를 지고 걷는 길에는 아직 마지막 단계가 남아 있었다. 저녁식사를 끝내고 우리는 파리호텔의 2층에 있는 침실로 물러갔고, 모하메드는 침대에 길게 누웠다. 그가 대뜸 다음주에 결혼을 한다고 무람없이 알려왔다. 뭐! 나는 똑같은 일을 겪고 또 겪도록 형벌을 받았는가? 내가 그의 앞에서 격렬한 반응을 보이자, 그는 우리 사이에 변할 건 아무것도 없다고 장담했다.

“라시다와 결혼하는 건 만수르와 가족을 기쁘게 해주기 위해서야. 그 여자한테 아무 감정 없어. 우리의 아이들을 낳자. 특히 사내아이들을 잔뜩.”

그러한 파렴치한 발언은 나와 그가 결혼하려는 여성 모두에 대한 극도의 모욕으로 보였다. 밤 열한시에 그를 문밖으로 내쳤다.

내가 남자 때문에 눈물을 흘린 것은 그때가 마지막이었다. 곧 전혀 다른 성격의 고민거리가 나를 사로잡게 된다.

다음날 나는 별다른 예감 없이 평소처럼 잠에서 깨어났다. 카올라크에서는 늘 그렇듯 하늘이 낮고 무거웠다. 파리들은 벌써 활동을 개시해서 사방에서 비집고 들어왔다. 아이들을 학교로 데려다주고 그럭저럭 눈물을 달랬다. 그러고는 발령받은 가스통 베르제 고등학교로 갔다. 별 특징 없는 길쭉한 건물이었다. 교무실은 벌집처럼 웅성거렸다. 샤를 드골 고등학교에서는 교사 대부분이 재외 프랑스인이었던 데 반해, 여기서는 대부분 아프리카인이었고, 젊은 백인 남성 셋이 테이블에 따로 앉아 있었다. 그들 중 한 명이 나를 보고는 자리에서 일어나 힘차게 다가왔다.

"마리즈 맞죠? 난 리처드예요." 그의 말에서는 영국식 억양이 두드러졌다.

앤의 남자친구였다. 상냥한 앤이 내가 카올라크에 갈 거라고 미리 알려둔 거였다. 그는 잘생긴 편이었고, 햇볕에 탄 얼굴에 자리잡은 연한 밤색의 커다란 두 눈이 잘 어우러져서 심지어 아주 잘생겨 보였다. 그렇게나 어려 보이고, 나보다 더 어릴 게 틀림없는 생판 처음 보는 사람이 첫 만남에 너무 이르다 싶게 대뜸 말을 편하게 해서 충격을 받았음을 고백한다.* 그다음으로는 이 영어권 출신 남자가 많은 이가 자주 그렇듯이 프랑스어의 복잡한 인칭대명사 때문에 분투중이라는 생각이 들었다. 그가 우리 사이에 대번에 친밀한 유대관계를 만들었음을 그때는 깨닫지 못했다. 그가 내 삶을 바꿔놓을 남자였다. 그가 나를 유럽으로, 그 다음에는 과들루프로 데려가게 되리라. 우리는 함께 아메리카를 발견하리라. 그가 내가 다시 공부를 해나갈 동안 서서히 아이들로부터 분리되도록 도와주리라. 특히, 그 사람 덕분에 나는 작가로서의 경력을 쌓기 시작하리라.

마침내 길들여진 아프리카가 변모를 겪고 고분고분해져서, 내 상상의 갈피갈피로 흘러들리라. 이제 아프리카는 수많은 허구의 재료가 되어주리라.

* 프랑스어 2인칭 단수 대명사는 친밀감과 격식에 따라 두 가지로 나뉜다.

옮긴이 **정혜용**
현재 번역출판기획네트워크 '사이에' 위원으로 활동하고 있다. 『번역 논쟁』을 썼고, 마리즈 콩데의 『울고 웃는 마음』 『나, 티투바, 세일럼의 검은 마녀』, 아니 에르노의 『카사노바 호텔』 『집착』 『바깥 일기』 『밖의 삶』, 마일리스 드 케랑갈의 『식탁의 길』 『살아 있는 자를 수선하기』, 그 밖에 『연푸른 꽃』 『삐에르와 장』 『성 히에로니무스의 가호 아래』 『에콜로지카』 등을 우리말로 옮겼다.

문학동네 세계문학
민낯의 삶

초판 인쇄 2025년 1월 17일 | 초판 발행 2025년 2월 3일

지은이 마리즈 콩데 | 옮긴이 정혜용
책임편집 김미혜 | 편집 김혜정
디자인 엄자영 유현아 | 저작권 박지영 형소진 오서영
마케팅 정민호 서지화 한민아 이민경 왕지경 정유진 정경주 김수인 김혜원 김예진
브랜딩 함유지 함근아 박민재 김희숙 이송이 김하연 박다솔 조다현 배진성
제작 강신은 김동욱 이순호 | 제작처 천광인쇄사

펴낸곳 (주)문학동네 | 펴낸이 김소영
출판등록 1993년 10월 22일 제2003-000045호
주소 10881 경기도 파주시 회동길 210
전자우편 editor@munhak.com | 대표전화 031)955-8888 | 팩스 031)955-8855
문의전화 031)955-1927(마케팅), 031)955-8860(편집)
문학동네카페 http://cafe.naver.com/mhdn
인스타그램 @munhakdongne | 트위터 @munhakdongne
북클럽문학동네 http://bookclubmunhak.com

ISBN 979-11-416-0830-9 03860

잘못된 책은 구입하신 서점에서 교환해드립니다.
기타 교환 문의 031)955-2661, 3580

www.munhak.com